Rolf Heinrich Lampe

Das Geheimnis des Sehers

Eine abenteuerliche Reise ins Land der
Westfalen zur Zeit Karls des Großen

Mit Illustrationen von Stephanie Rust

Aschendorff Münster

Ich danke Gerd Nergert, Manfred Kober-Sandmann,
Ludger Buse, Marjaleena Lembke-Heiskaanen und allen anderen, die
zum Werden dieses Buches beigetragen haben.

Nach der neuen deutschen Rechtschreibung

© 1999 Aschendorffsche Verlagsbuchhandlung GmbH & Co., Münster
Das Werk ist urheberrechtlich geschützt. Die dadurch begründeten Rechte, insbesondere die der
Übersetzung, des Nachdrucks, der Entnahme von Abbildungen, der Funksendung, der Wiedergabe
auf fotomechanischem oder ähnlichem Wege und der Speicherung in Datenverarbeitungsanlagen
bleiben, auch bei nur auszugsweiser Verwertung, vorbehalten. Die Vergütungsansprüche des § 54,
Abs. 2, UrhG, werden durch die Verwertungsgesellschaft Wort wahrgenommen.

Printed in Austria
Gedruckt auf säurefreiem, alterungsbeständigem Papier ∞

ISBN 3-402-06510-X

*Für Markus, Holger, Matthias
und Rose*

Im Buch seht ihr an vielen Stellen einen kleinen Sachsen mit erhobenem Zeigefinger. Hier findet ihr Erklärungen zu Wörtern und Begriffen, die ihr vielleicht nicht sofort versteht. Diese Wörter sind im Text schräg gedruckt.

Wenn ihr Lust habt, schreibt uns doch, wie euch das Buch gefallen hat. Unsere Adresse lautet:

*Aschendorffsche Verlagsbuchhandlung
Soester Straße 13
48155 Münster*

Inhalt

Sturm überm verbotenen Wald
1. Kapitel, in dem ein Gewitter, ein Blitz, zwei Rinderschädel und drei geheimnisvolle Gestalten für große Aufregung sorgen.
9

Sigurs Erzählung
2. Kapitel, in dem ein Mann stirbt und ein Schweinehirt von einer unheimlichen nächtlichen Begegnung erzählt.
21

Vargas Traum
3. Kapitel, in dem ein Schwein getötet und ein uraltes Opfermesser gefunden wird.
36

Am Fluss
4. Kapitel, in dem eine Sternschnuppe auf die Erde fällt und von einer dunklen Erscheinung die Rede ist.
47

Der Sohn des Waldes
5. Kapitel, in dem ein Heerführer um Krieger wirbt und ein Schwert gestohlen wird.
61

Das Feuer Odins
6. Kapitel, in dem ein Feuer ausbricht und ein Mädchen verschwindet.
77

Der Händler vom kalten Meer
7. Kapitel, in dem von Bernstein, einer seltsamen Stadt und merkwürdigen Gebräuchen erzählt wird.
91

Stimmen in der Finsternis
8. Kapitel, in dem ein Entschluss gefasst wird, Krieger ihre Waffen schärfen und Bienen ihren Honig verteidigen.
111

Tödliche Begegnung
9. Kapitel, in dem zwei Ochsen drei Männer in die Flucht schlagen und eine gefahrvolle Suche beginnt.
125

Goron
10. Kapitel, in dem vom tückischen Moor, dem heiligen Hain und einem tödlichen Kampf erzählt wird.
142

Die Heimkehr
11. Kapitel, in dem von einer glücklichen Heimkehr berichtet wird.
170

Anhang
178

I

Sturm überm verbotenen Wald

„Über dem Wald zieht ein Gewitter auf!", rief Oro, während er kurz vom Amboss aufblickte. Dann schwang er den riesigen Schmiedehammer hoch über den Kopf und schmetterte ihn auf das rötlich glühende Metall. Funken stoben in alle Richtungen. Mit einem singenden, hellen Klingen dehnte sich das armbreite, etwa ellenlange Stück Eisen, das schon die Form eines Schwertes erkennen ließ. Oro nickte zufrieden. Er schaute zu Bardo hinunter, der vor der Esse hockte und mit einem Blasebalg Luft in die Holzkohleglut pustete, die dadurch so viel Hitze entwickelte, dass sich das Eisen schmieden ließ. Bardo war vierzehn Sommer alt und half seinem Vater schon seit einiger Zeit bei der Arbeit. Trotz des schützenden Lederwamses war er ein paar Schritte vom Amboss zurückgewichen. Oro lachte und wischte sich dicke Schweißtropfen von der Stirn.

„Ja, ja, die Funken sind heiß wie *Thors* Blitze!", rief er, „das wird ein guter *Sax*, und *Saxnoth* wartet darauf. Es wird fertig sein, bevor der Sturm uns erreicht!"

Er streckte sich. Im rötlichen Schein des Schmiedefeuers wirkte Oros Gestalt beinah riesig. Seine dichten, rotblonden Haare waren im Nacken zu zwei dicken Zöpfen

Thor: Gewittergott, besonderer Freund der Menschen
Sax: Einschneidiges, kurzes Schwert der Sachsen
Saxnoth: Altsächsischer Kriegsgott

zusammengeflochten. Zum Schutz vor der großen Hitze und den glühenden Funken trug er einen knielangen rauen Lederumhang, der die Arme frei ließ und an der Hüfte von einem breiten Gurt aus Rindsleder zusammengehalten wurde. Die muskulösen Beine steckten in halbhohen Stiefeln aus Fuchs- und Bärenfell. Am meisten fielen seine stolzen grauen Augen auf, in denen sich jetzt der

Feuerschein spiegelte. Jeder erkannte in ihm einen freien Sachsen, der keinem anderen Mann Arbeit schuldete. Oros Schmiedekunst war auf vielen Höfen begehrt und wurde gut entlohnt. Seit seine Frau durch Kälte und Nässe an der *Schwindsucht* gestorben war, lebte der Schmied mit seinem Sohn und seiner Tochter Varga auf diesem Hof am Südufer der Ems.

Manche Leute flüsterten hinter vorgehaltener Hand, Oro sei bestimmt ein Bruder des Gottes Thor, so gewaltig schwänge er den Hammer. Wenn Bardo das hörte, war er besonders stolz auf seinen Vater. Aber es war gefährlich, von den Göttern zu sprechen, denn es herrschte Krieg. Der Frankenkönig *Karl* zog mit seinen Heerscharen durchs Land und mit ihm Männer, die von einem einzigen Gott erzählten. Alle Sachsen mussten sich in seinem Namen taufen lassen. Doch viele ließen es nur geschehen, weil sie dazu gezwungen wurden. Sie glaubten auch weiterhin an die alten Götter, denn wie konnte ein fremder Gott, der so schwach war, dass er sich an ein Kreuz nageln ließ, stärker sein als der einäugige Göttervater *Odin* oder sein Sohn, der gewaltige Thor?

Über dem verbotenen Wald am gegenüberliegenden Ufer der Ems türmten sich dicke, schwarzgraue Wolken auf, die sich finster und drohend näherten. Nicht weit entfernt war bereits dumpfes Grollen zu hören, und erste, heftige Windböen zerrten an den schilfgedeckten Dächern der Häuser und Ställe. Bardo schaute zum Tor im Palisadenzaun hinüber. Dort, auf den Stangen oberhalb der Torpfosten, taumelten zwei kahle, bleiche Rinderschädel im Sturm. Wenn sie heruntergerissen würden, das wusste Bardo, bedeutete das Unglück für den ganzen Hof, denn die Schädel schreckten die bösen Geister der Wälder und Moore ab und hielten sie von der Siedlung fern.

Bardo schüttelte sich bei diesem Gedanken. Sein Blick fiel auf den Fluss und den dahinter liegenden Waldrand, der unter den tief ziehenden Wolken wie ein unheilvoller schwarzer Schatten über dem Ufer erschien.

„Schaffst du es wirklich?", fragte er ängstlich, „der Sturm ist doch schon über uns."

Oro ließ gerade wieder den Hammer auf das glühende Eisen

niederfahren. Er wollte Bardo antworten, als die kleine Schmiede von einem kurzen, grellen Licht erhellt wurde. Im gleichen Augenblick ließ ein donnernder Schlag die Stützpfosten des Daches erbeben. Bardo erschrak so sehr, dass er laut schrie und sich, beide Arme über dem Kopf verschränkt, auf den von glänzenden schwarzen Eisenkügelchen übersäten Sandboden niederduckte. Wie von einer magischen Kraft angezogen, fiel sein Blick durch die Arme hindurch auf die Rinderschädel am Tor.

Eine der Stangen war verschwunden, die andere ragte ohne den bleichen Kopf, wie ein mahnender Finger, in den dunkelgrauen Himmel. Vor lauter Angst schloss Bardo sofort wieder die Augen. Aber er hatte es gesehen: Thor hatte die Köpfe von den Stangen gerissen. Alle bösen Geister konnten nun ungehindert in die Häuser eindringen, um den Bewohnern Unglück oder gar den Tod zu bringen. Vielleicht würde der tobende Gott das ganze Dorf vernichten oder den Fluss über die Ufer treten lassen, um die *Dinkelpflanzen* oder die *Flachssaat* davonzuschwemmen. Noch nie waren die Schutzzeichen von Thors Hammer zersplittert worden. Und das Schlimmste war, dass Bardo das Gefühl hatte, Schuld an allem zu sein, denn er war am frühen Morgen im verbotenen Wald gewesen.

Plötzlich hörte er, wie jemand nach ihm rief. Er schrak zusammen und duckte sich noch tiefer. Das konnte nur der Gott sein, der zu ihm heruntergestiegen war, um ihn zu bestrafen.

Schwindsucht: Lungenerkrankung, die oft tödlich endete. Heute nennt man die Schwindsucht Tuberkulose.

Karl der Große, geb. 742, gest. 814, König und ab 800 Kaiser der Franken. Karl d. Große brachte den Sachsen, die wie die Franken ein germanisches Volk waren und die gleiche Sprache hatten, das Christentum und gliederte die sächsischen Stämme (Westfalen, Engern, Ostfalen) seinem Reich an. Die Gründung der westfälischen Bistümer wie z. B. Osnabrück, Münster und Paderborn ab etwa 787–800 ist auf Karl d. Großen zurückzuführen.

Odin: Vater der Asengötter, Vater Thors, auch Gott des Krieges, der Dichtkunst, der Runen (germanische Schriftzeichen) und des Todes.

Dinkel, auch Grünkern genannt, ist ein Getreide, das seit der Bronzezeit bekannt ist und bis heute noch in Süddeutschland angebaut wird.

Flachs, auch Lein, war der wichtigste Rohstoff zur Textilherstellung. Aus dem Samen der Pflanze konnte auch Speiseöl hergestellt werden.

Wieder rollte ein grollender Donner über das Dorf. „He, Bardo, steh auf!", rief die Stimme.

Bardo kauerte auf dem Boden und konnte sich nicht bewegen. „Nun komm schon, du hast doch nicht etwa Angst?" flüsterte die Stimme jetzt ganz in seiner Nähe.

O schrecklicher Gott, dachte Bardo, hol mich, wenn du willst, aber lass mich leben. Er spürte eine Hand auf seiner Schulter, dann fühlte er heißen Atem an seinem Ohr, und etwas sagte leise: „Du hast ja mehr Angst wie der Hase vorm Luchs."

Ein lauter Donnerschlag fuhr zwischen den Häusern hindurch. Der Sturm war jetzt direkt über dem Dorf und peitschte schwere Regentropfen auf das Schilfrohr der Dächer. Bardo spürte, wie zwei Hände nach seinen Armen griffen, die er immer noch über dem langen rotblonden Haarschopf verschränkt hielt. Er wurde ein Stück hochgezogen und öffnete die Augen. Wieder zischte ein grelles Licht durch die Schmiede. Vom hellen Schein geblendet, sah Bardo nur einen verzerrten Schatten vor sich, der mit merkwürdig zitternder Stimme sagte: „Ich bin's doch, erkennst du mich nicht?"

Ich habe dich noch nie gesehen, grausamer Schatten, dachte Bardo, wie kann ich dich da kennen? Aber war es nicht seltsam, überlegte er dann, dass ein Gott mit zitternder, angstvoller Stimme zu ihm sprach? Er fasste etwas Mut. Einen Augenblick später schaute er in ein bekanntes Gesicht.

„Du bist das!", rief Bardo erleichtert und lachte. Wie hatte er eine solche Angst haben können, nur weil ein Gewitter aufgezogen war und jemand zu ihm gesprochen hatte! Vor ihm stand Ansmar, sein bester Freund. Die schulterlangen blonden Haare und der graue Wollumhang Ansmars waren vom Regen durchnässt. Er war einen halben Kopf größer als Bardo. Ansmar nickte Bardo zu und sagte: „Ja, ich bin's, ich hab´ mich vor dem Regen in eure Schmiede gerettet."

„Du hast mir einen richtigen Schrecken eingejagt", sagte Bardo und flüsterte dann: „Ich hab' geglaubt, Thor ist gekommen, um mich zu holen."

Ansmar schüttelte sich das Wasser aus dem Umhang und kicherte: „Thor kommt gerade zu dir, um dich zu holen."

„Wenn du wüsstest warum, würdest du mich verstehen."

Vom Amboss herüber fragte Oro: „Warum denn?"

„Äh ..., ich ...", stammelte Bardo, der an den verbotenen Wald dachte, „äh, ich glaube, dass Thor manchmal Lust dazu hat, weißt du? Er ist doch Herr des Gewitters und ein mächtiger Gott."

„Hmm ..."

Ansmar tippte Bardo mit einem Finger auf die Brust. „Kommst du mit zur Ems hinunter?", fragte er.

„Trockne dich erst am Feuer!", rief Bardos Vater, „wenn es nicht mehr regnet und das Gewitter vorübergezogen ist, könnt ihr zum Ufer laufen und schauen, ob das Wasser gestiegen ist."

Und zu Bardo gewandt sagte er schmunzelnd: „Thor wird dich schon nicht holen. Du wirst den Blasebalg noch so lange bedienen, bis ich die Arbeit für heute beenden kann."

Der Hammer fuhr wieder auf das glühende Eisen hinab. Mit einer langen Zange wendete Oro die Schwertklinge so lange, bis er eine Seite zu einer scharfen Schneide geschmiedet hatte. Die andere Seite blieb stumpf. Dann begann er mit einem kleineren Hammer den Griff und den Knauf zu formen. Als er diese Arbeit beendet hatte, nickte er zufrieden und legte das Werkzeug beiseite.

Der Regen prasselte noch immer heftig nieder. Gegenüber, in einem der kleineren Stallgebäude, brüllten die Rinder und traten gegen die dicken Holzstämme der Wände. Vom leicht gewölbten, tief gezogenen Dach des langen Haupthauses strömte das Wasser in Bächen auf den festgetretenen Lehmboden hinunter. An beiden Stirnseiten, im Westen und Osten, knarrten wuchtige Eichenbäume im Sturm. Das große Haus lag auf der gegenüberliegenden Seite des Hofes. Zwischen ihm und den anderen kleineren Gebäuden hatten sich breite Rinnsale gebildet, die sich wie winzige Flussläufe über den Hof schlängelten und den Lehm davonschwemmten.

Während Ansmar sich am Feuer wärmte und trocknete, schaute Bardo versonnen in die dunkler werdende Glut des Schmiedefeuers. Er dachte an die Rinderschädel, die nun in unzählige spitze Stücke zersplittert über den aufgeweichten Boden am Tor zerstreut lagen.

„Thor hat sie zertrümmert, und ich bin schuld", sagte er leise zu sich selbst, und eine Gänsehaut lief ihm über den Körper. Als wolle der Gott Bardos Worte bestätigen, schwang er seinen Hammer mit böser Wucht. Ein krachender Donner rollte vom Fluss herauf über die Häuser, doch dann wurde es plötzlich still. Es regnete nicht mehr und der Sturm tobte über den Hof hinaus in die endlose waldige Ebene jenseits des Palisadenzaunes. Die Luft hatte sich nach dem Gewitter rasch abgekühlt und schon bald stiegen weißgraue Schleier verdunstenden Wassers von der Ems auf.

Ansmar kam langsam vom Schmiedefeuer herüber. Er hielt sich einen Zeigefinger vor den Mund und sagte leise: „Die Schädel schrecken die Waldgeister nicht mehr ab. Sie kommen schon, ich höre sie."

Oro nickte ihm zu. „Ich höre auch etwas", sagte er. Dann griff er nach dem schweren Hammer, der auf dem Amboss lag, und hielt ihn mit beiden Händen.

„Sollen sie nur kommen", brummte der Schmied, während er langsam auf die Toröffnung der Hütte zuging. Bardo und Ansmar folgten ihm und flüsterten miteinander.

„Ob Oro sie mit seinem Hammer vertreiben kann? Ich glaube nicht, es sind doch Geister", sagte Ansmar gerade, als der Schmied zwischen die dicken Torpfosten des Hauses trat. Oros Armmuskulatur war so angespannt, dass sie beinah die breiten Schmuckreifen sprengte, die er um die Oberarme trug. Die letzten grauen Wolkenfetzen jagten in wilder Hast über das Dorf. Der Dunst, der vom Fluss aufstieg, wurde dichter und kroch über den Zaun zwischen die Häuser. Zwischen dem runden Backhaus vorne und dem Stallgebäude bewegten sich drei Schatten, die langsam auf die Schmiede zugingen.

„Wer seid ihr?", fragte Oro jetzt laut. Seine dunkle Stimme klang merkwürdig gedämpft. Er wusste, dass diese drei keine Dorfbewohner sein konnten, denn die freien Männer waren unter der Führung von Ansmars Vater Gero, dem Herrn des Hofes, zur Jagd im weiter entfernten Wald hinter den Flussdünen im Süden. Sie würden den Sturm dort in einer geräumigen Hütte abwarten. Und die Unfreien arbeiteten auf den Äckern oberhalb des Flusses.

Nur die Frauen waren mit den Kindern zurückgeblieben. Einige webten in den Grubenhäusern das Flachsgarn zu Tüchern, aus denen sie Kleidungsstücke nähten. Andere waren damit beschäftigt, mit runden Mahlsteinen die Samenkörner der Leindotterpflanze zu zermahlen. Daraus entstand Öl, das nicht nur zur Speisenzubereitung, sondern auch zur Wundbehandlung genutzt wurde. Oro hatte sich und Bardo schon oft damit behandelt, wenn sie sich Brandblasen zugezogen hatten.

Die dünnen weißen Schleier rissen etwas auf. Nur wenig entfernt sahen Oro, Bardo und Ansmar jetzt drei Männer in schweren Fellgewändern zwischen den Häusern, die sich in diesem Augenblick zum Tor im Palisadenzaun umschauten, als warteten sie auf jemand.

„Das sind bestimmt Baumgeister", flüsterte Bardo, „sie sehen unheimlich aus." Mit einer Hand tastete er nach seinem Vater, der sich auf den langen Stiel des Hammers stützte.

Vom Fluss stiegen wieder grauweiße Nebelfäden auf. „Bei Thor!", rief Oro jetzt, „sagt, wer ihr seid, oder ich ...!" Der milchige Dunst hüllte die Fremden ein und entzog sie den Blicken Oros und der beiden Jungen, so dass sie nur undeutlich die grauen Umrisse der Gestalten erkennen konnten.

„Vielleicht sind es Hels finstere Boten, die sich als Menschen verkleidet haben und jetzt kommen, um uns ins Totenreich zu holen", flüsterte Ansmar, „mir wird schon ganz schwindlig." Er hielt sich mit einer Hand die Augen zu, mit der anderen griff er nach Oros Lederwams.

Bardo hätte sich am liebsten vor Angst irgendwohin verkrochen, als er das hörte, doch er blieb neben Oro stehen und tastete nach dem Torpfosten. Die Götter nahmen manchmal die Gestalt von Menschen an, das hatte Bardo oft gehört, wenn er abends am Feuer den Erzählungen der Männer zuhören durfte. Gut, Thor war nicht zu ihm heruntergestiegen, um ihn zu holen. Aber vielleicht hatte er Hel, die Göttin des Totenreiches, in ihrer Ruhe gestört, als er im verbotenen Wald gewesen war. Der verbotene Wald, dachte Bardo, wäre ich nur nicht in den verbotenen Wald gegangen.

„Mir ist auch ganz schlecht", sagte er, während er vor sich auf den gelbbraunen Lehmboden blickte.

Oro schaute immer noch zum Tor hinüber und sagte plötzlich überrascht: „Sie sind verschwunden." Bardo und Ansmar blinzelten ungläubig zu der Stelle, wo die Fremden eben noch gestanden hatten. Sie waren fort. Der Dunst hatte sich wieder aufgelöst. Nur wenige dünne Nebelfäden waberten noch zwischen den Häusern.

Der Schmied nahm seinen Hammer auf. Mit großen Schritten ging er auf das Tor zu, durch das die drei gekommen und wieder verschwunden waren.

„Götterboten hinterlassen keine Fußabdrücke!", rief Oro, als er an der Stelle angelangt war, wo die Männer gestanden hatten. Er deutete auf den regennassen Boden: „Hier sind aber Spuren! Es waren bestimmt Händler, die sich hier nicht auskennen und die genauso erschrocken vor uns waren wie wir vor ihnen."

Geradeaus, über dem verbotenen Wald, wurde der Himmel klar und tiefblau. Das Sonnenlicht flutete über den Hof und tauchte alles in ein Bad aus dem erfrischenden Duft feuchter Erde und wohliger Wärme. Von den Dächern stiegen feine Dunstschleier empor, die sich rasch im hellen Licht verloren.

Aus einem der kleinen Grubenhäuser, die eineinhalb Schritt tief in das Erdreich eingelassen waren, krabbelte ein Mädchen ins Sonnenlicht. Es streckte sich und stieß dabei mit dem Kopf an das tief gezogene, bis auf den Boden reichende Dach.

„Au!", rief sie, während sie zum Tor hinüberschaute, „ich vergesse immer wieder, dass die Dächer so niedrig sind!" Dann schüttelte das Mädchen den Kopf so sehr, dass die langen, rotblonden Haare einen Augenblick wie Feuerzungen im Sonnenlicht leuchteten.

Oro, Bardo und Ansmar wandten sich um und schauten zu ihr hinüber. Die Grubenhäuser lagen direkt hinter ihnen, auf der anderen Seite des Hofes.

Ansmar lachte. „Varga!", rief er, „du wirst es nie lernen!"

Varga war Bardos Zwillingsschwester. Sie stand jetzt ein paar Schritte neben dem Grubenhaus und winkte den dreien zu.

„Und du auch nicht!", rief sie. Ansmar wusste gleich, was Varga damit meinte, denn manchmal musste er auch beim Weben im Grubenhaus helfen und war schon oft gegen das niedrige Dach gelaufen. Meistens war das aber beim Hineingehen geschehen, und Varga hatte ihn dabei beobachtet.

„Das war ein schlimmes Gewitter", sagte sie jetzt, „viel Wasser ist ins Grubenhaus gelaufen, aber das Tuch ist fertig geworden, morgen können wir es einfärben."

Als sie die drei erreichte, blieb sie vor Oro stehen. „Wir haben vorhin drei Männer zwischen den Häusern gesehen", sagte sie, „waren das Frankenkrieger?"

Oro schüttelte den Kopf. „Sie sahen nicht so aus", antwortete er und schaute seine Tochter mit stolzem Blick an.

In ihrem blau gefärbten Umhang aus fein gesponnenen Leinfasern sah sie sehr hübsch aus. Die Kordel, die sie um die Hüfte trug, hatte sie aus dünnen Lederstreifen selbst geflochten. Ihre Augen waren von unterschiedlicher Farbe. Eins war von klarem Tiefblau und das andere grüngrau. Sie wirkten auf jeden, dem Varga begegnete, wie ein großes Geheimnis. Und die meisten Menschen, die sie nicht kannten, wandten ihren Blick furchtsam ab, wenn sie ihr gegenüberstanden. Alle auf dem Hof wussten, dass Varga einmal eine große Seherin werden würde, denn manchmal träumte sie etwas, das Tage später wirklich geschah. Auch auf den anderen Höfen oben am Fluss wusste man von ihrem zweiten Gesicht. Selbst die Händler, die von weither durch die breite Furt im Fluss unterhalb des Hofes zu ihnen kamen, hatten schon von Varga gehört und traten ihr mit zurückhaltender Freundlichkeit und großer Achtung gegenüber.

Mit einem Blick auf die Spuren, die die Fremden hinterlassen hatten, sagte sie jetzt: „Händler waren es auch nicht."

Oro schaute sie immer noch an. „Weißt du, wer sie waren?", fragte er.

„Nein", sagte Varga, „aber ich bin sicher, dass sie keine Händler waren." Dann schaute sie wieder auf die Fußspuren vor sich und flüsterte versonnen: „Sie sind noch ganz in der Nähe, ich spüre es."

Bardo berührte seine Schwester am Arm. „Es waren eben doch

Götterboten, meinst du nicht auch?", sagte er leise, „sie beobachten uns bestimmt noch."

„Vielleicht ..., vielleicht", murmelte Varga.

In diesem Augenblick hörten sie einen gellenden Schrei von jenseits des Palisadenzaunes. Sofort griff Oro nach seinem Hammer und stürmte durch das Tor. Bardo und Ansmar blieben wie angewurzelt stehen.

Varga sagte leise: „Sie sind es ..."

„Wer?", fragte Bardo

„Wir werden es sehen", sagte Varga geheimnisvoll.

Oro hatte indes bereits den freien Platz draußen vor dem Tor erreicht, von dem aus sich ein breiter, fest gestampfter Weg unter hohen Eschen und Buchen zur Furt hinunterschlängelte. Er blieb stehen und schaute sich um. Dann winkte er den dreien aufgeregt zu und rief: „Kommt her und helft mir!"

Wieder ertönte ein lauter Schrei. Die Jungen zögerten, während Varga schon vorauslief. „Feiglinge!", rief sie, als sie das Tor beinah erreicht hatte.

Bardo und Ansmar folgten ihr nur langsam. „Warum ist Oro so aufgeregt?", fragte Ansmar leise.

„Vielleicht hat er einen toten Waldgeist gesehen."

„Einen toten Waldgeist ...? Geister sind ..., äh, die können doch gar nicht sterben", sagte Ansmar, während sie auf den Platz vor dem Tor traten. Und dann sahen sie Oro, wie er sich über einen Mann beugte, dem eine fränkische Streitaxt im Rücken steckte. Das schwere Fellgewand war vom Nacken bis zum Gürtel aufgeschlitzt. Der Kopf des Mannes lag in einer Wasserlache, die sich vom Blut rot färbte. Es musste einer der Männer sein, die vorhin im Nebel verschwunden waren.

Oro schaute auf. „Wir tragen ihn zum Haupthaus", sagte er und legte den Hammer zur Seite, um nach dem langen Stiel der Axt im Rücken des Verwundeten zu greifen. Behutsam zog er die scharfe Schneide aus der klaffenden Wunde. Der Fremde stöhnte laut auf.

Varga stand wie gebannt daneben, dann flüsterte sie: „Lasst ihn hier draußen oder tragt ihn zur Ems hinunter, er bringt uns in große Gefahr."

„Nein", sagte Oro, „wir können ihn nicht außerhalb des Zaunes liegen lassen. Die Luchse und Wölfe würden ihn töten."

„Tragt ihn weg, weit weg vom Hof. Es ist besser, wenn er nicht bei uns bleibt, er ist ein ..."

Im gleichen Augenblick hob der Fremde mit großer Anstrengung den Kopf und blickte Varga in die Augen. Für einen Moment schien es, als fiele ein Schatten auf sie. Varga wandte sich zögernd ab. Ohne etwas zu sagen, ging sie an dem Verletzten vorbei zurück auf den Hof.

Der Mann war sehr schwer. Oro und die beiden Jungen hoben ihn auf und trugen ihn ins Haupthaus. An der Feuerstelle unterhalb des Firstloches legten sie den Fremden auf ein niedriges Gestell aus geflochtenen Weidenruten, das mit dicken Rinderfellen bedeckt war.

Der Schmied wandte sich an Bardo und sagte: „Lauf hinüber zum Schmiedefeuer und hol etwas Glut, mit der ihr ein Feuer anzünden könnt. Der Mann ist völlig durchnässt, und seine Kleidung muss getrocknet werden. Ich gehe und rufe die Frauen. Sie sollen seine Wunde versorgen."

Bardo rannte, so schnell er konnte, zur Schmiede hinüber, während Ansmar einige Holzscheite aufeinander schichtete. Mit einem dichten Büschel trockenen Grases und einer Hand voll dünner Späne entzündeten sie aus der Glut, die Bardo herübergetragen hatte, ein kleines Feuer. Es dauerte nicht lange, bis die ersten Flammen emporzüngelten. Der Rauch kringelte nach oben und zog durch das Schilfdach und das Firstloch ab.

Beide hockten vor dem Feuer und schauten fasziniert in die knisternde Glut, als sie hinter sich ein Geräusch hörten. Sie blickten sich um und sahen, dass der Fremde sich von seinem Lager aufgerichtet hatte. Die langen schwarzen Haare fielen ihm wild ins Gesicht, das sich beinah ganz unter einem dichten, weißgrauen Bart versteckte. Zum ersten Mal sahen Bardo und Ansmar die Augen des Fremden, die jetzt, im Schein des Feuers, wie zwei rötlich glühende Punkte blitzten.

„Verrat ..., Verrat ...", flüsterte der Mann mit schwacher Stimme. Er versuchte den Oberkörper aufrecht zu halten, fiel dann aber kraftlos auf das Rinderfell zurück.

Von draußen waren Stimmen zu hören. Kurz darauf trat Oro in das Haus. Hinter ihm kamen Varga und einige Frauen mit ihren Kindern. Einige trugen die gewebten Tücher über den Armen, um sie in einer Ecke des Hauses auf einem länglichen Eichenbohlentisch abzulegen. Varga hielt sich von dem Fremden fern, während die Frauen zu ihm gingen, um ihn anzuschauen.

„Geht nicht!", sagte sie laut. Dann trat sie von der anderen Seite an das Feuer heran und warf einen großen Holzscheit hinein. Mächtige Flammen schlugen gierig in die Höhe. Wie von einem Speer getroffen bäumte der Fremde sich auf.

„Er wird uns allen Unglück bringen!", rief Varga den Frauen zu, „berührt ihn nicht!"

2

Sigurs Erzählung

Varga hatte die Warnung gerade ausgesprochen, als der Fremde wieder laut aufstöhnte. Ganz langsam hob er die Hände, als wolle er nach etwas greifen. Er sprach leise in einer Sprache, die niemand verstand, und versuchte noch einmal sich aufzurichten. Aber dann sanken ihm die Arme kraftlos auf die Brust und es war plötzlich gespenstisch still im großen Haupthaus. Nur das Feuer knisterte und knackte, und manchmal schossen kleine Funken in die Höhe, die einen Augenblick wie verirrt im Halbdunkel tanzten, um dann zu verglimmen. Alle starrten mit weit geöffneten Augen auf den Mann, von dem sie nicht wussten, wer er war. Nach einer Weile trat Oro an das Lager und beugte sich zu dem Fremden hinunter. Als er wieder aufblickte, schüttelte er den Kopf und sagte: „Er wird uns kein Unglück bringen, er ist tot."

Bardo zitterte am ganzen Körper. War das alles geschehen, weil er im verbotenen Wald gewesen war? Waren das ungewöhnlich heftige Gewitter und das Erscheinen der drei geheimnisvollen Männer nur Vorzeichen, durch die die Götter ihre Rache ankündigten? Waren sie so zornig, dass sogar ein Mann dafür sterben musste, der gar nichts mit alldem zu tun hatte? Oder hatte der Fremde sich auch die Wut der Götter zugezogen und lag darum nun tot auf dem Lager? Voller Angst schaute Bardo auf den Toten und dann zu Varga hinüber, die, vom hellen Feuer angeleuchtet, regungslos in einer Ecke des Hauses stand. Er hatte das Gefühl, dass sie mehr wusste, als sie sagte.

Laute Rufe von draußen unterbrachen Bardos Gedanken. Das konnten nur die Männer sein, die von der Jagd zurückgekehrt waren. Jemand rief mit dröhnender Stimme: „Wo steckt ihr?" Es war Ansmars Vater Gero, der in diesem Augenblick auch schon im Eingang des Hauses stand. Sein massiger Körper füllte die Tür beinah ganz aus, und im Gegenlicht der Sonne wirkte er wie ein finsterer Unhold, der gerade aus dem Urwald gekommen war, um sich ein Menschenopfer zu holen. Er blieb noch einen Augenblick im Eingang stehen und ging dann, ohne etwas zu sagen, mit weiten Schritten auf die Feuerstelle zu.

Hinter ihm traten sechs Männer ins Haus. Zwei von ihnen trugen eine lange Stange zwischen sich, die sich unter der Last eines schwarzen Ebers weit nach unten bog. Dem Tier waren die Vorder- und Hinterläufe mit dicken Bändern aus Hanfseilen über der Stange zusammengebunden worden, und sein mächtiger Körper mit dem wuchtigen, hauerbewehrten Schädel berührte fast den Boden. Das Wildschwein war von mehreren Speeren getroffen worden. Dickes, dunkles Blut war aus den tödlichen Wunden getreten und verklebte das dichte borstige Haarkleid des Keilers.

Gero deutete stolz auf die erlegte Beute. „Odin hat unsere Speere gelenkt!", rief er. Dann wandte er sich Ansmar zu: „Du wirst ihn mit Bardo und den anderen Jungen zerlegen."

Bardo und Ansmar standen immer noch still in der Nähe des Lagers, auf dem der Unbekannte lag. Erst jetzt bemerkten Gero und die anderen Männer den Fremden im Schein des Feuers.

„Er ist tot", sagte Oro, „wir wissen nicht, wer er ist." Dann erzählte der Schmied, was geschehen war. Von den Warnungen Vargas sagte er nichts. Was bedeuteten sie schon, jetzt, wo der Mann gestorben war!?

Gero schaute in die Runde und beugte sich dann über das Lager. „Wir werden ihn sofort bei den Sanddünen, weiter oberhalb am Fluss, begraben", entschied er. „Tragt ihn dorthin, bevor die Sonne untergeht. Aber vorher durchsucht seine Kleidung, vielleicht finden wir einen Hinweis darauf, wer er ist."

Die Jäger legten ihre schwere Last in der Nähe der Feuerstelle ab, während vier Männer das Lager mit dem Toten anhoben und hinaustrugen. Auf dem Hof durchsuchten sie das Fellgewand des Unbekannten.

„Seht nur!", rief plötzlich einer der Jäger, hielt etwas mit einer Hand in die Höhe und griff aufgeregt, aber doch zögernd mit der anderen Hand noch einmal in die einzige große Tasche des Ge-

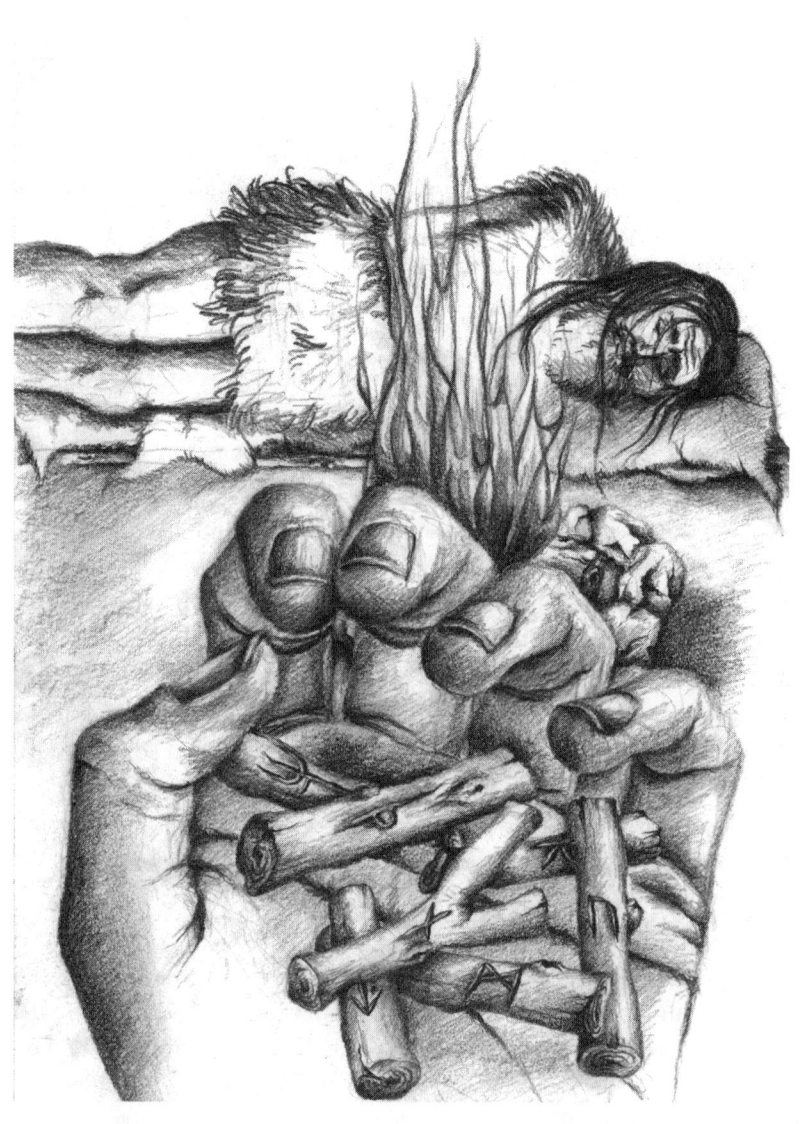

wandes, „er trägt das Losorakel bei sich! Er ist der Seher, er ist ..., es ist Goron!!" Die Stimme des Jägers klang mit einem Mal schrill und voller Angst.

Gero, Oro und die anderen, die sich ebenfalls in der Nähe des Toten befanden, wichen erschrocken vor dem Leichnam zurück. Einige hoben ihre Hände wie zur Abwehr und raunten, indem sie mit weit geöffneten Augen auf das bleiche, erstarrte Gesicht des Mannes blickten: „Goron ..., Goron ..."

Keiner von ihnen hatte den Seher schon einmal gesehen. Aber jeder wusste von dem geheimnisvollen Mann aus den Erzählungen der Alten. Goron lebte mit dem Schimmel Falgar seit vielen Menschenaltern im *heiligen Hain* jenseits des verbotenen Waldes. Er war Odins Diener, und der Gott verlieh ihm die Kraft, in die Zukunft sehen zu können. Jeder wusste, dass er dazu auch das Losorakel warf, das nach einem alten Gesetz nur von ihm benutzt werden durfte. Die Alten wussten auch zu erzählen, wie der Seher ein solches Orakel schnitzte, indem er einen Zweig von einem Frucht tragenden abschnitt, ihn in kleine Stücke zerteilte und mit geheimnisvollen Zeichen kenntlich machte. Diese Aststückchen streute er dann wahllos auf ein weißes Laken aus Leinfasern, um so in die Zukunft zu sehen.

Jeder wusste, dass der Tote auf dem Lager Goron sein musste, denn niemand außer ihm würde ein Losorakel bei sich tragen. Was also bedeutete der Tod des Sehers? War Odin durch irgendetwas so sehr erzürnt, dass er dem Seher die Gunst entzogen und getötet hatte?

Während die Frauen und Männer immer noch voller Furcht auf den Fremden blickten, beugte Varga sich zu einem Losstückchen hinunter, das direkt vor ihren Füßen lag, hob es auf und murmelte so leise, dass niemand sie verstehen konnte: „Ich hab es geahnt, ich habe sie gewarnt. Dieser Mann bedeutet Gefahr für uns, aber ich weiß auch, dass der Tote nicht Goron ist." Seine zwei Begleiter haben dem Mann das Orakel in die Tasche gesteckt, nachdem sie ihm die Streitaxt in den Rücken geschlagen haben, überlegte sie. Und dann sind sie in den verbotenen Wald geflüchtet. Wir sollen glauben, dass Goron der Getötete ist, ich weiß aber, dass er lebt. Ich weiß es ..., ich weiß es ... Mit diesem sicheren Gefühl glitten Vargas Gedanken zu dem Tag vor einem Sommer zurück.

An diesem Tag hatten fränkische Krieger den Hof überfallen. Sie standen eines abends an der Furt durch die Ems. Gero hatte an diesem Abend außerhalb des Zaunes einem Luchs aufgelauert, der in der Nacht zuvor versucht hatte, in die Siedlung einzudringen, um sich ein Ferkel zu holen. In der Dämmerung hatte Gero gesehen, wie die Krieger auf ihren hohen Pferden durch das knietiefe Wasser der Furt preschten, dass die Gischt zu allen Seiten hochspritzte. Den Kriegern waren zwei Männer vorangeritten, die anders gekleidet waren als die übrigen. Einer von ihnen war nicht bewaffnet gewesen. Er hatte einen langen, dunklen Kapuzenumhang getragen, der an der Hüfte von einer dicken Kordel zusammengehalten worden war. Auf seiner Brust glänzte eine schwere goldene Kette, an der ein seltsames Zeichen baumelte. Später hatte Varga erfahren, dass dieses Zeichen das eines neuen Gottes war.

Der andere, ein hoch gewachsener Mann mit stolzem, schmalem Gesicht, trug eine prächtige Lederrüstung und schwang eine gewaltige Streitaxt.

Die Franken hatten die Ems schnell durchquert und standen bald auf ihren schnaubenden Pferden innerhalb des Palisadenzaunes, bevor Gero die anderen warnen konnte. Doch selbst wenn es ihm gelungen wäre, hätte das nichts mehr genutzt. Alle Männer waren an diesem Abend so sehr vom süßen *Met* betrunken, dass sie sich nicht hätten wehren können. Die fränkischen Krieger hatten die Frauen und Kinder ins Haupthaus getrieben und damit gedroht, es bei einer Gegenwehr anzuzünden. Gero hatte trotzdem versucht, gegen die Übermacht zu kämpfen, aber er wurde vom Axthieb eines Kriegers an der Schulter schwer verletzt. Danach nahmen die Franken sich, was sie brauchten, um ihren Hunger zu stillen.

Der Krieger in der prachtvollen Lederrüstung war der Frankenkönig Karl, der auf dem Weg nach Norden war. Dort wollte er

Heiliger Hain: Stätte der Götterverehrung (s. Irminsul)
Met: Weinartiges Getränk aus vergorenem Honig.

sich am *Weserdurchbruch* mit seinem Haupther treffen, um gegen die große *Wallburg* auf dem *Mons Wedegonis* zu ziehen. Herzog *Widukind* hatte in der Burg und den umliegenden Weserbergen Tausende von Sachsen um sich versammelt, mit denen er die Franken aus dem Land vertreiben wollte. Der dunkle Begleiter des Königs hatte sich *Alkuin* genannt und war der Priester eines merkwürdigen Gottes, für den der Frankenkönig kämpfte.

In der Nacht wurden sie gezwungen, Alkuin zuzuhören. Während die Krieger sie mit blanken Lanzen bedrohten, erzählte er von dem unbekannten Frankengott und verbot ihnen, von nun an Odin und den anderen Göttern zu dienen. Dabei sprach Alkuin auch vom heiligen Hain und Goron, dem Seher. Goron sei ein Lügner, hatte Alkuin gesagt. Niemand dürfe dem Seher glauben, weil es die Götter, denen er diene, gar nicht gäbe. Alkuin hatte dabei das Zeichen auf seiner Brust mit beiden Händen genommen und geküsst.

Am frühen Morgen trieben die Franken alle Frauen, Männer und Kinder zur Ems hinunter. Als die Sonne über dem verbotenen Wald aufging, mussten sie sich von Alkuin im Namen des Frankengottes taufen lassen. Der Priester drohte, der fremde Gott würde sich rächen, wenn sie nicht an ihn glaubten. Aber keiner verstand ihn, denn wie konnte sich dieser Gott rächen, wenn er doch an ein Kreuz genagelt worden und gestorben war?

Bevor die Franken den Hof verließen, zerstörten sie alle Gegenstände, die den Göttern geweiht waren. Der dunkle Alkuin nahm noch einmal das Kreuz von seiner Brust und hielt es ihnen entgegen. Dabei rief er laut, bald werde einer seiner Brüder kommen, um ihnen noch mehr von seinem Gott zu erzählen.

Die Krieger aber drohten, sie würden den heiligen Hain zerstören und Goron töten. Dann bestiegen sie ihre Pferde und ritten durch die Furt nach Norden davon.

Während Varga an all das dachte, blickte sie noch immer auf das Orakel. Sie erinnerte sich daran, wie die Götter auf den Hof zurückgekehrt waren.

Viele Sonnenaufgänge nach dem Überfall kamen sächsische Händler zu ihnen. Sie brachten wertvolles Salz aus dem Norden, um es gegen Bärenfelle und *Wisentleder* einzutauschen. Einer der Männer wusste zu erzählen, dass der Sachsenherzog Widukind die Schlacht gegen Karl verloren hatte und mit seinen Scharen in die Wälder geflüchtet war. Er wusste auch von Goron zu berichten, der sich vor den Franken hatte retten können. Die Krieger waren in den heiligen Hain eingedrungen und hatten ihn verwüstet, aber der Seher hatte den Schimmel Falgar im unzugänglichen Moor versteckt und sich selbst in einer hohlen Eiche so gut verborgen, dass sie ihn nicht finden konnten. Er hatte den wütenden Angriff der Franken also unter Odins Schutz überlebt. Wo war da der Gott des Frankenkönigs, von dem Alkuin gesagt hatte, er könne alles sehen und wisse alles?

Und auch Alkuins Bruder war noch nicht gekommen. Hatte Odin Menschengestalt angenommen und ihn in die Sümpfe geführt, aus denen es kein Entkommen gab, wenn man die geheimen Wege nicht kannte?

Weserdurchbruch: Porta Westfalica bei Barkhausen.

Wallburg: Hier ist die Wittekindsburg westlich der Porta Westfalica gemeint. Wallburgburgen waren Verteidigungs- und Wohnanlagen aus mehreren aufeinander folgenden, hoch aufgeschütteten, meistens ringförmigen Erdwällen mit starken Palisaden an der Front. Auf der höchsten Erhebung im Zentrum der Wälle befanden sich die Gebäude der Burgen. Die Wallburgen wurden meist auf Berghöhen oder an Berghängen, im Münsterland aber auch in der Ebene angelegt. Ein Beispiel dafür ist die „Borg" bei Laer/ Horstmar, die vermutlich bereits im 6. Jahrhundert entstand und eine der größten Wallburganlagen Nord-West-Deutschlands darstellt.

Mons Wedegonis: Kamm des Wiehengebirges.

Widukind, auch Wittekind genannt, sächsischer Etheling (Edelmann) vom Stamm der Engern, geb. 743, gest. 807 (?), ab etwa 768 Herzog der Sachsen und Heerführer der Westfalen gegen die Franken. Widukind ließ sich gemeinsam mit seinem Begleiter Abbio 785 in Gegenwart Karls d. Großen, der auch Taufpate war und die beiden reichlich beschenkte, in Attigny/ Lothringen taufen.

Alkuin, auch Alkwin, geb. 730, gest. 804, Benediktinermönch, angelsächsischer Gelehrter und Priester aus Northumbrien (Großbritannien). Er war der wichtigste geistliche Berater Karls d. Großen.

Wisente sind sehr kräftig gebaute, prächtige Wildrinder, den größeren nordamerikanischen Bisons ähnlich. Wisente lebten in freier Wildbahn überall in den Wäldern. Heute gibt es noch etwas 1 000 Tiere, die unter anderem im Solling zu beobachten sind.

So opferten sie weiterhin den Göttern. Um Goron, von dem sie nur gehört, und den sie nie gesehen hatten, blieb es still. Aber alle wussten, dass er unter dem Schutz Odins stand. Hatten sie das vergessen? Und nun sollte er von unbekannten Fremden getötet worden sein?

Nein, dachte Varga, ich glaube nicht daran. Ich weiß, dass Goron lebt. Aber was steckt hinter dem Mord? Wer hat ein Interesse daran, uns glauben zu lassen, Goron sei tot?

Geros laute Stimme riss Varga aus ihren Gedanken: „Varga, Varga, hörst du mich?" Er berührte sie an der Schulter und versuchte, ihr ins Gesicht zu sehen. Wie alle anderen hatte auch Gero große Achtung vor Vargas zweitem Gesicht.

„Hast du etwas gesehen – in dem Orakel, meine ich?"

Varga schaute zu ihm auf. „Nein", sagte sie zögernd. Sie war sich nicht sicher, ob sie ihren Verdacht äußern sollte. Es würde nichts verändern, wenn plötzlich alle in Angst gerieten. Im Gegenteil, vorläufig wäre es besser, sie in ihrem Glauben zu lassen, um abzuwarten, was geschehen würde.

„Nein", sagte sie noch einmal, „ich habe nichts gesehen."

Gero nickte und deutete auf den Toten. „Wir tragen ihn jetzt zum heiligen Hain."

„Bringt ihn zu den Dünen an der Ems, weitab von hier, wie du es vorhin gesagt hast."

„Es ist Goron, wir müssen ihn bei Odins Eiche begraben, sonst wird der Gott uns bestrafen."

„Ich weiß, dass es besser ist, ihn nicht dort zu begraben", sagte Varga, und ihre Stimme war plötzlich so schneidend, dass Gero unwillig aufhorchte. Aber er wagte in diesem Augenblick nicht, ihr zu widersprechen. Sie hat das zweite Gesicht, dachte er, und weiß mehr als sie sagt.

Immer wieder waren es die Mädchen und Frauen, die diese Gabe besaßen. Gero dachte an die Seherin Albuna, die vor undenklichen Zeiten gelebt hatte. Von ihren Taten wussten die Alten nichts mehr zu erzählen, aber ihr Name wurde bis heute an den Feuern genannt. Anders verhielt es sich mit der mächtigen Zauberin Veleda, die dem Stamm der Sumpfbewohner, der Brukterer, angehört und in einem Turm gelebt hatte. Auch sie war, wie Goron, nie von jemand gesehen worden. Von ihr wurden viele geheimnisvolle Dinge erzählt. Manche glaubten sogar, sie lebe weiterhin, von Menschenalter zu Menschenalter. War das Mädchen Varga vielleicht eine der Gestalten, die Veleda heute noch annahm?

„Gut", sagte Gero nachdenklich, „geh du mit den Frauen. Bereitet einen guten Trunk vor. Wenn wir zurück sind, wollen wir Odin ein Trinkopfer bringen."

Er wandte sich den Männern zu, die auf der anderen Seite des Lagers standen. „Wir tragen ihn zu den Dünen", sagte er, während er sich zur Trage hinunterbeugte.

Die Schatten der hohen Eichen an den Stirnseiten des Haupthauses wurden bereits länger, als sie den Toten durch das Tor im Palisadenzaun hinaustrugen. Bardo und Ansmar schauten ihnen nach. Auch Oro blieb zurück und blickte zur Schmiede hinüber.

„Ich werde das Schwert fertig schmieden und härten", sagte er zu Bardo, „wenn der Mond rund ist, soll es unserem Kriegsgott geweiht werden. Du kommst mit mir und sorgst für das Feuer."

Er ging voraus zur Schmiede, wo die Glut in der Esse noch rötlich gelb zwischen der Holzkohle glimmte. Bald klang das Singen des Eisens über den Hof. Es war, als riefe das Schwert ungeduldig nach seiner Vollendung, um endlich dem Gott geweiht werden zu können.

Mit der beginnenden Dämmerung kamen die unfreien Männer von den Feldern zum Hof zurück. Sie trieben Zugochsen vor sich her, die die schweren Hakenpflüge aus knorrigem Astholz zogen, mit denen der Boden umgebrochen wurde. Manche der Felder lagen in der Nähe des Hofes an der Ems auf höher gelegenen Gebieten und waren leicht zu bestellen. Andere Äcker fanden sich verstreut in den Wäldern, wo man Bäume für den Hausbau geschlagen hatte. Dort mussten die Männer mühevoll um die stehen gebliebenen Baumstümpfe herumpflügen.

Müde von der schweren Arbeit, schirrten sie die Ochsen aus. Danach trieben sie sie in einen Pferch aus dickem Weidengeflecht, der zwischen der Scheune und den Grubenhäusern lag. Die wenigen wertvollen Pferde, die nur zum Reiten benutzt wurden und auf der kleinen, durch einen Lattenzaun abgetrennten Weide nebenan standen, trabten freudig an die Umzäunung heran, um die Arbeitstiere mit lautem Wiehern zu begrüßen.

Ansmar hatte indes mit den anderen Jungen den Eber zerlegt. Nun hockte er neben einem Feuer, das sie außerhalb des Haupthauses angezündet hatten. In zwei armdicken Astgabeln aus hartem Nussbaumholz, die in Hüfthöhe links und rechts der Feuerstelle aufgestellt waren, drehte Ansmar an einem langen Eisenspieß, auf dem bereits die Vorderschinken des Wildschweins schmorten. Der Geruch des gebratenen Fleisches verbreitete sich rasch über den ganzen Hof.

„Wenn Sigur den Braten riecht, wird er sich beeilen", sagte Ansmar zu Bardo, der aus der Schmiede herübergekommen war.

Bardo setzte sich neben seinen Freund an das Feuer und schlug die Beine übereinander. „Kommt er heute zurück?", fragte er.

„Mein Vater sagt, dass er ganz in der Nähe des Hofes ist."

„Hat er ihn getroffen?"

„Ja, vor einem Sonnenaufgang. Die Schweine sind rund und fett. Sigur ist ein guter Schweinehirt."

„Ist ja auch nicht schwer. Der Wald ist voller Eicheln und Bucheckern, da fressen sich die Schweine so viel Fett an, dass er sie besser rollen als vor sich hertreiben kann."

Ansmar lachte: „Das möchte ich sehen," gluckste er, „und außerdem ist Sigur schon seit der Sonnenwende fort. Er ist zwar fünfzehn Sommer alt und kann gut mit dem Speer umgehen, aber es ist trotzdem gefährlich, mit den Schweinen durch die Wälder zu ziehen. Der Luchs ruft jede Nacht, und als der Mond das letzte Mal rund war, habe ich die Wölfe nicht weit von hier gehört. Ich möchte kein Schweinehirt sein."

„Hast du etwa Angst?"

„Das musst du gerade sagen, denk nur an heute früh. Wer hat sich denn ..."

Von außerhalb des Palisadenzaunes ertönte der dumpfe Ruf eines Signalhorns. Nicht viel später hoppelten die ersten Schweine quiekend durch das Tor. Erst als die letzten Tiere den Hof erreicht hatten, sahen Bardo und Ansmar Sigurs schlanke Gestalt in der Abendsonne zwischen die Torpfosten treten. Er scheuchte die fetten Schweine in ein niedriges Gehege neben dem Haupthaus. Dann kam er zum Feuer. Sein langer, mit vielen Astknoten bewehrter Hütestab fiel neben Ansmar auf den Boden.

„Ich hab's gerochen", sagte Sigur.

Ansmar grinste: „Und ich hab's gewusst."

Der Schweinehirt schaute sehnsüchtig auf den Braten über dem Feuer. „Die Schweine haben sich dick gefressen", sagte er, „und ich habe mich dünn wie ein Speer gehungert. Ich könnte einen ganzen Bären essen, wenn er sich von mir braten ließe."

„Aber er lässt dich nicht", sagte Bardo.

Ansmar zeigte auf die Schinken: „Die sind nicht so gefährlich wie ein böser Bär und leckerer als die süßen Beeren, die du im Wald gegessen hast."

„Ich bin jedenfalls froh, wieder bei euch zu sein", sagte der Schweinehirt. Dann überlegte er kurz: „Aber sagt mal, auf dem Weg hierher sind mir Gero und ein paar Männer begegnet, die einen Toten zu den Emsdünen trugen. Sie haben nur gesagt, dass er ein Unbekannter sei. Was ist geschehen?"

Ansmar erzählte es ihm. Sigur schaute dabei nachdenklich auf die Schweine, die noch aufgeregt in ihrem Gehege herumhoppelten. „Merkwürdig", sagte er, nachdem Ansmar seine Erzählung beendet hatte, „als ich noch einen Sonnenaufgang vom Hof entfernt war, habe ich etwas Unheimliches beobachtet. Vielleicht hat das mit dem Fremden zu tun."

Überrascht schauten Bardo und Ansmar zu dem Schweinehirten auf, der noch immer neben dem Feuer stand. Sigurs schmales, sommersprossiges Gesicht wirkte erschöpft, und seine grauen Augen blickten müde in die Flammen. Über dem armlosen rauen Wollumhang baumelte das Signalhorn an einem dünnen Lederriemen an der Hüfte. Auf dem Rücken trug er einen Köcher aus weichem Wisentleder, in dem fünf kurze Speere steckten. Er fertigte sie selbst an, indem er die armlangen geraden und spitzen Haselnussschäfte über einem Feuer ankohlte. Dadurch wurden die Spitzen so hart, dass die Speere für Luchse und Wölfe zur tödlichen Gefahr werden konnten.

Sigur setzte sich neben Bardo und Ansmar auf den Boden und fuhr sich mit einer Hand durch das dichte blonde Haar. Bardo legte ihm einen Arm über die Schulter und sagte: „Erzähl uns, was du gesehen hast. In der Zeit wird der Schinken gar sein, dann kannst du dich satt essen."

Der Hirte nickte und begann zögernd seine Erzählung: „Ich hatte mit den Schweinen ein Waldstück gefunden, das ich noch nicht kannte. Es liegt nicht weit von dem Weg entfernt, den die Händler benutzen, wenn sie zu uns kommen. Ihr wisst ja, dieser Weg führt am verbotenen Wald und den Sümpfen entlang."

Bardo schrak zusammen. „Warst du im verbotenen Wald?", fragte er.

„Nein", sagte Sigur, „in den verbotenen Wald würde ich niemals gehen." Dann erzählte er weiter: „Also, die Schweine wühlten nach allem, was der Waldboden hergab. Ich fand schnell einen weichen Lagerplatz in einer etwas abseits liegenden Mulde. Eigentlich wollte ich noch Beeren sammeln. Aber es wurde Abend, und ich fühlte mich sehr müde. Die Schweine blieben nicht weit entfernt eng zusammen, wie sie es immer tun, wenn die Nacht kommt. Ich legte mich in die Mulde, weil ich mich einen Moment ausruhen wollte, und schlief ein. Das Letzte, was ich hörte, war das leise Grunzen der Tiere. Irgendwann, es war bereits dunkel, weckte mich etwas ..."

„Was weckte dich, du verschlafener Schweinehirt?", fragte Varga, die, ohne von den dreien bemerkt worden zu sein, an das Feuer getreten war.

Bardo deutete auf den Platz neben sich. „Setz dich und hör zu, dann erfährst du es", sagte er.

Hinter Varga kamen die Frauen aus dem Haupthaus. Sie trugen große, kugelförmige Tontöpfe in den Händen, in denen der Honigwein über die Ränder schwappte. Sigur stand auf, griff nach einem der Töpfe und trank in gierigen Zügen. „Ah, das tut gut", murmelte er, während er sich mit einer Hand über den Mund fuhr.

„Der Met ist für Gero und die Männer bestimmt!", rief eine der Frauen. Aus dem Schatten zwischen den Häusern trat eine dunkle Gestalt und sagte mit lauter Stimme: „Auch der Schmied ist durstig!"

Oro trug das fertige Schwert in einer Hand. Mit wenigen Schritten war er am Feuer und hielt die Waffe in den Schein der Flammen, so dass die Klinge tiefrot schimmerte, als habe der Schmied sie zuvor in Blut getaucht. Oro blickte auf den Sax und sagte: „In drei Nächten, wenn der Mond rund ist und die Wölfe in den Wäldern heulen, werden wir Saxnoth dieses Schwert weihen. Dann wird es kein Franke mehr wagen, unsere Götter zu verhöhnen und unsere Höfe zu zerstören. Saxnoth wird sie mit dieser Waffe strafen."

Die Sonne war bereits, einem riesigen, rot glühenden Rad gleich, hinter den hoch aufragenden, Baumwipfeln verschwunden. Die Tiere in den Verschlägen und Ställen wurden ruhiger. Nur das stetige Raunen des Waldes drang mit dem lauen Abendwind zu ihnen herüber.

Oro hockte sich an das Feuer und grüßte Sigur mit einem Kopfnicken. „Du bist zurück, das ist gut", sagte er, „was bringst du mit außer den fetten Schweinen dort hinten?"

Sigur setzte den Topf ab, aus dem er gerade getrunken hatte. „Ich habe es Bardo und Ansmar schon erzählt", sagte er.

„Da bin ich gespannt. Hast du etwa den Frankenkönig mit deinen Schweinen vertrieben?"

„Nein, aber vor einem Sonnenaufgang schlug ich mein Lager in der Nähe des Händlerweges auf. Ich war eingeschlafen, als mich ein Geräusch weckte. Zuerst glaubte ich, der Wind habe einen trockenen Ast vom Baum gerissen. Aber dann hörte ich leise Stimmen. Ich erschrak und dachte sofort an die Baumgeister, die nachts oft unterwegs sind, um sich mit den Quellnymphen in den Mooren zu treffen. Durch das dichte Geäst der Bäume drang das silberne Licht des Mondes, der wie ein halbes Rad über dem Wald stand, und die Geister bewegten sich im Nachtwind wie graue Schatten auf mein Lager zu. Rundherum hörte ich, wie die Äste auf dem Waldboden unter ihren Schritten brachen.

Die Schweine wurden unruhig, aber sie blieben still, als wollten sie sich und mich nicht verraten. Ich duckte mich, so tief ich konnte, in meine Schlafmulde. Den Hütestab hielt ich fest in den Händen. Plötzlich lachte jemand laut. Dann gab es ein dumpfes

Geräusch, wie von einem Schlag. Danach blieb es für einige Herzschläge still, bis mich ein merkwürdiges Rascheln über den Rand der Mulde blicken ließ ..."

„Hast du sie gesehen ..., hast du die Baumgeister gesehen?", unterbrach Bardo ihn.

„Ja, ich habe sie gesehen. Aber es waren keine Baumgeister, wie ich zuerst auch gedacht hatte.

Im Mondlicht sah ich, wie drei dunkle Gestalten in schweren Fellgewändern etwas über den Boden zogen. Dadurch entstand das Geräusch, das ich gehört hatte. Einer der drei sagte etwas zu den anderen, was ich nicht verstehen konnte. Aber es war eine Menschenstimme, das wusste ich sofort, denn Baumgeister wispern nur miteinander und sprechen nicht so deutlich. Sie bewegten sich tatsächlich auf mich zu. Jetzt sprachen auch die anderen. Ich kauerte mich wieder tief in die Mulde. Das Geräusch und die Stimmen wurden lauter. Ich hatte das Gefühl, dass sie mich jeden Augenblick entdecken mussten. Aber wenige Schritte vor meinem Versteck blieben sie stehen.

Ihr könnt euch meine Angst gar nicht vorstellen. Ich wagte nicht, aufzuschauen. Die drei sprachen leise miteinander. Weil sie so nah waren, konnte ich sie nun verstehen. Zuerst redeten sie durcheinander, bis einer von ihnen lauter wurde. ‚Wir bringen ihn ins Moor', sagte er, ‚dort töten wir ihn. Odin verlangt ein Menschenopfer, darum hat er diesen Fremden in unsere Wälder geführt. Nur so können wir die Macht erhalten, die Odin uns verleiht.' Einer der beiden antwortete: ‚Ja, es sind viele Sommer vergangen, seit dem Gott ein solches Opfer gebracht wurde, und unsere Gewalt über die Menschen schwindet immer mehr. Wir müssen ihn töten.'

Als ich das hörte, durchfuhr mich ein eisiger Schreck. Die drei hatten einen Mann, vielleicht einen armen Wanderer oder Händler, überfallen und niedergeschlagen. Und nun wollten sie ihn in die Sümpfe schleppen, um ihn zu opfern, weil sie um ihre Macht fürchteten. Wer waren sie, und von welcher Macht sprachen diese Männer? Was würden sie tun, wenn sie mich entdeckten? Ich würde sicher ihr zweites Opfer werden, das wusste ich.

Aber sie waren so sehr mit sich und dem Bewusstlosen beschäftigt, dass sie nicht zu mir hinüberschauten. Nach einer Weile hörte ich, wie sie die Gestalt vom Boden aufnahmen. Dann entfernten sie sich von meiner Mulde und waren bald in Richtung der Sümpfe verschwunden."

Sigur atmete tief ein, als er seine Erzählung beendet hatte. In der Zwischenzeit war Gero mit den übrigen Männern zurückgekehrt. Alle hatten Sigurs Geschichte gespannt mit angehört. Gero saß mit einem Topf voller Met in der Hand am Feuer und sagte: „Das war eine geheimnisvolle Begegnung. Und du glaubst, sie könnte etwas mit dem Toten vom Tor zu tun haben?"

„Ich weiß nicht. Ich habe die Männer nicht erkennen können. Aber sie trugen auch diese ungewöhnlichen, schweren Fellgewänder. Es könnten doch die drei gewesen sein, die heute hier auf dem Hof waren."

„Wenn es so ist, dann waren es drei. Jetzt liegt einer von ihnen unter den Dünen an der Ems", sagte Gero nur.

Rund um das Feuer wurde es still. Varga stand auf und blieb hinter Sigur stehen. Sie ahnte, dass sein Erlebnis mit dem Erscheinen der Fremden und dem Toten zu tun haben musste. Und sie spürte wieder deutlich, wie das Unheil über sie alle hereinbrach und nicht aufzuhalten war. Noch war niemand davon betroffen, doch das konnte ganz plötzlich geschehen. Was ging hier wirklich vor sich? Konnten sie überhaupt etwas gegen den Zorn der Götter unternehmen? Oder hatten die mit alldem gar nichts zu tun?

Sie schaute zum Tor hinüber. Auf den Spitzen der Pfosten erkannte sie trotz der Dunkelheit die bleichen Rinderschädel, die dort wieder aufgesteckt worden waren und im Mondlicht wie unheimliche Boten aus der Geisterwelt schimmerten. Aber die zwei finsteren Gestalten, die im Schatten neben dem Tor lauerten und den Hof mit hasserfüllten Augen beobachteten, konnte sie nicht sehen.

3

Vargas Traum

Varga stand am Ufer der Ems und schaute auf das träge dahinfließende Wasser. Es war früher Morgen und ein seltsamer, modriger Geruch breitete sich über den Fluss und die Ufer aus. Im Westen türmten sich schwere, dunkle Regenwolken auf. Das kam im Sommer sehr oft vor und war nichts Ungewöhnliches. Und doch ahnte Varga, dass irgendetwas nicht stimmte.

Sie spürte, wie sie zu frieren begann, obwohl die Luft warm und angenehm war. Ganz langsam überzog sich ihr Körper mit einer Gänsehaut. Wie eine glutrote gewaltige Scheibe war die Sonne über den Wäldern im Osten aufgegangen. Aber nun bedeckten die finsteren Wolken den ganzen Himmel. Ein kalter Wind fegte plötzlich vom verbotenen Wald herüber auf den Fluss zu, scheuchte das Wasser zu kräuselnden Wellenkämmen auf, um dann wie eine eisige Hand nach ihr zu greifen. Mit dem Wind kamen Stimmen von überall her. Ihr war, als flüsterten sie ihr aus den Wolken etwas zu. Oder waren es die klagenden Rufe der Wölfe, die voller Jagdlust in den Wäldern lauerten? Und dann war da ein unheimliches Lachen, grausam und verschlagen, das wie eine dumpfe, finstere Melodie von allen Seiten auf sie eindrang, während am gegenüberliegenden Ufer der Ems eine dunkle Gestalt erschien und wieder verschwand. Goron ...?, dachte sie, Goron ...?

Sie bekam Angst und wandte sich um. Der Weg zum Tor hinauf verlor sich in den dunklen Schatten der Bäume. Aber dahinter loderte der nachtschwarze Himmel im blutroten Schein züngelnder Flammen, die in wilder Jagd über die gezackten Konturen der Baumwipfel hinaufschossen. Der Hof ..., dachte sie, der Hof brennt.

Sie rannte den Weg entlang durch die Finsternis auf das Tor zu, das wie ein rot glühender, alles verzehrender Schlund vor ihr auftauchte. Und dann sah sie es: Aus den schilfgedeckten Dächern schlugen gierige Flammen in die Höhe. Die meisten Häuser waren bereits zu dunkler, schwelender Asche verbrannt, aus der nur noch feine grauweiße Rauchfähnchen emporstiegen. In den brennenden Ställen schrien die Tiere in ihrer Not, aber sie sah keinen Menschen, niemanden, der das Feuer zu löschen versuchte. Was geschieht hier, dachte sie und spürte, wie die Angst sie umklammerte wie ein eiserner Reif.

Ein riesiges Schwein durchbrach das brennende Weidengeflecht seines Geheges und rannte in panischer Flucht auf sie zu. Dem Tier steckte ein schwarzes Messer im Bauch, aus dem die Gedärme herausquollen. Sie wollte davonrennen, aber ihre Beine bewegten sich nicht. Im gleichen Augenblick hörte sie einen wütenden Schrei, der aus den Wolken zu kommen schien. Sie riss ihren Kopf hoch und sah weit über sich zwei mächtige Raben, deren pechschwarze Augen im Feuerschein böse schimmerten und starr auf sie gerichtet waren.

Die schwarzen Vögel verharrten mit schlagenden Flügeln über ihr, um sich plötzlich auf sie zu stürzen. Sie schrie und versuchte, sich mit den Armen zu schützen. Wieder wollte sie davonlaufen und wieder kam sie nicht von der Stelle.

Die Raben waren schnell und gewandt. Sie krallten sich mit ihren scharfen Fängen in Vargas langen Haaren fest, zerrten an ihnen und hieben mit kräftigen, spitzen Schnäbeln nach ihren Augen.

„Nein ...!!", schrie sie, „nein ...!!"

„Wach auf, Varga, wach auf!"

Sie öffnete ihre Augen. Verwirrt blickte sie in das Gesicht über sich. Im ersten Moment dachte sie, Goron stünde neben ihr, und erschrak heftig. Aber Goron? Warum Goron? Und dann sah sie im Schein der Morgensonne, der durch den Eingang des Haupthauses in die große Halle fiel, dass es ihr Bruder war, der sich über sie beugte.

„Ich ..., sind sie fort?", stammelte sie benommen.

„Varga ..., Varga ..., du hast geträumt", sagte Bardo leise.

„Ja ..., ja ..., ein schlimmer Traum, es war ein schlimmer Traum."

Sie rieb sich die Augen und richtete sich langsam vom Lager auf. Aus einer dunklen Ecke der Halle war das röchelnde Schnarchen der Männer zu hören, die ihren Rausch ausschliefen. Nach Sigurs Erzählung gestern Abend hatten sie viel Met getrunken und noch lange über die seltsamen Ereignisse des Tages gesprochen.

„Da waren zwei Raben", sagte Varga jetzt nachdenklich.

„Zwei Raben?"

„Ich habe im Traum zwei Raben gesehen, die ..."

Bardo schrak zusammen und unterbrach sie heftig: „... das können doch nur ..., das waren bestimmt Odins Raben", sagte er.

„??? ..."

„Hugin und Munin! Du weisst doch: Odins Vögel heißen Hugin und Munin, sie sind Raben und begleiten ihn bei seinen Wanderungen unter den Menschen."

Varga schaute ihn mit großen Augen an. Ja, so wird es sein, dachte sie, Odin hat mir diesen Traum gesandt. Er hat mir eine Botschaft geschickt, darum habe ich von den Raben geträumt.

An den Feuern erzählten sich die Frauen und Männer oft von Odins Wanderungen unter den Menschen, bei denen er von den Raben Hugin und Munin und den Wölfen Geri und Freki begleitet wurde. Die Vögel waren die Augen und Ohren des Gottes und berichteten ihm von allem, was sie sahen und hörten. Und auch die Rufe der Wölfe hatte sie im Traum gehört. Varga war sich jetzt sicher, dass Odin ihr mit diesem Traum etwas ganz Bestimmtes sagen wollte. Aber was konnte das sein? Sie dachte an den brennenden Hof und das riesige Schwein. Was hatte das blutige Messer zu bedeuten? Hatte sie wirklich Gorons Lachen gehört? Und warum hatte sie geträumt, dass Hugin und Munin ihr die Augen auspicken wollten? Ein grausamer Traum, der Gott hatte ihr einen schlimmen Traum gesandt.

„Ich weiß es jetzt", sagte Varga, „du hast Recht. Odin hat mir etwas gezeigt."

„Weißt du auch, was der Traum bedeutet?"

„Nein."

„Vielleicht hat er etwas mit dem Toten zu tun?"

„Kann sein, aber ich weiß es nicht."

Varga überlegte. Den unbekannten Toten hatte sie nicht gesehen. Oder war dieser merkwürdige, modrige Geruch, den sie wahrgenommen hatte, ein Hinweis darauf? Manchmal waren die Träume nicht so klar, und sie konnte erst durch spätere tatsächliche Ereignisse auf die Bedeutung eines Traumes schließen. Eines aber war ganz deutlich: Ihr Gefühl hatte sie nicht getäuscht, der Hof und alle Bewohner befanden sich in großer Gefahr. Doch woher kam sie? Und was konnten sie dagegen unternehmen?

Bardo beobachtete seine Schwester. Sie denkt darüber nach, was der Traum ihr sagen wollte, überlegte er. Wieder fiel ihm der verbotene Wald ein und was er dort gesehen und erlebt hatte. Hatte das alles doch damit zu tun, dass er dort gewesen war? Bevor ein großes Unglück über den Hof hereinbricht, ist es besser, ich erzähle davon, überlegte Bardo. Dann werden Gero und die anderen mich zwar bestrafen, doch das ist sicher nicht so schlimm wie der Zorn des Gottes. Vielleicht wird Odin dann sogar auf seine Rache verzichten und sich mit meiner Angst zufrieden geben. Aber war der Gott wirklich so gnädig?

Varga unterbrach Bardos Gedanken. „Irgendetwas Dunkles geschieht", sagte sie, „aber ich sehe nicht, was es ist und woher es kommt. Darum werde ich meinen Traum noch für mich behalten, und du erzählst den anderen auch nichts. Sie scheinen sowieso nicht zu bemerken, dass hier etwas ganz Unheimliches vor sich geht, noch nicht."

„Vielleicht hat ja alles mit ..."

Bardo zögerte. Sollte er seiner Schwester wirklich erzählen, wo er gestern am frühen Morgen gewesen war? Sie war eine Seherin, es konnte sein, dass sie es sogar ahnte. Aber wenn es so war, warum fragte sie ihn dann nicht danach? Nein, dachte Bardo, ich sage es erst morgen, kann ja sein, dass heute noch etwas geschieht, wodurch sich alles aufklärt.

Er stand auf und ging langsam durch die große Halle auf den Eingang zu. Die Männer schnarchten noch immer auf ihren Lagern, während die Frauen schon in den Kräuter- und Gemüsegärten am Palisadenzaun arbeiteten.

„Denk dran", sagte Varga hinter ihm so laut, dass Bardo sich noch einmal zu ihr umdrehte. Er nickte ihr zu: „Ich werd' schon nichts sagen", murmelte er und dachte dabei noch einmal an sein eigenes Geheimnis. Dann trat er aus dem Haupthaus hinaus in den strahlenden Sonnenschein. Weiter vorne, am Stallgebäude, stand Ansmar und winkte ihm zu.

Es war ein herrlicher Morgen. Die Sonne stand schon hoch über den Kronen der Bäume. In der Nacht hatte es noch einmal kräftig geregnet, und nun war die Luft frisch und roch nach feuchter Erde und Wald. Der Hof war mit Wasserpfützen übersät, die im Licht der Sonne wie die neuen fränkischen Silberstücke blinkten, mit denen die Händler seit einiger Zeit die Felle bezahlen wollten, anstatt sie gegen Salz und andere Waren zu tauschen. Einige Vögel badeten im Regenwasser, indem sie ihre winzigen Brüste bis zum Schnabel in die Pfützen tauchten und sich mit den Flügeln Wasser an die kleinen Körper spritzten. Unten am Fluss quakten die dicken Frösche, von denen Ansmar und Bardo manchmal welche fingen, um die Mädchen damit zu ärgern.

Ansmar hielt mehrere lange dünne Speere in einer Hand. Die Speere waren mit schmalen Eisenspitzen versehen, die vorn zwei nach hinten gebogene Haken trugen. Oro hatte sie geschmiedet. Sie waren als gefährliche Waffen im Kampf gegen die Franken gedacht, aber Ansmar und Bardo hatten sehr schnell herausgefunden, dass man sie auch sehr gut zum Fischen benutzen konnte. Die Widerhaken hielten jeden Fisch, wenn er einmal getroffen war, am Speer und verhinderten so, dass sich die Tiere noch einmal losreißen konnten.

„Ich gehe zum Fluss", sagte Ansmar, als Bardo, immer noch nachdenklich, vor ihm stand, „kommst du mit oder musst du deinem Vater beim Schmieden helfen?"

Bardo schüttelte den Kopf. Oro lag noch auf der Weidenmatte und schlief seinen Rausch aus. Er würde nicht aufstehen, bevor die Sonne ihren höchsten Stand erreicht hatte.

Gemeinsam gingen sie auf das Tor zu, als sie hinter sich einen wütenden Schrei hörten: „... die Schweine!!!"

„Das ist Sigur", sagte Ansmar.

Sie blickten sich um. Der Schweinehirt stand zwischen den aufgeregt quiekenden Tieren und zeigte immer wieder auf den Boden. Bardo und Ansmar konnten nicht erkennen, was er ihnen zeigen wollte, bis Sigur sich hinunter beugte und etwas aufhob, das wie ein langes dickes Band aussah.

„Wer hat das getan?", rief Sigur jetzt böse.

Bardo und Ansmar liefen zum Schweinegatter hinüber. „Was ist denn passiert?", fragte Bardo.

„Jemand hat in der Nacht ein Schwein getötet, einfach so!" Sigur blickte voller Wut um sich. „Draußen im Wald wagt es kein Luchs und kein Wolf, eins der Schweine auch nur anzukratzen", sagte er, „sie kommen nicht einmal in die Nähe meiner Tiere, weil sie ahnen, dass meine Speere tödlicher sind als Thors Hammer. Aber kaum ist man auf dem sicheren Hof ..."

Er hielt immer noch das merkwürdig gewundene, graublaue Band in seinen Händen. Erst jetzt erkannten Bardo und Ansmar, dass es ein Darm des Schweines war. Sigur holte aus und warf den Darm quer durch das Gatter, wo er auf der niedrigen Umzäunung hängen blieb.

„Gero wird mich für diesen Verlust verprügeln!", rief er wütend.

Aus dem Haupthaus drangen Stimmen herüber. Kurz darauf traten Gero und Oro auf den Hof. Sie blinzelten in den hellen Sonnenschein und rieben sich die vom Trinken und vom Schlaf geröteten Augen. Als Erster schaute Gero zum Schweinegatter hinüber.

„Warum sollte ich dich verprügeln?", fragte er laut.

„Weil du seit heute Nacht ein Schwein weniger besitzt!"

„Dafür verprügele ich dich!"

Sigur blickte niedergeschlagen auf den Boden. „Siehst du, ich wusste es", sagte er, „aber es war kein Wolf oder Luchs. Man hat das Tier mit einem Messer abgestochen und ausbluten lassen und ihm die Gedärme herausgerissen. Das Raubtier ist unter uns ..."

Gero war indes zum Gatter hinübergelaufen und stand bereits neben Sigur. Vor seinen Füßen, auf dem regennassen Boden, sah er das Schwein, dem der Bauch aufgeschlitzt worden war. Die übrigen Tiere hatten in ihrer Angst den blutigen Lehm rundherum aufgewühlt und so mögliche Spuren zertrampelt. Doch was hätte es genutzt, wenn noch irgendwelche Fußabdrücke zu erkennen wären? Gero nickte und blickte auf. „Ja", sagte er laut, „das war ein Mensch, jeder kann es gewesen sein – außer mir." Er wandte sich, ohne Sigur zu beachten, um und ging aus dem Gatter hinaus auf Oro und Varga zu, die ihm langsam entgegenkamen. Varga schaute Gero mit einem geheimnisvollen Blick an und sagte: „Ich glaube nicht, dass einer von uns das Schwein getötet hat. Warum sollte er das tun?"

Nach und nach versammelten sich die Bewohner des Hofes rund um den Schweinepferch. Sigur stand immer noch wie gelähmt mitten unter den aufgeregt quiekenden Tieren und erzählte jedem, der neu hinzukam, mit stockender Stimme, was geschehen war. Einige neugierige Kinder versuchten über das niedrige Gatter zu klettern. Plötzlich beugte sich ein kleines Mädchen vor der Umzäunung hinab, und hob etwas vom Boden auf.

„Ein Messer!", rief eine der Frauen, die direkt neben dem Kind standen. Sie nahm ihm das Messer aus der Hand und hielt es hoch. Wie gebannt schauten alle auf die lange, seltsam geformte Klinge, an der noch dickes, schwarzrotes Blut klebte.

„Ich habe es geträumt", flüsterte Varga und dachte an das riesige Schwein, das sie in ihrem Traum gesehen hatte. Auch in der Vergangenheit war es oft so gewesen: Sie träumte etwas, das später wirklich geschah. Aber sie wusste nie, wann und wie es geschehen würde. Sie erschrak. Unheimliche Ahnungen stürmten wieder auf sie ein. Sie erinnerte sich an die anderen Traumbilder, die Kälte und das panische Angstgefühl. Das alles war noch viel grausamer gewesen als das Bild von dem Schwein und dem Messer. Welche dunkle Macht stand hinter alldem?

Oro griff nach Vargas Arm. „Wenn du es geträumt hast, warum sagst du es uns nicht?", fragte er zornig, „du weißt doch sicher auch, was diese Untat zu bedeuten hat."

„Nein, ich weiß es nicht", sagte sie, „ich habe heute Nacht davon geträumt, ja, aber ich wusste nicht, wann es geschehen würde, und weiß nicht, warum das Schwein sterben musste."

„Ist da noch mehr, hast du noch anderes geträumt?", fragte Oro jetzt, während sie zum Gatter hinübergingen, wo Gero bereits das Messer genommen hatte und wütend in die Runde blickte.

Varga nickte nur. „Ich werde es euch erzählen", sagte sie, „aber was nutzt das, solange wir nicht mehr wissen."

„Wir werden Wachen aufstellen."

„Was ich geträumt habe, wird geschehen, auch wenn wir noch so wachsam sind, das weißt du."

In diesem Augenblick rief Gero mit wütender Stimme: „Ich will wissen, wem das Messer gehört!" Er blickte in die Runde, aber niemand sagte etwas. Ganz plötzlich war es still auf dem Hof, selbst die Tiere gaben keinen Laut von sich. Bardo und Ansmar standen mit Sigur neben dem toten Schwein. Sie sahen, wie Gero die Klinge gegen den Himmel hob und noch einmal zornig rief: „Ich finde es heraus! Vielleicht hat einer von euch das Schwein im Rausch getötet. Wer das getan hat, sollte den Mut haben, es zu sagen."

„Keiner von uns hat das Tier geschlachtet", sagte Varga so laut, dass jeder es hören konnte, „ich weiß es!" Sie ging zu Gero und streckte ihm eine Hand entgegen. „Gib mir das Messer", sagte sie. Er blickte sie erstaunt an und reichte ihr dann mit einem Knurren die blutige Klinge.

Varga war gleich, als die Frau das Messer in die Höhe gehalten hatte, die seltsame wellenförmige Klinge aufgefallen. Gero hat in seiner Wut diesen besonderen Schliff des Messers gar nicht bemerkt, dachte sie, niemand hier auf dem Hof besitzt solch eine Waffe.

Sie gab Oro das Messer und fragte: „Kennst du die Klinge, hast du diese Waffe für einen von uns geschmiedet?" Der Schmied nahm das Messer, reinigte es in einer der Regenpfützen und rief dann überrascht: „Das ist eine sehr gut gearbeitete und keine normale Klinge. Ich kenne sie nicht, aber ich weiß, dass kein gewöhnlicher Sachse eine solche Waffe besitzt."

„Dann ist es ein Frankenmesser!", rief jemand.

Varga schüttelte den Kopf. „Ich glaube", sagte sie laut, „dass dieses Messer einem Fremden gehört, der sich heute Nacht allein

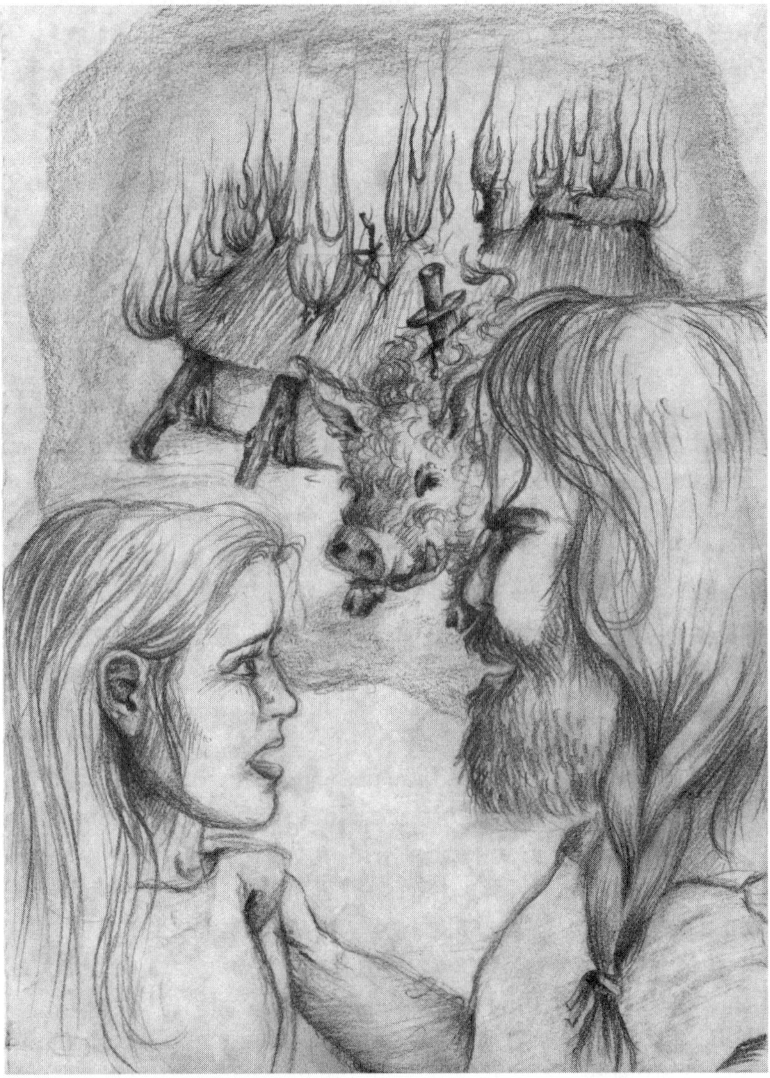

oder mit anderen auf den Hof geschlichen und das Schwein getötet hat. Aus irgendeinem Grund hat er die Waffe danach am Gatter verloren. Hungrige, verirrte Frankenkrieger können es nicht gewesen sein, denn die hätten sich bestimmt ein Schwein gestohlen und draußen getötet."

„Aber wer tut so etwas?", fragte Gero immer noch wütend in das aufgeregte Stimmengewirr der übrigen Hofbewohner, die sich um Varga herum versammelt hatten.

„Jemand, der den Verdacht auf die Franken lenken will. Und wenn er das Messer nicht verloren hätte, würden wir das vielleicht glauben, weil es nahe liegend wäre", antwortete Varga, „du hast ja sogar gedacht, es sei einer von uns gewesen."

Gero horchte unwillig auf. „Was ist überhaupt mit dem Messer?", fragte er.

„Mir ist sofort die merkwürdige Form der Klinge aufgefallen. Schau sie dir nur richtig an. Es ist ein Opfermesser! Und diese besondere Klinge sagt mir, dass es ein Messer ist, mit dem vor vielen Sommern noch Menschen geopfert wurden."

Erschrocken zuckte Gero zusammen, „aber das ...", murmelte er mit einem Blick auf Varga, „... das kann doch nicht sein."

„Aber es ist so."

„Ich habe es nicht bemerkt ..."

Auch Oro schluckte und blickte auf den Boden. „Ich auch nicht", sagte er beschämt, „ich hätte es sofort sehen müssen. Ja, das ist ein uraltes Opfermesser, ich bin ganz sicher."

Die umstehenden Frauen und Männer hatten alles mit angehört. Mit vor Angst geweiteten Augen blickten sie jetzt auf Varga, die inzwischen die furchtbare Waffe wieder in ihren Händen hielt und stumm zum verbotenen Wald hinüberblickte.

Sie wusste jetzt, dass sie allen von ihrem Traum erzählen musste, auch wenn sich das kommende Unheil dadurch nicht aufhalten lassen würde. Doch durch den Fund des Messers war ihr ein ungeheurer Verdacht gekommen, und sie glaubte, den Täter zu kennen.

Die Sonne stand schon hoch im Süden und es war sehr warm geworden. Gero blickte nach einer Weile, noch immer verunsichert, zu Sigur hinüber und sagte mit einem Blick auf Bardo und Ansmar: „Tragt das Schwein ins Haupthaus und zerlegt es, bevor das Fleisch in der Hitze fault."

Sigur nickte schuldbewusst. Er hätte bei der Herde wachen müssen, das wusste er. Aber nach den anstrengenden Wegen durch die Wälder und dem langen Abend am Feuer war er in einem der Grubenhäuser eingeschlafen. Die Schweine waren auf dem Hof sicher, wie hätte er ahnen können, dass so etwas geschehen würde? Konnte Gero ihn für etwas bestrafen, was vorbestimmt war und niemand ändern konnte? Varga hatte ja davon geträumt, dass ein Schwein getötet werden würde. Und dann war da das Opfermesser. Auch das hatte etwas zu bedeuten. Wer trug eine solche Waffe? Nein, er hätte nichts verhindern können.

Sigur wusste, dass Gero ihn nicht bestrafen würde. Aber die Angst blieb, denn das unheimliche Geschehen der letzten Tage betraf sie alle, und niemand wusste, was als nächstes Unheil über den Hof hereinbrechen würde.

4

Am Fluss

Gero hatte alle Frauen und Männer des Hofes auf dem kleinen Platz vor dem Haupthaus versammelt. Manche standen in Gruppen zusammen und sprachen aufgeregt miteinander. Andere hockten leise raunend auf dem Boden und einige hatten sich auf den langen, grob behauenen Buchenstamm gesetzt, der auf zwei dicken Bohlen ruhte und als Bank an einer Längsseite des Hauses unter dem weit überstehenden Dach lag.

Bardo, Ansmar und Sigur hatten im Haus das Schwein zerlegt und traten gerade auf den Platz, als Gero sagte: „Ich habe euch hierher gerufen, weil Varga uns etwas erzählen will. Sie hatte heute Nacht einen Traum, der für uns von großer Bedeutung ist." Er unterbrach sich und winkte Varga zu sich in die Mitte der Versammlung. „Hört ihr gut zu, denn ein Teil ihres Traumes ist bereits in Erfüllung gegangen."

Varga wartete einen Augenblick, bis sich die Unruhe unter den anderen gelegt hatte, und begann zu erzählen. Je mehr sie von ihrem Traum berichtete, umso angstvoller und ratloser wurden die Blicke der Hofbewohner. Von ihrem Verdacht sagte Varga nichts, denn es konnte ja auch alles ganz anders sein, und sie wollte nicht noch mehr Verwirrung stiften. Als sie ihre Erzählung beendet hatte, redeten alle durcheinander, bis Gero irgendwann die Hände hob und laut sagte: „Seid still! So geht es nicht. Wir können nur nacheinander sprechen. Wenn einer redet, müssen die anderen ruhig sein. Wer etwas sagen will, hebt die Hand."

„Was können wir tun?", fragte Arno, ein kleiner, sehniger Mann mit langem rötlichem Haar und stechenden blauen Augen. Er wippte dabei nervös auf den Zehenspitzen, wie er es oft tat, wenn er sprach und sehr erregt war.

„Nichts", sagte Varga, „aber wir können uns vorbereiten. Jeder von uns muss wissen, dass zu jeder Zeit etwas Furchtbares geschehen kann."

Ansmars Mutter Goda fragte mit ihrer hellen Stimme: „Hat dir der Traum nicht gezeigt, was der Grund für das kommende Unglück ist? Was haben wir getan, dass Odin uns so bestraft?"

„Ich weiß es nicht."

Als Bardo Godas Frage hörte, hatte er plötzlich das Gefühl, alle Hofbewohner würden zu ihm hinüberschauen, weil sie ahnten, dass er im verbotenen Wald gewesen war und dadurch die Rache der Götter heraufbeschworen hatte. Ganz langsam schlich er sich von der Versammlung weg und zog Ansmar hinter sich her.

„He ..., was hast du?", fragte Ansmar, nachdem sie hinter einem Grubenhaus verschwunden waren.

„Äh ..., nichts, ich meine, lass uns zum Fluss hinuntergehen und fischen. Wir können doch sowieso nichts dazu sagen, oder?"

„Ja, gut ..., hm ..., wir wollten ja vorhin schon gehen. Aber was ist, wenn sie uns suchen!?"

„Die sind so beschäftigt, äh ..., die suchen uns bestimmt nicht. Wir nehmen die Speere und gehen. Komm!"

Ansmar hatte die Speere mit den Widerhaken am frühen Morgen an das tief gezogene Dach des Grubenhauses gelehnt, hinter dem sie sich jetzt versteckten. Bardo nahm die Waffen auf. Dann liefen sie geduckt über den Hof und durch das Tor im Palisadenzaun zum Emsufer hinunter, wo etwas abseits des Weges zur Furt ein dicker Baumstamm quer über dem Fluss lag. Die Wurzeln des schweren Baumes hatten ihren Halt am brüchigen, sandigen Ufer verloren, und sein Wipfel reichte beinah bis zum gegenüberliegenden Ufer. Die Ems beschrieb an dieser Stelle eine scharfe Biegung. Bei starken Regenfällen stieg das Wasser, und die Strömung wurde stärker. Während der grauen *Nebelmonate*, wenn es manchmal tagelang regnete, überflutete die Ems oft weite Uferstreifen und das Wasser staute sich in den vielen Schleifen und Windungen, in denen sich der Fluss durch die Wälder und Auen schlängelte. Wenn das geschah, prallten die Wassermassen mit großer Wucht auf die äußeren Ufer der Biegungen. Bäume und andere

Pflanzen stürzten dann mit dem sandigen Boden in die Fluten, von denen sie davongeschwemmt wurden. Die größeren Bäume blieben liegen, wie der Stamm, auf dem Bardo und Ansmar jetzt saßen.

Der Gewitterregen von gestern und die Schauer, die während der Nacht niedergegangen waren, hatten den Fluss zwar anschwellen lassen, aber er war nicht über die Ufer getreten.

„Das Wasser ist fast klar", sagte Ansmar, der an einen Ast gelehnt auf dem Baumstamm über der Ems saß und seine Beine herunterbaumeln ließ. Bardo hockte neben ihm. „Wenn ich ein Fisch wäre, würde ich mich ganz schnell unter der Böschung verstecken", sagte er und zielte mit seinem Speer nach einem dicken Barsch, der direkt unter ihm ruhig in der Strömung stand. Gerade als Bardo den Speer werfen wollte, wuschte der Fisch blitzschnell unter das überhängende Ufer.

> Nebelmonate sind die Herbstmonate November und Dezember

„Barsche haben sowieso zu viel Gräten", murmelte Bardo enttäuscht.

Ansmar lachte. „Hätte ich auch gesagt", meinte er, „wir legen uns erst mal in die Sonne und warten ein bisschen. Vielleicht sind die Fische irgendwann müde, und wir sind munter."

Kurze Zeit später lagen sie, die Arme unter die Köpfe verschränkt, auf dem Baumstamm und blickten in den klaren tiefblauen Himmel.

„Glaubst du auch, dass Odin uns mit dem Toten am Tor und dem geschlachteten Schwein für irgendetwas bestrafen will?", fragte Ansmar nach einer Weile, „eigentlich seltsam das alles, was meinst du?"

Bardo schaute zu den Mückenschwärmen hinüber, die wie lebende, dunkle Staubwölkchen über dem Wasser tanzten. „Äh ..., kann sein, ja", sagte er leise.

„Aber warum, ich verstehe das nicht. Was haben wir denn getan?"

Ich muss ihm erzählen, dass ich im verbotenen Wald war, dachte Bardo, ich halte das nicht mehr aus. Vielleicht weiß Ansmar ja einen Rat.

„Äh ..., hm ..., ich glaube ..., also, ich glaube, ich bin an allem schuld", flüsterte er.

„Wie ...? Du ...?"

„Äh ..., ja ..., ich war gestern ..., also, ich war gestern nach Sonnenaufgang im ..., äh ..., also, ich war gestern im verbotenen Wald. So, jetzt weißt du's." Endlich ist es raus, dachte Bardo, endlich.

Ansmar richtete sich erschrocken auf. „Du ..., du warst im verbotenen Wald?", fragte er ungläubig.

Bardo zögerte plötzlich. Was ist, wenn Ansmar nichts mehr mit mir zu tun haben will, dachte er, schließlich bin ich schuld an allem. Vielleicht ist es besser, ich behaupte einfach, es war ein Spaß.

Aber da sagte Ansmar schon, als hätte er Bardos Gedanken geahnt: „Nun erzähl schon, ich bin doch dein Freund und bleibe es auch."

Über ihnen zog ein Raubvogel seine weiten Kreise. An den gespreizten Schwanzfedern erkannten sie eine Gabelweihe, die hoch über ihnen stand, um sich dann im rasanten Sturz auf den Waldrand am gegenüberliegenden Ufer fallen zu lassen.

„Sie hat ihre Beute aus so großer Höhe erspäht und wird sie sich holen. Solche Augen möchte ich auch haben", sagte Ansmar bewundernd.

„Mir würde es reichen, wenn ich fliegen könnte, dann wäre ich schon weit weg ..."

„Kann ich mir denken. Aber nun sag schon, wie bist du nur darauf gekommen, in den verbotenen Wald zu gehen?"

„Tja ..., äh ..., also, ich bin gestern Morgen sehr früh aufgewacht. Alle schliefen noch. Ich hatte Lust, ein bisschen im Fluss zu schwimmen. Also ging ich zur Furt, wo das Wasser nicht so tief ist."

Überrascht unterbrach Ansmar ihn: „Du kannst schwimmen?", fragte er, „das wusste ich gar nicht."

„Na ja, nicht so richtig", sagte Bardo verlegen und bekam einen roten Kopf, „darum bin ich ja zur Furt gegangen. Jedenfalls stand ich schon bis zu den Knien im ziemlich kalten Wasser, als etwas Merkwürdiges geschah."

„Etwas Merkwürdiges?"

Hm, wie erkläre ich es ihm, überlegte Bardo, dann sagte er langsam: „Wenn wir nachts zu den *Sternen* hochschauen, sehen wir doch manchmal, wie einer von ihnen hell aufleuchtet und eine lange Spur hinter sich herzieht ..."

Ansmar nickte. „Ja, das sind die Sterne, auf denen die Geister zur Erde fliegen. Wenn es böse Geister sind, lässt Odin die Sterne verglühen, und sie erreichen die Erde nicht. Und wenn es gute Geister sind, dürfen sie auf der hellen Spur zu den Menschen heruntersteigen."

„Genau, die meine ich", sagte Bardo, „ich stand in der Furt und sah plötzlich einen Stern aufleuchten, ganz schwach nur, aber ich konnte ihn gut erkennen. Zuerst dachte ich, er wird verglühen wie die meisten und wollte mich schon wieder abwenden. Doch dann sah ich, wie die helle Spur immer deutlicher wurde und auf den verbotenen Wald zuraste. Und dann ging alles sehr schnell ..."

Sterne: Gemeint sind hier Meteoriten oder Sternschnuppen, die bei klarem Himmel besonders gut in Augustnächten zu beobachten sind.

„... nun erzähl schon, hast du ...?", fragte Ansmar ungeduldig.

Bardo, der bemerkte, dass es ihm durch seine Erzählung schon viel besser ging, sagte lächelnd: „Wenn du mich unterbrichst, erfährst du es nie."

„Also weißt du, du fragst mich, ob ich über die Sterne Bescheid weiß ..."

„Schon gut. Also, es ging sehr schnell. Es gab ein lautes Krachen, so, als würde Thors Blitz in einen Baum fahren. Gleich darauf sah ich einen hellen Feuerschein in der Morgendämmerung über dem Wald. Aber der dauerte nicht lange an. Dann war alles wieder wie vorher. Ich hörte nur das leise Raunen der Blätter im Wind und das Gluckern des Flusses. Zuerst hatte ich Angst, und wie ..."

„Kann ich mir denken."

„Du hättest dich auch erschrocken. Ich wollte jedenfalls schon zum Hof zurücklaufen und hatte das Tor beinah erreicht. Aber dann fiel mir ein, dass ja ein guter Geist auf die Erde gekommen war. Wovor sollte ich also Angst haben. Odin hatte ihn geschickt, und er würde mir nichts tun. Es konnte doch sein, dass der Geist gekommen war, um uns vor den Franken zu beschützen. Dann überlegte ich, dass Odin mir bestimmt ein Zeichen gegeben hatte. Mir würde nichts geschehen, wenn ich in den verbotenen Wald gehen würde, das wusste ich plötzlich.

Ich lief also wieder zur Ems hinunter. Alles war sehr schnell gegangen. Die Sonne versteckte sich immer noch hinter dem Wald. Während ich langsam durch die Furt ging, schaute ich mich zum Hof um, der hinter den Bäumen im Morgennebel verschwunden war. Wer nicht weiß, dass er dort liegt, findet ihn nie, dachte ich ..."

„Ganz schön mutig", sagte Ansmar beeindruckt.

Bardo tat so, als hätte er es nicht gehört, und erzählte weiter: „Nachdem ich das andere Ufer erreicht hatte, fand ich sehr schnell einen schmalen Pfad, der durch das dichte Unterholz und hohes Dornengestrüpp in den Wald führte. Es muss der Pfad sein, den sie nehmen, wenn sie zu Odins Stein gehen, dachte ich, und bekam wieder Angst. Hatte Gero nicht gesagt, dass jeder, der unerlaubt diesen Weg geht, von Odins Zorn zerschmettert werden würde?

Aber der Gott ließ mich gehen. Es geschah nichts. Der Pfad wurde enger und feuchter, und manchmal versank ich bis zu den Fußgelenken im Morast. Ich hatte mich gerade wieder einmal aus solch einem Sumpf befreit und eine trockene Stelle erreicht, als der Pfad plötzlich endete. Der Wald vor mir teilte sich, und ich blickte auf einen großen Weiher.

Die Sonne war jetzt aufgegangen. Ihr Licht fiel auf eine kleine, felsige Insel in der Mitte des Teiches. Ich wusste sofort, dass ich Odins Stein gefunden hatte."

„Odins Stein? Du hast Odins Stein gesehen?", fragte Ansmar und bekam große Augen.

„Ja", antwortete Bardo, während er spürte, dass es ihm immer besser ging, je mehr er erzählte. „Ich bin sicher, er war es. Mir wurde ganz schwummerig. Direkt vor mir am Ufer war das Boot festgemacht, von dem Gero erzählt hatte, dass er und die anderen damit an den Opfertagen zur Insel übersetzen würden. Abgebrochene schwarze Baumstümpfe ragten überall wie warnende Finger aus dem Wasser. Von der dunklen Oberfläche des Teiches stiegen dünne Nebelfähnchen auf, aber Odins Stein erhob sich leuchtend weiß über den finstern Moorweiher, und rund um die Insel blinkten winzige Sternchen im Wasser. Hier muss der Geist auf die Erde gestiegen sein, dachte ich.

Ich schaute mich um. Erst jetzt bemerkte ich den Rauch über dem anderen Ufer des Weihers und den Geruch von brennendem Holz ..."

„... hatte der Geist sich ein Feuer gemacht?", fragte Ansmar aufgeregt.

„Weiß ich nicht, denn in diesem Augenblick hörte ich ein wütendes Schnauben direkt neben mir. Ich erstarrte und wagte nicht, mich umzusehen. Wenn das der Geist war, dann konnte es kein guter sein. Vielleicht ist es einem bösen Geist gelungen, Odin zu überlisten, dachte ich. Und während ich das überlegte, stand plötzlich ein Wisent vor mir. Es hatte bereits seinen mächtigen, zotteligen Schädel gesenkt, und aus seinen riesigen aufgeblähten Nasenlöchern schlugen mir heiße Flammen entgegen ..."

„Heiße Flammen?", fragte Ansmar ganz leise und ängstlich, weil er mit einem Mal das Gefühl hatte, neben Bardo im verbotenen Wald zu stehen, „heiße Flammen? Das muss der böse Geist in Wisentgestalt gewesen sein."

„Dachte ich auch ... Jedenfalls konnte ich mich im ersten Augenblick überhaupt nicht bewegen. Ich blickte dem gewaltigen Tier direkt in die roten, blutunterlaufenen Augen. Es stierte mich zornig an und stampfte mit seinen schweren Vorderhufen so sehr auf den weichen Boden, dass alles um mich herum erbebte, und ich glaubte für einen Augenblick, auf immer im Sumpf zu versinken. Seine Hörner waren lang und so spitz wie Oros Lanzen. Sie waren auf mich gerichtet und würden mich aufspießen wie ein trockenes Eichenblatt."

„... Und dann hat der Geist zu dir gesprochen?"

Bardo, der bemerkt hatte, wie gespannt Ansmar seiner Erzählung lauschte, tat so, als müsse er überlegen. „Ja ..., ich hörte, wie aus seinem hässlichen Maul eine dröhnende Stimme sprach ...", flüsterte er. Plötzlich fühlte er sich so stark, wie schon lange nicht mehr. Es tat sehr gut, wenn einem zugehört wurde.

„Was sagte er?", unterbrach Ansmar ungeduldig Bardos Gedanken und wäre beinah vor Aufregung vom Baumstamm herunter in die Ems gerutscht.

„Ich weiß nicht mehr genau ..., ich habe ihn nicht richtig verstanden, schließlich hatte ich ja auch ein bisschen Angst. Ich glaube, er brüllte: ‚Bardo! Bardo!'"

„Dann ..., dann wusste er, wer du bist?"

„Na klar, wenn er doch meinen Namen wusste. Und er war so wütend, dass er jetzt auf mich zukam. Ich machte einen Schritt rückwärts und stolperte über eine dicke Baumwurzel. Sofort war er über mir. Ich roch seinen ekelhaften, stinkigen Atem. Ich dachte, jetzt ist es vorbei, und der Geist fährt mit mir zu Hel in die Unterwelt. Es stimmte also doch, was Gero gesagt hatte: Der verbotene Wald durfte nur zur Sommersonnenwende und zum *Julfest* betreten werden. Und auch nur von Männern, die schon den *Schild* trugen und die Opfergaben zu Odins Stein brachten. Wer außerhalb dieser Tage hineinging, wurde von Odin furchtbar bestraft. Das alles ging mir rasend schnell durch den Kopf.

Ich schloss vor Angst die Augen. Jeden Moment wird er mich mit seinen Mordhörnern aufspießen und auf Odins Opferstein schleudern, dachte ich. Aber plötzlich roch ich seinen fauligen Atem nicht mehr, und das wütende Schnauben wurde leiser. Irgendwie öffnete ich die Augen wieder und sah, dass er sich abgewendet hatte und auf den Teich zutrottete. Er beugte seinen schweren Schädel hinab und begann aus dem Weiher zu saufen. Ich rappelte mich ganz vorsichtig auf und rannte, ohne mich noch einmal umzuschauen, auf dem schmalen Pfad zurück in den Wald."

„Dann war es doch kein böser Geist, den du gesehen hast, sonst hätte er dich bestimmt gequält und nicht einfach in Ruhe gelassen", sagte Ansmar erleichtert.

„Nein, jetzt glaube ich auch, es war wirklich ein Wisent. Ich muss es gestört haben, als es am Teich trinken wollte. Auf jeden

Fall erschien mir der Weg zurück viel länger als der Hinweg", erzählte Bardo weiter, „denn während ich lief, stolperte ich noch ein paar Mal und hatte das Gefühl, den Geist hinter mir zu hören. Aber dann war ich aus dem dunklen Wald heraus und stand am Flussufer. Es war inzwischen hell geworden. Ich rannte so schnell ich konnte durch die Furt und den Weg hinauf zum Tor."

„Hat dich denn niemand gesehen und gefragt, woher du kamst?"

„Doch, Varga hat mich gesehen. Aber ich habe ihr gesagt, dass ich unten am Fluss war. Das stimmte ja auch."

„Hm ..." Ansmar blickte schweigend auf das Wasser unter seinen Füßen. Jetzt wusste er, warum sein Freund bei dem Gewitter solch eine Angst gehabt hatte.

„Ich wäre nicht so mutig gewesen", sagte er und legte Bardo einen Arm über die Schulter.

Bardo fühlte sich nach seiner Erzählung viel besser. Ich hätte wissen müssen, dass ich es Ansmar sagen kann, dachte er, er ist mein Freund. „Denkst du jetzt auch, dass Odins Zorn mich verfolgt und vielleicht den ganzen Hof bestrafen will?", fragte er.

Ansmar schaute immer noch nachdenklich auf den Fluss. „Nein", sagte er langsam, „wenn Odin wütend wäre, hätte er es doch viel leichter gehabt, dich gleich im verbotenen Wald zu bestrafen. Glaubst du, er macht sich so viel Mühe wegen dir?"

„Hab ich gedacht."

„Odin hat vielleicht was ganz anderes zu tun, als sich über dich oder uns zu ärgern. Und überhaupt kann es doch sein, dass das, was in den letzten Tagen geschehen ist, gar nicht von ihm ausgeht. Denk nur an Sigurs Erzählung und das Opfermesser – aber ..., ich weiß auch nicht."

Julfest: Das Julfest war die Wintersonnenwende am 21. Dezember, der gleichzeitig der kürzeste Tag im Jahr ist.

Schild: Im Alter von etwa 16 Jahren bekamen die Jugendlichen nach einer Waffenprüfung – meistens auf Gauversammlungen – ein Schwert und den Schild verliehen und zählten von dem Tag an zu den erwachsenen Männern.

Eine Weile blickten sie stumm zum anderen Ufer hinüber. Die Götter verhielten sich wirklich oft merkwürdig. Manchmal schien es so, als wüssten sie gar nicht, was sie taten. Obwohl die Menschen ihnen Opfer brachten, schickten sie schlimme Wetter und Überschwemmungen, die die Ernte vernichteten. Und wenn die Menschen dann hungern mussten, sandten die Götter ihnen keine Nahrung, sondern verlangten noch mehr Opfer. Konnte es sein, dass den Göttern gleichgültig war, was mit den Menschen geschah? Ging es ihnen nur um ihr eigenes Wohlergehen?

Während Bardo und Ansmar darüber nachdachten, sahen sie die Sonne bereits tief im Westen stehen. Sie nahmen ihre Speere, die sie auf dem Baumstamm abgelegt hatten, und schauten auf den Fluss hinunter.

„Wenn wir wenigstens einige große Barsche erwischen, werden die anderen uns nicht fragen, wo wir waren und was wir getan haben", sagte Ansmar nach einer Weile.

Bardo nickte: „Wer den größten fängt, hat gewonnen."

Das Wasser floss träge unter ihnen dahin. Sie konnten fast bis auf den Grund blicken, so glatt war die Oberfläche. Doch die Fische schienen die Gefahr über sich zu ahnen, denn es war nicht der kleinste Barsch zu sehen. Bardo wollte gerade seinen Speer zur Seite legen, als er einen seltsamen, verzerrten Schatten auf dem Fluss sah. Im ersten Augenblick dachte er, eine Wolke könnte sich vor die Sonne geschoben haben. Aber dann erschrak er heftig.

Er stieß Ansmar vorsichtig in die Seite und sagte leise: „Siehst du den Schatten da vorne auf dem Wasser?"

„He, jetzt hast du ihn vertrieben", brummte Ansmar ärgerlich, denn er hatte gerade einen großen Barsch entdeckt, der langsam aus der Uferböschung geschwommen war und sich in die Strömung stellen wollte.

„Da ..., sieh doch", sagte Bardo noch einmal. Dabei zeigte er auf die Mitte des Flusses, direkt vor sich. Ansmar blickte auf und sah, was Bardo meinte: Auf dem Wasser war deutlich ein Schatten zu sehen. Und dieser Schatten hatte die Form eines Hammers!

„Aber das ist ja ...", stammelte er.

Ein klagender Schrei ließ sie aufschrecken. Gleichzeitig bewegte sich der Schatten und zerfloss zu einem unförmigen dunklen Fleck auf dem Wasser. Sie blickten vom Fluss auf und sahen einen großen Raben über sich schweben. Es war sein Schatten, der auf das Wasser fiel und für einen Augenblick die deutliche Form eines Hammers angenommen hatte.

„Thors Hammer ..., das war Thors Hammer", flüsterte Bardo, „er bringt großes Unglück."

„Ja, wer Thors Hammer sieht, den trifft er mit aller Wucht", murmelte Ansmar.

Wieder stieß der Vogel einen durchdringenden krächzenden Laut aus. „Er ruft nach ..., nach Odin", sagte Bardo, während er voller Angst auf den Raben blickte, der jetzt zum verbotenen Wald hinüberflog. Dort kreiste er still über dem Waldrand, aber Bardo hatte das Gefühl, dass der Vogel mit bösen Augen zu ihnen hinunterstarrte.

„Er beobachtet uns", sagte er, „er ist bestimmt einer von Odins Vögeln."

„Wir hätten besser gar nicht von Odin gesprochen", flüsterte Ansmar, „der Rabe war vielleicht schon viel länger über uns und hat alles mit angehört. Er wird dem Gott berichten und was dann geschieht ..." Ansmar schluckte, denn ihm war ein Gedanke gekommen, der ihn heftig erschrak: „... wenn seine Vögel hier sind," sagte er leise, „dann ist auch der Gott nicht weit, dann ist er bestimmt ganz in der Nähe."

Er hatte seine Ahnung kaum ausgesprochen, als sie sahen, wie der schwarze Vogel plötzlich mit einigen kräftigen Flügelschlägen aufwärts flog, um sich dann wie ein Pfeil auf eine der mächtigen Eichen zu stürzen, deren knorrige Äste über das Ufer hinaus auf den Fluss reichten. Der Rabe war gerade im dichten Geäst verschwunden, als eine finstere Gestalt unter dem Baum erschien, die im gleichen Moment vom dunklen Schatten einer Wolke erfasst wurde. Und wie von unsichtbaren Mächten getrieben, fuhr ein eisiger Wind vom anderen Ufer zu ihnen herüber. Mit angstgeweiteten Augen starrten Bardo und Ansmar auf die geisterhafte Erscheinung. Ihnen stockte der Atem, und sie wagten nicht, sich zu rühren.

Der Unheimliche trat langsam unter einem der Äste hervor, die sich fächerförmig über den Waldrand neigten. Er war in einen

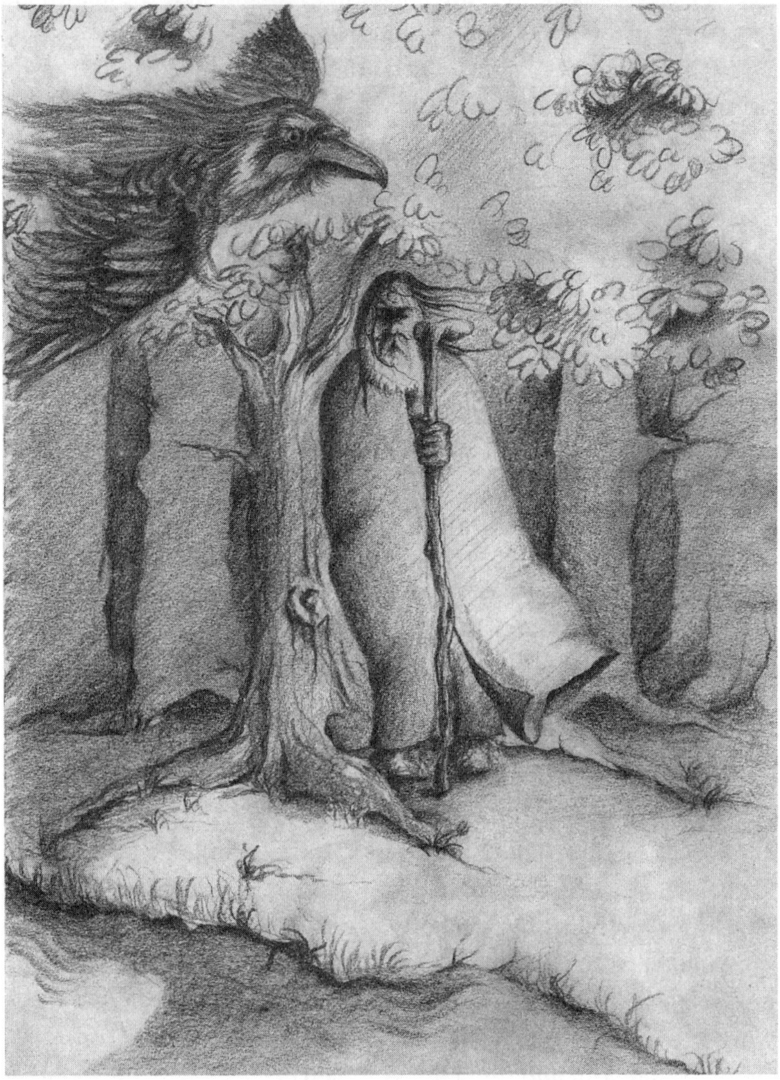

langen grauen Umhang gehüllt, der von jeder Windböe, die ihn erfasste, weit aufwallte. Die Wolke warf ihren Schatten auf ihn, als wolle sie alles Licht von dem finsteren Gesellen fern halten, um ihn vor den Augen der Menschen zu verbergen.

Doch plötzlich fiel ein einzelner, heller Sonnenstrahl auf das andere Ufer und erfasste die graue Gestalt. Nun konnten sie das lange schwarze Haar erkennen, das dem Fremden bis auf die Schultern reichte. In diesem Augenblick hob er seine Hände, und Bardo und Ansmar hatten das Gefühl, dass er nach ihnen greifen wollte. Hatte er sie entdeckt oder wusste er längst von ihnen?

Und dann sahen sie sein von einem grauen Bart bedecktes Gesicht und zuckten zusammen. Kalte, schwarze Augen richteten sich mit einem hasserfüllten Blick auf sie, der sie wie ein heftiger Schlag durchfuhr. Die Gefahr, die von der unheimlichen Gestalt ausging, war so direkt und spürbar, dass sie schaudernd ihre Blicke von ihr abwandten. War das Odin, der Menschengestalt angenommen hatte? War er ein so grausamer Gott?

Aus der Eiche drang der klagende Ruf des Raben und ließ die zwei wieder zum verbotenen Wald hinüberblicken. Etwas später erhob sich der Vogel aus dem dichten Gewirr der Äste heraus hoch über den Baum, schwebte eine Weile über dem Wipfel, um sich plötzlich lautlos auf den Dunklen fallen zu lassen. Bardo und Ansmar spürten noch einmal den feindseligen, kalten Hauch, der ihnen vom anderen Ufer entgegenschlug, dann waren der Unheimliche und der Vogel verschwunden, als hätte es sie nie gegeben.

Stumm und schaudernd saßen sie auf dem Baumstamm und wagten nicht, miteinander zu sprechen. Wie gebannt schauten sie zu der Stelle am Waldrand hinüber, wo noch vor wenigen Sekunden das Grauen in Menschengestalt seine Klauen nach ihnen ausgestreckt hatte, um dann wie von Geisterhand zu verschwinden. War die Erscheinung wirklich gewesen oder hatten sie sich die Gestalt nur eingebildet? Manchmal sah man etwas, weil man es sehen wollte oder Angst hatte, obwohl es gar nicht da war, das wussten sie.

Der Waldrand erschien jetzt im Sonnenlicht hell und einladend. Die Uferböschung zog sich mit ihren blühenden Kräutern und

Gräsern wie ein farbenfrohes Band am Fluss entlang. Nichts erinnerte mehr an das Bedrohliche, das Bardo und Ansmar empfunden hatten. Und doch, sie wussten, dass ihre Angst ihnen nichts vorgemacht hatte: Der Finstere unter dem Baum war so wirklich gewesen, wie die bunten Kräuter wirklich waren, die drüben am Ufer blühten.

Bardo wagte als Erster, etwas zu sagen: „Das war der Gott, das kann nur Odin gewesen sein", flüsterte er.

„Wenn es Odin war, dann ist er ein grausamer Gott", flüsterte Ansmar mit einem angstvollen Blick auf den verbotenen Wald.

Wieder spürten beide den lauernden Blick des Unheimlichen, der auf sie gerichtet war, von überall her, und die Ahnung von drohendem Unheil schlich sich in ihre Gedanken wie ein mordlustiger Wolf in eine wehrlose Schafherde.

Vorsichtig griffen sie nach ihren Speeren und krochen rückwärts vom Baumstamm hinunter. Sie würden ohne einen Fisch zum Hof zurückkehren. Gero würde ihnen zornig begegnen, weil sie sich davongeschlichen hatten und obendrein auch noch mit leeren Händen kamen. Aber was bedeutete schon Geros Wut im Vergleich zu dem, was sie in den hasserfüllten Augen des Gottes gesehen hatten?

5

Der Sohn des Waldes

„Ha ...! Ihr habt Odin gesehen!", rief Gero aufgebracht, „das ist die dümmste Ausrede, die ich je gehört habe!"

Bardo und Ansmar hatten von ihrem Erlebnis am Fluss erzählt. Jetzt nickten beide aufgeregt. „Ja", antwortete Bardo immer noch ganz außer Atem, „er stand am anderen Ufer des Flusses, wir haben ihn doch gesehen. Und einer seiner Raben war auch da, ob du's nun glaubst oder nicht."

Gleich nachdem sie den Hof erreicht hatten, waren sie zum Haupthaus gelaufen, wo Gero und Oro neben dem Eingang auf einem dicken Eichenstamm saßen und in die Sonne blinzelten. Auf Oros Knien lag der Sax, der in zwei Nächten Saxnoth, dem Gott des Krieges, geweiht werden sollte. Gero griff jetzt nach dem Schwert und drohte mit ihm: „Sagt die Wahrheit oder ihr bekommt die flache Klinge zu spüren!"

„Es ist die Wahrheit", stammelte Ansmar, und Bardo, der neben ihm stand, nickte heftig, während er Gero trotzig in die grauen Augen blickte.

„Ihr habt nicht einen Fisch mitgebracht", schnaubte Gero wütend, „ich weiß, dass ihr am Fluss geträumt und gefaulenzt habt."

Woher weiß er das, dachte Bardo, hat er es als Junge genauso gemacht? Doch dann fiel ihm plötzlich ein, was die Männer so oft an den Lagerfeuern über die Götter erzählt hatten. „Aber ihr habt doch selbst schon erzählt, dass Odin manchmal Menschengestalt annimmt", sagte er mutig.

Gero reagierte gar nicht auf Bardos Antwort. „Alle haben gearbeitet, und ihr habt euch am Fluss ausgeruht. Ich werde mir etwas überlegen, dann werdet ihr die Arbeit nachholen", sagte er laut und stand auf. Er reichte Oro das Schwert und ging mit weiten Schritten zum Schweinepferch hinüber.

Bardos Vater hatte bis dahin nichts gesagt. Nun schaute er die beiden mit ernstem Blick an und murmelte: „Die Götter haben es nicht gern, wenn man sie für die eigene Faulheit verantwortlich macht."

Bardo war enttäuscht. Wie konnte sein Vater nur glauben, er würde lügen? Dass Gero zornig sein würde, hatten sie erwartet, aber Oro war immer verständnisvoll gewesen. Bardo hatte ihn nie wirklich belogen, und das wusste Oro. Und erst recht, wenn von den Göttern gesprochen wurde, konnte eine Lüge über sie deren Wut heraufbeschwören, das wusste doch jeder.

Bevor Bardo etwas antworten konnte, erhob sich der Schmied ebenfalls von der Bank. „Überlegt es euch", sagte er, „sonst trifft Odins Zorn uns alle." Dann wandte er sich ab und ging in das Haupthaus, um das Schwert hinter der Feuerstelle an zwei dicken Holzzapfen in der Stirnwand aufzuhängen. Dort sollte es bleiben, bis es dem Gott geweiht werden würde.

Eigentlich hatte Bardo auch vom verbotenen Wald erzählen wollen, um sein Gewissen zu erleichtern, aber Geros Zorn würde nur noch größer, wenn er davon erfahren würde. Es war schon merkwürdig, wie die Männer reagierten. Hatten sie vergessen, was während der vergangenen zwei Tage geschehen war. Hatten sie Vargas Traum vergessen? Oder war es einfach die Angst vor dem Geheimnisvollen, von dem sie plötzlich umgeben waren und das sie nicht aussprechen wollten?

Bardo war so sehr in seine Gedanken versunken, dass er nicht bemerkte, wie Varga auf sie zukam. „Ich habe gehört, was ihr Gero und Oro erzählt habt", sagte sie mit einem Blick auf Ansmar, der sich auf einen Speer gestützt hatte und zum Tor im Palisadenzaun hinüberstarrte, als erwarte er jeden Augenblick die Erscheinung eines schrecklichen Geistes zwischen den Pfosten.

Varga trug mehrere Bündel Flachsgarn über den Armen, die sie in einem Sud aus der Färberwaidpflanze blau eingefärbt hatte und unter der wuchtigen Eiche an der dem Fluss zugewandten Stirnseite des Haupthauses zum Trocknen aufhängen wollte. Nachdem sie das *Leinen* über die geflochtenen Hanfseile gelegt hatte, die zwischen einigen weit ausladenden, in Brusthöhe wachsenden Ästen des Baumes gespannt waren, kam sie zurück. „Ich glaube euch", sagte sie leise und schaute dabei auf das Flachsgarn, von dem der Pflanzensud noch auf den festgestampften Lehmboden tropfte.

„Vielleicht war es Odin, den ihr gesehen habt", sagte sie zu Bardo, „oder es war ein Mensch. Es kann auch jemand gewesen sein, der euch erschrecken wollte."

Ansmar sah sie fragend an. „Wie meinst du das?", murmelte er.

„Es muss doch nicht der Gott gewesen sein, wer hat ihn schon jemals gesehen? Wir kennen nur die Geschichten, die seit undenklichen Zeiten an den Feuern von ihm erzählt werden, aber ich habe noch nie gehört, dass ihm jemand tatsächlich begegnet ist. Darum habt ihr vielleicht nur einen Menschen gesehen ..."

Leinen: Gebräuchliche Bezeichnung für Flachsgarn.

Bardo unterbrach Varga und schüttelte den Kopf. „Du warst nicht am Fluss und hast seine Augen gesehen", sagte er.

„Und nicht die Kälte gespürt, die von ihm ausging", flüsterte Ansmar, während ihm wieder eine Gänsehaut über den Körper lief.

Varga überlegte einen Augenblick. „Jedenfalls glaube ich nicht, dass ihr geträumt habt", sagte sie.

„Aber du hast geträumt. Und Odin hat dir doch den Traum geschickt", sagte Bardo und legte seiner Schwester einen Arm über die Schulter, „warum glaubst du dann, dass wir nicht den Gott, sondern einen Menschen gesehen haben?"

Ansmar nickte. „Ja, Bardo hat Recht, ich verstehe dich nicht, Varga", flüsterte er wieder, als habe er Angst, dass der Gott ihnen zuhören könnte.

„Ich denke manchmal, Odin ist nur in meinen Träumen, oder in unseren Gedanken", sagte Varga ganz leise, und ihr Blick wanderte zum Horizont, wo weiße, flauschige Wölkchen aufzogen, die sich über dem Wald zu immer größeren, dunkler werdenden Wolkenfeldern versammelten.

Bardo hatte seinen Arm von Vargas Schulter genommen und ging langsam mit nachdenklich gesenktem Kopf auf den Schweinepferch zu, wo Sigur damit beschäftigt war, das Gatter an einigen schadhaften Stellen mit dicken Weidenruten zu flicken. Was meint sie damit, dass Odin nur in unseren Gedanken ist, überlegte Bardo, Varga ist manchmal wirklich seltsam, ich verstehe sie einfach nicht.

Ansmar und Varga folgten Bardo, der das Gatter schon erreicht hatte und jetzt mit Sigur sprach. Der Schweinehirt hatte mit angehört, was seine Freunde am Fluss erlebt hatten.

„Gero ist ja noch wütender auf euch als auf mich", sagte Sigur gerade, während er mit seinem Eisenmesser die dünnen Triebe von einer starken Weidenrute abschnitt, um den biegsamen Ast danach leichter in eine durchbrochene Stelle im Geflecht schieben zu können.

„Kann ja auch sein, dass Gero nur nervös ist, weil Widukind hierher kommt", flüsterte er jetzt und schaute dabei zum Haupthaus hinüber, wo der Herr des Hofes neben dem Eingang stand und sich mit Arno unterhielt, der sein kurzes Schwert auf einem Sandstein schärfte, indem er die Klinge über den Stein zog und immer wieder mit Wasser benetzte.

„Widukind?", fragte Bardo überrascht.

„Ja, Widukind."

„Widukind kommt hierher? Das glaube ich nicht."

„Als ihr am Fluss ward, hab ich gehört, wie Gero mit deinem Vater darüber gesprochen hat. Sie haben es bis heute geheim gehalten. Auf der letzten *Gauversammlung* an der Hase bei *Osenbrugga* haben sie beschlossen, die Franken in eine Falle zu locken. Widukind kommt auf seinem Weg vom *Asenberg* nach Süden zu uns."

„Vielleicht hat der Frankenkönig davon erfahren, und wir haben vorhin am Flussufer wirklich nicht Odin, sondern einen Spion der Franken gesehen, der beobachten soll, wo wir uns versammeln", sagte Ansmar, der inzwischen neben Bardo am Gatter lehnte und Sigur zugehört hatte. Varga war von einer der Frauen in eins der Grubenhäuser gerufen worden.

„Ja, das kann sein", antwortete Bardo, dem plötzlich ein Gedanke kam, „dann hätte Varga Recht. Vielleicht waren dann auch

Gauversammlung: Gau bedeutet sprachlich: das Geäue, die besiedelte Landfläche. Westfalen war in mehrere Gaue aufgeteilt, z.B. in den Dreingau und den Stevergau. Auf den Gauversammlungen erhielten Jünglinge den Schild (siehe Seite 55) und wurden damit wehrhaft, es wurde über Krieg oder Frieden entschieden, und gleichzeitig wählte man für den Fall eines Krieges den Heerführer (Herzog). Die Gauversammlungen waren auch Gerichtsversammlungen.
Osenbrugga: Osnabrück.
Asenberg: Später hieß der Höhenzug Osning, heute Teutoburger Wald.

die Männer in den Fellgewändern Spione, und wir haben einen von ihnen am Flussufer gesehen. Was meint ihr?"

Sigur schüttelte den Kopf. „Und warum haben sie den dritten Mann am Tor getötet? Sie bringen sich doch nicht gegenseitig um."

„Sie haben sich eben gestritten", sagte Bardo.

„Genau, das würde viel erklären", sagte Ansmar, „aber der Tote am Tor trug das Losorakel bei sich. Er kann nur Goron gewesen sein ..., hm ..., vielleicht hat Goron uns verraten und war auch ein Spion."

Sigur überlegte. „Ja, hm ..., ich weiß auch nicht", sagte er, während er mit seinem Messer einen neuen Weidenast zurechtschnitt, „aber vergesst nicht, was ich in der Nacht beobachtet habe, bevor ich auf den Hof zurückgekehrt bin. Wer waren die Männer, die in dieser Nacht einen anderen getötet haben, um ihn den Göttern zu opfern? Das können keine Franken gewesen sein, denn die haben nur ihren einen Christengott, der irgendwo an ein Kreuz genagelt worden und gestorben ist. Ich glaube nämlich nicht, dass dieser Christus wieder lebt. Und ein toter Gott braucht kein Opfer mehr."

Ansmar blickte auf die quiekenden Schweine, die jetzt aufgeregt durch das Gehege hoppelten, weil Sigur einige von ihnen mit seinem Hütestab vom Gatter weggeschlagen hatte. „Vielleicht verlangt der Christengott ja Menschenopfer, weil er sonst nicht zurückkehren kann", sagte er.

Bardo und Sigur schauten ihren Freund an, der mit einem dünnen Ast ein Kreuz in den Lehmboden ritzte. Die Geschichte, die der dunkle Alkuin ihnen vor einem Sommer über den Christengott erzählt hatte, war wirklich merkwürdig. Wenn der Gott des Frankenkönigs so mächtig war, müsste er sich jederzeit und überall aufhalten können, denn Alkuin hatte ja gesagt, er sei gestorben und lebte trotzdem. Warum schickte er die Franken, die das Land der Sachsen mit Krieg überzogen und viele von ihnen töteten, wenn er so stark war, dass er selbst den Tod besiegen konnte? Warum kam er nicht selbst, wie Odin mit seinen Raben oder Thor, wenn der Donner über die Wälder grollte? Dieser Gott liebt alle Menschen, hatte Alkuin erzählt, und gleichzeitig waren sie von den Frankenkriegern mit blanken Waffen bedroht worden. Wer konnte das alles verstehen? Vielleicht brauchte der Christengott in Wahrheit Menschenopfer, um leben zu können, und die Franken waren nur seine *Liten*, die ihm die Opfer zutrieben.

Ansmar blickte auf. Von Westen zogen schwere Wolkenberge heran, und es war sehr schwül geworden. Er warf das Stöckchen in hohem Bogen in Richtung des Grubenhauses, aus dem in diesem Augenblick Varga herausstieg und ohne sie zu bemerken zu der Eiche hinüberging, wo sie das eingefärbte Leinen zum Trocknen aufgehängt hatte.

„Dieses Mal werden wir die Franken und ihren Gott besiegen", sagte er zu Bardo und Sigur. „Odin wird ihre Spione ins Moor führen, bevor sie uns verraten können, und Widukind jagt die Franken in die Wälder, wo Luchse, Bären und Wölfe sich über sie hermachen werden."

„Hat Gero auch gesagt", murmelte Sigur.

„Wann kommt Widukind eigentlich?", fragte Bardo jetzt.

„Heute Nacht", sagte der Schweinehirt, „er bleibt bis morgen, wenn der Mond rund ist. Gero hat Widukind auf der Gauversammlung gebeten, in der Nacht das Schwert zu weihen, das Oro geschmiedet hat. Ich glaube, danach ziehen unsere Männer zur *Eresburg* an die Diemel. Widukind reitet von hier zur *Sigiburg*, wo sich schon viele Sachsen aus den Nord- und Westgauen versammelt haben. Aber das weiß ich nicht genau."

Schwere Regentropfen platschten auf den festen, trockenen Lehmboden. Fast gleichzeitig schauten die drei Freunde hoch.

Über ihnen zog eine breite Wolkenfront nach Osten. Im Westen war der Himmel schon wieder wolkenfrei, aber die Sonne stand bereits sehr tief über dem Wald. Bis zur Dämmerung würde es nicht mehr lange dauern.

Sigur hatte das Loch im Schweinegatter geflickt. Gemeinsam mit Bardo und Ansmar ging er jetzt zwischen den Scheunen hindurch zur gegenüberliegenden Seite, wo auf einem eingezäunten Stück Wiese direkt an der Umzäunung des Hofes eine kleine Schafherde weidete. Gero hatte mittags nach der Versammlung vor dem Haupthaus drei verfaulte Stämme im Palisadenzaun entdeckt und Sigur befohlen, sie mit seinen Freunden noch vor Einbruch der Nacht auszuwechseln.

> *Liten* waren die Halbfreien, die im Auftrag ihres Herrn eine Landstelle bebauten.
> *Eresburg:* Die Eresburg war eine starke sächsische Grenzfeste bei Obermarsberg, hoch über dem Diemeltal im Lande der Engern.
> *Sigiburg:* Die sächsische Volksburg Sigiburg (Hohensyburg) lag oberhalb des Zusammenflusses von Ruhr und Lenne in Westfalen.

„Auch darum hat Gero euch so angefaucht", sagte Sigur, als sie die Stelle erreichten, „wir hätten die Stämme sofort ersetzen müssen. Aber ihr wart ja nicht da."

„Warum hat Gero es mit ein paar Männern nicht selbst gemacht?", fragte Bardo frech.

Ansmar lachte leise. „Das meinst du doch nicht ernst ..."

Am Zaun vor ihnen lagen drei angespitzte, frisch geschlagene und übermannshohe Baumstämme, mit denen sie den Palisadenzaun ausbessern sollten. Sie traten zwischen die blökenden Schafe und trieben sie in eine Ecke der Weide. Dann begannen sie damit, den ersten morschen Pfahl hin und her zu bewegen, um ihn aus dem schweren Lehmboden zu lösen. Als er endlich nach innen kippte, hörten die drei von außerhalb des Palisadenzaunes ein lautes Geräusch. Bardo und Ansmar zuckten zusammen, während Sigur schon durch die entstandene Lücke zum Wald hinüberspähte. In der beginnenden Dämmerung konnten sie gerade noch einen Schatten erkennen, der im dichten Unterholz verschwand. Für einen Augenblick schauten sie ihm hinterher, als könne er noch einmal aus dem Gehölz auftauchen. Hatten sie ein flüchtendes Tier gesehen oder hatte ein Spion die schadhafte Stelle im Zaun entdeckt und darauf gelauert, während der Nacht einen der verfaulten Stämme entfernen zu können, um sich dann ungesehen auf den Hof zu schleichen?

„Wir müssen Gero sofort davon erzählen", sagte Bardo endlich.

„Und wenn es nur ein Luchs war oder ein Wolf?", murmelte Ansmar.

„Ist mir egal, dann auch. Aber stell dir mal vor, das war wirklich ein Spion ..."

„... und heute Nacht kommt Widukind", flüsterte Sigur.

Bardo überlegte: „Einer von uns läuft zu Gero, und die beiden anderen arbeiten am Zaun weiter", sagte er, „die Stämme müssen noch ausgewechselt werden, bevor es zu dunkel wird, sonst müssen wir die ganze Nacht Wache halten."

„Ich gehe", sagte Ansmar und lief auch schon zum Haupthaus hinüber.

Gerade, als er zwischen den Scheunen verschwunden war, klang der lange dumpfe Ruf eines großen Signalhorns vom Fluss herüber. Danach lag für einen Moment eine beinahe greifbare Stille über dem Hof, dann ertönte das Horn wieder, dieses Mal so durchdringend, dass Bardo und Sigur meinten, die Luft erbebe unter dem Klang des Signals.

„Die Franken", flüsterte Bardo voller Angst, „die Franken kommen. Der Schatten war kein Tier, das war ein fränkischer Späher, ich wusste es ..."

„Wenn das Franken sind, dann müssen sie sich verkleidet haben und sehr mutig sein", sagte Sigur, der im letzten Tageslicht die Umrisse von drei Reitern erkannt hatte, die in diesem Augenblick ruhig durch das Tor auf den Hof ritten. Vor dem Haupthaus flackerten bereits zwei Feuer. Die Reiter hielten langsam darauf zu und blieben auf ihren tänzelnden, leise schnaubenden Pferden zwischen den Feuern stehen. Sie trugen kurze, einschneidige blanke Schwerter, die im rötlichen Schein der Flammen kurz aufblitzten.

Bardo sah sie jetzt auch. Er hielt sich erschrocken eine Hand vor den Mund.

„Ist das vielleicht ..., glaubst du, das ist Widukind?", fragte er leise.

„Hast du schon mal gehört, dass Franken den Sax tragen?"

„Nein."

Bardo stand wie erstarrt. Widukind war der berühmteste *Etheling* der Sachsen, seit die Franken vor einigen Sommern die Eresburg feige überfallen und danach die *Irminsul* im heiligen Hain in der Nähe des *Bullerborn* gefällt hatten. Von dieser Zeit an herrschte Krieg zwischen den Franken und Sachsen, deren Herzog eben auf den Hof Geros geritten war. Bardo konnte seinen Blick nicht von den drei hochaufgerichteten Reitern losreißen.

„Welcher ist es?", fragte er.

„Ich hab ihn doch auch noch nie gesehen, aber ich glaube, der in der Mitte, der größere der drei. Die beiden anderen können nur Hessi und Wigbold sein, die ihn ständig begleiten."

Die Männer saßen noch immer auf ihren Pferden, die allmählich ruhiger geworden waren. Sigur und Bardo konnten im Schein der züngelnden Flammen sehen, wie sich nach und nach die Bewohner des Hofes um sie versammelten. Die mächtigen Gestalten Geros und Oros, die sich wie dunkle Schattenrisse gegen den hellen Feuerschein abzeichneten, traten aus der Menge heraus auf die Reiter zu.

Etheling: sächsischer Edelmann.

Irminsul: Die Irminsul war das sächsische Hauptheiligtum. Sie lag in einem heiligen Hain, vermutlich in der Gegend Paderborn/Altenbeken. Man nimmt an, dass die Irminsul ein Baumstamm von gewaltiger Größe war, der in der Vorstellungswelt der Sachsen die das All tragende Säule darstellte. Gleichzeitig verehrten die Sachsen in der Gestalt dieses Baumes ihre Volksgötter Odin oder Thor und viele andere. Der heilige Hain und die Irminsul wurden von Karl d. Großen im Jahre 772 als heidnische Stätte zerstört und der Schatz aus Gold und Silber geraubt. Mit der Zerstörung der Irminsul begannen die Sachsenkriege, die bis etwa 800 andauerten.

Bullerborn: Der Bullerborn ist eine Quelle bei Altenbeken. Nach der Sage lagerte das fränkische Heer dort (nach der Zerstörung der Irminsul) und litt unter Wassermangel, als wie durch ein Wunder plötzlich Wasser in großer Fülle aus dieser Quelle sprudelte. Karl d. Große sah dies der Sage nach auch als Bestätigung für sein Vorgehen gegenüber den Sachsen.

Sigur und Bardo schauten wie gebannt auf die Ankömmlinge und vergaßen die Lücke im Palisadenzaun. Langsam gingen sie über die kleine Wiese, auf der die Schafe in einer Ecke ruhig weideten, am hohen Zaun entlang zur ihnen zugewandten Stirnseite des Haupthauses. Von hier aus konnten sie die Reiter deutlich erkennen.

Der Mittlere, von dem Sigur angenommen hatte, er sei der Herzog, beugte sich von seinem Pferd zu Gero hinunter, während seine Begleiter schon abgesessen waren. Sie hielten ihre Pferde am Zaum und sprachen mit Oro, der beinah einen Kopf größer war als die beiden. Bardo und Sigur konnten ihre dunklen Stimmen hören, aber nicht verstehen, was sie sagten.

Bardo stieß seinen Freund in die Seite. „Siehst du Ansmar?", fragte er leise, „er steht neben Gero. Vielleicht spricht Widukind sogar mit ihm."

„Ja, und wir verstecken uns hier."

„Komm, wir gehen auch hin."

In der Zwischenzeit war es ganz dunkel geworden. Einige Männer waren dabei, ein drittes Feuer anzuzünden, und auch aus dem Haupthaus schien das Licht der Flammen von der Feuerstelle durch den Eingang.

Widukind stand jetzt neben Gero zwischen den Feuern. Die Gestalt des Herzogs erschien nicht so breit und massig wie die Geros, aber er war ebenso groß. Die hellen, welligen Haare fielen ihm unter einem schmalen edelsteinbesetzten Stirnreif bis auf die Schultern hinab. Er trug einen Wams aus fein gesponnenem, grün gefärbtem Leinen, der bis zu den Knien reichte und um die Hüfte von einem prächtigen Lederriemen zusammengehalten wurde. Von der linken Schulter spannte sich ein breiter, mit Bronzezeichen beschlagener Schwertgurt aus rauem Wisentleder über seine Brust. Die schlanken, sehnigen Beine waren von den Waden abwärts kreuzweise mit schmalen Lederriemen umwickelt und an den Füßen trug er die kunstvoll gearbeiteten Ledersandalen der Ethelinge.

Als müssten sie sich anschleichen, gingen Bardo und Sigur langsam auf die Feuer zu. Die Männer und Frauen des Hofes bildeten inzwischen einen dichten Ring um den Herzog und seine Begleiter.

„Es ist gut, dass du hier bist", sagte Gero gerade zu Widukind, als die Freunde sich durch die Reihen nach vorne drängten. Ansmar stand neben seinem Vater, daneben sprachen Oro und zwei Männer mit den beiden Gefährten des Heerführers.

Widukind streckte sich nach dem langen Ritt, aber er hielt immer noch den Zaum seines Pferdes in einer Hand. Bardo und Ansmar konnten jetzt auch sein schmales Gesicht erkennen, dessen scharfe Züge im flackernden Licht des Feuers beinahe geisterhaft erschienen. Die weit auseinander stehenden graublauen Augen des Herzogs lagen tief unter den etwas geschwungenen blonden Augenbrauen, die sich an der Wurzel einer schmalen, geraden Nase trafen. Von den hohen Wangenknochen zogen sich tiefe Falten über die Wangen zum energischen Kinn des Herzogs hinab.

„Ich danke dir für deine Gastfreundschaft", sagte Widukind jetzt mit kräftiger, dunkler Stimme. Hessi und Wigbold, die ähnlich gekleidet waren wie er, unterbrachen ihr Gespräch mit Oro und nickten zustimmend.

Gero deutete auf die Pferde und sagte: „Ihr könnt sie zu meinen Tieren in das Gatter stellen und verpflegen."

Kein Sachse ließ sein Pferd von einem anderen führen oder pflegen, das war Gesetz. Nachdem der Herzog und seine Männer die Pferde abgerieben und versorgt hatten, setzten sie sich mit Gero und Oro an eins der Feuer, während die anderen sich um die übrigen Feuerstellen versammelten.

Bald hielten sie Tontöpfe mit frischem, schäumendem Met in den Händen, den ihnen die Frauen und Mädchen aus dem Haupthaus gebracht hatten. Etwas später schmorte eine Hälfte des erlegten Wildschweins über dem Feuer, an dem der Herzog saß.

Ansmar hatte seine Freunde entdeckt, die jetzt etwas abseits unter dem tief gezogenen Dach des Haupthauses standen.

„Widukind hat mich begrüßt", sagte er stolz , „aber was macht ihr hier? Habt ihr das Loch im Palisadenzaun vergessen?

„Du bist gut", fauchte Bardo, „hast du deinem Vater schon von unserer Beobachtung erzählt?"

„Konnte ich nicht, weil der Herzog kam, als ich es ihm sagen wollte."

„Dann sei nicht so blöd. Da passiert schon nichts ..."

„... außer, dass die Schafe abhauen, o nein", stöhnte Sigur plötzlich und rannte auch schon zur Wiese hinüber. Bardo und Ansmar folgten ihm. Doch als sie die Stelle erreicht hatten, sahen sie die Tiere friedlich innerhalb der Umzäunung grasen.

„Odin beschützt uns", schnaubte Sigur, „aber um die Pfähle aufzustellen, ist es zu dunkel, was tun wir?"

„Gero und die anderen sind so beschäftigt, dass sie sowieso nichts bemerken", sagte Ansmar, „wir bleiben einfach hier. Morgen früh, wenn sie ihren Rausch ausschlafen, bessern wir den Zaun aus."

Bardo flüsterte mit einem Mal unsicher geworden: „Und wenn nun doch der Spion in der Zeit durch die Lücke geschlichen ist und jetzt von irgendwo belauscht, was Widukind mit den anderen bespricht, was ist dann?"

„Wir wissen doch gar nicht, ob es überhaupt ein Spion war", sagte Sigur.

Ansmar nickte. „Genau, und wenn sich einer auf den Hof geschlichen hat, muss er auch wieder zurück. Dann sind wir hier und nehmen ihn gefangen."

„Und Varga bringt uns Hirsebrei und Fleisch. Sie wird uns irgendwann suchen und bestimmt nicht verraten", sagte Sigur.

Bardo wollte etwas antworten, als die Stimme Widukinds plötzlich zu ihnen hinüberdrang. Eine Weile sprach er so leise, dass sie ihn nicht verstehen konnten. Gero und Oro beugten sich immer wieder zu ihm hinüber, als berieten sie über wichtige Dinge. Dann stand der Herzog auf, wandte sich auch den anderen Männern zu und breitete seine Arme aus. Nun konnten die drei ihn verstehen.

„Ihr wisst alle", sagte Widukind, „dass der Frankenkönig Karl uns vor drei Sommern hinterlistig überfallen hat. Die Irminsul wurde von ihm gefällt und ihr heiliger Hain vom Feuer zerstört. Das war im Jahr 772 der Christen, das sie vom Tag der Geburt ihres Gottes an rechnen."

Der Herzog unterbrach sich kurz und schaute zum Eingang

des Haupthauses, wo sich die Frauen und Mädchen auf dem Vorplatz versammelt hatten, um ihm zuzuhören.

„Karl ist ein Dieb", fuhr Widukind jetzt zornig fort, „seine Krieger stahlen damals alles Gold und Silber aus dem heiligen Hain und schafften es in die Schatzkammern ihres Königs. Ein Frevel, der gesühnt werden muss, denn es war das Gold unserer Götter. Der Frankenkönig kämpft für einen Gott, der nur so stark ist wie seine Diener. Wäre er ein gütiger und allmächtiger Vater, wie Karl sagt, würde er uns nicht mit Krieg und Tod überziehen. Karl behauptet, sein Gott habe uns Menschen und unsere Welt geschaffen. Wie kann er dann zulassen, dass seine Diener die Stille des Waldes mit dem Lärm ihrer Waffen stören und die Erde nicht achten, von der wir Menschen leben, sondern sie mit unserem Blut tränken?"

Während Widukind sprach, war es auf dem Hof immer stiller geworden. Alle lauschten den Worten des Herzogs und nickten zustimmend, denn der Heerführer sprach das aus, was sie alle dachten.

Widukind hatte einen tiefen Schluck aus seinem Mettopf getrunken und sprach weiter: „Die Franken sehen nicht die Schönheit des Regentropfens, in dem sich das Sonnenlicht bricht, sie hören nicht die flüsternden Stimmen der Flüsse, die sich durch unsere Wälder und Auen winden, und sie sehen nicht den biegsamen Grashalm, der sich im Sommerwind wiegt. Ohne dies alles könnten wir Menschen nicht leben, aber die Franken achten es nicht ..." Widukind machte eine bedeutungsvolle Pause und sagte dann laut: „Sie sehen nicht, dass in allem unsere Götter sind, und wenn es ihren Gott gibt, ist auch er in allem – sie verstehen es nicht, sie verstehen nur die Sprache der Gewalt ..." Wieder entstand eine Pause. Die drei konnten sehen, wie der Herzog zum Himmel aufschaute und dann nach seinem Sax griff.

Er zog die blanke Waffe aus dem Gürtel und stieß sie in die Höhe. „Ihr wisst: Ich bin Widukind vom Stamm der Engern, ich bin der Sohn des Waldes!", rief er mit mächtiger Stimme, und die Klinge des Sax flammte im Schein des Feuers rot glühend auf, „und ihr seid stolze Westfalen und meine Brüder und Schwestern.

Gemeinsam werden wir diesen Gott und seine Schergen aus unserem Land vertreiben, das von ihnen entehrt wird. Unsere Götter, die mit der Stimme des Windes zu uns sprechen und deren Augen in den Wäldern über uns wachen, sind stärker als der Christengott, der sich stumm und blindwütig der Waffen der Franken bedient!"

Der Abend war klar, und unzählige Sterne funkelten zum Greifen nahe am schwarzen Himmel. Über den dunklen Wipfeln des verbotenen Waldes war der Mond groß und rund aufgegangen. Sein silbernes Licht ergoss sich über den Hof. Bäume, Häuser und Menschen warfen deutliche Schatten. Aus dem Wald hinter dem Palisadenzaun drangen die Geräusche der Nacht herüber.

Bardo fröstelte es, obwohl die Luft drückend und schwül war. Ansmar und Sigur saßen neben ihm im grauen Schatten des hohen Zaunes. Sie hatten der Rede Widukinds gelauscht und schwiegen nachdenklich. Vom Haupthaus herüber hörten sie nur gedämpftes Stimmengewirr.

Sigur regte sich als Erster. „Widukind, der Sohn des Waldes. Die Götter haben ihm diesen Namen gegeben. Er ist ein großer Mann", sagte er leise und stand langsam auf. Bardo und Ansmar blieben sitzen und traten nach den Schafen, die vor ihren Füßen grasten.

„Er ist ja auch unser Herzog", flüsterte Bardo.

Einen Augenblick war es wieder still. Dann schaute Ansmar zu Sigur hoch, der immer noch zum Haupthaus hinüberblickte, und fragte ihn: „Ist was passiert?"

Der Hirte antwortete nicht, stattdessen hörten sie plötzlich aufgeregte Stimmen, die immer lauter wurden. Bardo und Ansmar rappelten sich ebenfalls hoch und sahen sofort, dass drüben am Haupthaus etwas geschehen sein musste. Aus der Menge löste sich eine dunkle Gestalt, die sich zielstrebig auf die Scheunen zubewegte.

„Das ist Gero, woher weiß er nur, dass wir hier sind?", murmelte Bardo.

Ansmar schüttelte den Kopf. „Gero ist viel größer und bewegt sich ganz anders", sagte er.

„Varga, das ist Varga", flüsterte Sigur, dessen scharfe Hirtenaugen sich am besten an die Dunkelheit gewöhnt hatten.

Er hatte kaum ausgesprochen, als sie auch schon Vargas Stimme hörten. „Wo steckt ihr denn?", rief sie.

„Bei den Schafen", antworteten die drei gleichzeitig

„Ich hab geahnt, dass ihr hier sein könntet", sagte Varga, als sie die Freunde zwischen den Tieren erkannte. „Sie halten jetzt ihren Kriegsrat ab. Alle Frauen und Mädchen mussten gehen."

Varga wurde von einem Geräusch unterbrochen, das ganz aus der Nähe kam. Die Schafe konnten es nicht sein, und dann sahen sie plötzlich einen Schatten, der vom Haupthaus kommend am Palisadenzaun entlanghuschte.

„Ein Luchs", flüsterte Bardo, „er schleicht direkt auf uns zu."

Kaum hatte Bardo gesprochen, ertönte von den Feuern ein lauter Ruf und dann ein wütender Aufschrei. Innerhalb kurzer Zeit herrschte auf dem Platz vor dem großen Haus ein wirres Durcheinander.

„Was ist da los?", fragte Bardo und ging dabei einige Schritte auf das Haupthaus zu. Die anderen folgten ihm stumm, bis ihnen der Schatten einfiel, den sie vor wenigen Augenblicken beobachtet hatten. Sie schauten zur Lücke im Zaun hinüber, konnten aber nur den abgebrochenen Stamm entdecken, der sich dunkel auf der Wiese abzeichnete. Sicher hatten sie sich in ihrer Aufregung getäuscht und nur den Schatten eines Baumes gesehen, der vom Abendwind bewegt worden war. Bis auf das leise Blöken einiger Schafe hörten sie nichts. Wenn sich ein Luchs auf den Hof geschlichen hätte, wären die Tiere in Panik geraten und laut geworden. Langsam wandten sich die Freunde um und gingen weiter auf die Feuer zu.

Vor dem Haupthaus war die Aufregung noch größer geworden. Wütende und ängstliche Stimmen schwirrten durcheinander, dann wieder ließen heftige, zornige Rufe den Sommerabend erbeben, und im Eingang des Hauses sahen sie die schlanke, hoch gewachsene Gestalt Widukinds, der scheinbar stumm zum Himmel hinaufblickte. Seine Gefährten neben ihm hielten ihre Kurzschwerter in den Händen und redeten laut auf Gero ein.

„Was ist da nur los?", fragte Bardo noch einmal.

Ansmar starrte auf seinen Vater, der mit herabhängenden Schultern vor Widukind und seinen Begleitern stand und irgendetwas zum Herzog sagte.

„Es muss etwas Schlimmes passiert sein", sagte Ansmar und wagte nicht, noch einen Schritt weiter auf die Feuer zuzugehen. Er zog seine Freunde unter das Dach des Hauses, wo sie gestanden hatten, bevor sie zur Lücke im Zaun zurückgelaufen waren, um nach den Schafen zu sehen.

Varga lehnte an einem der vielen dicken, etwas schräg nach innen geneigten Stämme, die in regelmäßigen Abständen rund um das Haus in den Boden gerammt waren und das gewaltige schilfgedeckte Dach trugen. Von hier aus konnte sie die Stimmen gut verstehen, ohne von den Männern gesehen zu werden. Es ist bestimmt besser, wenn wir noch nicht hingehen, überlegte sie gerade, als sie einen der Begleiter des Herzogs zu Gero sagen hörte: „Ihr hättet es bewachen müssen! Wenn du mit deinen Männern auch so arglos in den Kampf ziehst, werdet ihr bald nackt und ohne Waffen vor den Göttern stehen!"

„Ich begreif' es nicht", antwortete Gero und hob dabei seine Hände zu einer hilflosen Geste, „ich begreif' es nicht."

Widukind blickte immer noch zu den Sternen hinauf. Der silberne Schein des Mondes fiel auf sein schmales Gesicht, als er sich jetzt Gero zuwandte und sagte: „Das Schwert ist verschwunden, eine Nacht bevor ich es Saxnoth weihen konnte. Das ist ein böses Zeichen ..."

Varga schrak zusammen, als sie Widukinds Worte hörte. Das Geschrei der Männer an den Feuern war lauter geworden, so dass sie den Herzog jetzt nicht mehr verstehen konnte. Aber was sie erfahren hatte, war so schlimm, dass ihr kalt wurde. Dunkle Mächte stießen den Hof und seine Bewohner jeden Tag tiefer in ein finsteres Geschehen, dem sie machtlos gegenüberstanden. Schaudernd wandte sie sich zu ihren Freunden um, die hinter ihr standen und sie fragend anschauten.

„Das Schwert ist gestohlen worden," sagte sie nur und ging langsam zu den Feuern am Haupthaus hinüber.

6

Das Feuer Odins

Widukind sah Varga aus dem Schatten heraustreten und blickte einen Moment fasziniert auf die rotblonden Haare, die ihr schmales Gesicht im Schein des Feuers wie lodernde Flammen umzüngelten. Nach kurzem Zögern rief er sie mit lauter Stimme zu sich. Blitzartig waren ihm die Erzählungen der Händler eingefallen, die ihm das Mädchen beschrieben und von ihrem zweiten Gesicht berichtet hatten. Sie kam näher, und er hatte plötzlich das Gefühl, sie schon lange zu kennen, obwohl er ihr noch nie begegnet war. Sie ist jung und schön, dachte Widukind.

„Du bist das Mädchen Varga", stellte er fest, als sie einige Schritte vor ihm stehen blieb und seinem Blick nicht auswich.

„Ja, Herzog", antwortete sie.

Ihm gefiel die Art, wie sie ihn anschaute, ohne die Augen zu senken. Sie ist stark, dachte er, und schon jetzt eine der Frauen, ohne die wir Sachsen im Krieg gegen die Franken nicht bestehen können. Er dachte es, aber er zeigte es nicht, denn er war nicht gewohnt, dass ihm die Menschen, und schon gar nicht die Frauen, so offen gegenübertraten, wie sie es tat.

„Ja, ich bin der Herzog", sagte er darum mit gebieterischer, schneidender Stimme und dachte gleichzeitig, sie hat verschiedenfarbige Augen, und sie trägt ihren Kopf aufrecht, sie senkt ihn auch jetzt nicht.

Varga sah den Stolz in den Augen Widukinds, mit dem er ihren Blick niederzwingen wollte, wenigstens für einen Augenblick. Aber sie wusste in diesem Moment auch, wie enttäuscht er wäre, wenn sie es tun würde. Woher weiß ich das eigentlich, überlegte sie, und warum fühle ich mich plötzlich so stark?

„Du bist also Oros Tochter", sagte Widukind jetzt und senkte seine Stimme etwas, „man hat mir berichtet, dass die Götter dir das zweite Gesicht verliehen haben." Während er sprach, trat er einen Schritt auf Varga zu.

Ich bleibe, wo ich bin, dachte sie, und wich nicht zurück. Sie spürte, dass der Herzog sie nach dem Schwert fragen wollte.

„Ja, ich bin Oros Tochter", sagte sie.

„Und ...", Widukind schaute auf seine Gefährten, die neben ihm standen, „... du bist eine Seherin?"

„Ich weiß es nicht", antwortete sie mit klarer Stimme.

„Du weißt es nicht?"

„Manchmal träume ich, ja, aber ..."

„Hattest du in letzter Zeit Träume?"

Varga zögerte. Dann fragte sie: „Hat Gero dir davon erzählt?"

Widukind zog die Augenbrauen hoch und antwortete nicht. Niemand beantwortet meine Fragen mit Gegenfragen, dachte er, auch dieses geheimnisvolle Mädchen nicht, das ist zu viel.

„Du scheinst zu vergessen, wer ich bin", sagte er laut und stemmte die Arme in die Hüften. Seine Begleiter nickten zustimmend.

„Mädchen, du stehst deinem Herzog gegenüber", brauste Hessi auf.

Gero und Oro hatten aus einiger Entfernung das Gespräch zwischen Widukind und Varga mit angehört. Nachdem Hessi sich eingemischt hatte und auf Varga zuging, trat Oro dazwischen.

„Halt!", sagte er und streckte Hessi seine muskelbepackten Arme entgegen, „wir sind *Frilingi* wie du und deine Leute."

„Aber sie ist nur eine Frau und hat sich auch so zu verhalten", fauchte Widukinds Gefährte.

Oro schüttelte den Kopf. „Sie ist eine Frau, ja, aber sie ist auch meine Tochter und steht unter meinem Schutz."

„Lass es gut sein, Hessi, und auch du, Schmied, sei still", murmelte Widukind, der seinem Begleiter eine Hand auf die Schulter gelegt hatte, „wir haben keine Zeit zum Streiten. Das Schwert ist verschwunden, und wir haben von Gero gehört, dass auch schon vorher einiges geschehen ist." Er schaute Varga an. Dann sagte er: „Du hast es gehört: Gero hat von deinem Traum erzählt, aber er hat nicht gesagt, was du geträumt hast. Haben dir die Götter gezeigt, wie unser Kampf gegen die Franken ausgehen wird?"

Der Mond stand hoch über dem verbotenen Wald. Varga konnte durch das Tor hindurch erkennen, wie sein bleiches Licht sich auf dem Fluss spiegelte. Vom Ufer drang das vereinzelte Quaken der Frösche herauf, die in dieser mondhellen Nacht keine Ruhe fanden. Die Feuer waren heruntergebrannt, aber ihr flackernder Schein fiel auf die Hofbewohner und ließ ihre Schatten manchmal wie graue Unholde über den Hof tanzen. Einige Männer sprachen noch immer aufgeregt durcheinander, während die meisten beobachteten, was vor dem Haupthaus geschah. Varga konnte ihre gespannten Gesichter erkennen und sah auch die Betroffenheit in den Augen vieler von ihnen. Die Frauen und Mädchen waren gerade noch schemenhaft zu erkennen, denn sie standen weiter entfernt unter dem Baum, wo das Flachsgarn zum Trocknen aufgehängt wurde, und sprachen nur leise miteinander.

Frilingi waren freie Sachsen.

„Nein, davon habe ich nicht geträumt", antwortete sie langsam.

Während sie das sagte, begann ganz in der Nähe ein Wolf zu heulen, und gleich darauf klangen die lang gezogenen, klagenden Rufe des ganzen Rudels aus dem Wald herüber. Widukind lauschte ihnen einen Moment, dann fragte er: „Und das Schwert? Hast du von dem Schwert geträumt?"

„Nein."

Hessi und Wigbold schüttelten die Köpfe, und Widukind hob ungeduldig die Arme. Wie konnte der Sax, der kurz vorher noch über der Feuerstelle im Haupthaus gehangen hatte, plötzlich verschwinden, während sie nur einige Schritte entfernt an den Feuern gesessen hatten. Sie hatten nichts Auffälliges beobachtet, und von den Hofbewohnern konnte es niemand gewesen sein, denn keiner würde einen solchen Raub wagen, weil er sich und seinen Angehörigen den Zorn Saxnoths zuziehen würde. Und warum sollten sie auch so etwas tun? Hatten die Götter etwa selbst ...?

Varga sah, wie der Herzog und seine Männer sich ratlos anschauten. Gero und Oro blickten auf die Feuer, deren Flammen immer mehr in sich zusammenfielen. Der Schmied nahm ein paar Holzscheite und warf sie in die Glut. Widukind hielt sich eine

Hand vor die Augen, als die Flammen in die Höhe schossen. In diesem Augenblick nahm Varga plötzlich einen langen schmalen Schatten wahr, der lautlos aus der Dunkelheit am Palisadenzaun heranschnellte und mit einem zischenden Geräusch über die Feuer hinweg auf den Herzog zuschoss.

Sie hatte das seltsame Gefühl, dass alles sehr langsam geschehen würde, beinah so, als bliebe die Zeit für einen Moment stehen. In Wirklichkeit aber sah sie den Schatten und warf sich gleichzeitig mit einem Schrei auf Widukind. Der Herzog war so überrascht, dass er mit Varga zu Boden stürzte. Im gleichen Moment fuhr ein langer Speer fauchend über beide hinweg und blieb mit einem hellen, federnden Geräusch in einem der Torpfosten des Haupthauses stecken. Die Gefährten Widukinds hatten die mörderische Waffe nicht kommen sehen und griffen mit lautem Geschrei nach Varga, die auf dem Herzog lag, um sie von ihm herunterzureißen, weil sie glaubten, sie hätte ihn angegriffen. Dann ging alles sehr schnell. Widukind rappelte sich benommen auf und zog Varga mit sich hoch, während er Hessi und Wigbold von sich stieß. Oro nahm Varga, die ihm entgegenfiel, in seine Arme und starrte entsetzt auf den Speer, der tief in das Holz eingedrungen war.

Gero und die Gefährten des Herzogs schrien aufgeregt durcheinander, während sie in alle Richtungen deuteten, ohne zu wissen, warum sie es taten. Die Männer auf dem Hof saßen wie gelähmt an den Feuern und blickten mit weit geöffneten Augen auf den heimtückischen Speer im Torpfosten des großen Hauses. Und mit einem Mal lag eine gespenstische Stille über dem Hof. Es war, als hätten die Götter alle Bewegungen angehalten und die Stimmen der Menschen erstickt, bis sich die Spannung plötzlich in lauten Schreien und wütenden Rufen entlud.

Bardo und Ansmar hatten den Hof von der kleinen Schafweide aus beobachtet und gesehen, wie Widukind Varga angesprochen hatte. Als sie den Herzog umstieß, erschraken sie heftig, während Sigur zur gleichen Zeit einen dunklen Umriss auf dem Palisadenzaun gesehen hatte, der sofort wieder verschwunden war.

„Da war etwas auf dem Zaun", flüsterte Sigur seinen Freunden zu.

„Und auf dem Hof ist schon wieder irgendwas passiert", sagten Bardo und Ansmar gleichzeitig.

„Wisst ihr was?", sagte Sigur nach einigem Überlegen, „wir gehen durch die Lücke und suchen den Palisadenzaun von außen ab. Vielleicht finden wir etwas. Ich bin sicher, dass jemand die ganze Zeit dort draußen gelauert hat. Denkt nur an den Schatten, den wir vorhin gesehen haben, und an das gestohlene Schwert."

In diesem Augenblick schallte Geros Stimme zu ihnen herüber. „Schande!!", rief er, „welche Schande! Man hat versucht, Widukind zu töten – mit dieser Waffe!" Dabei hielt er einen langen Speer hoch, den die drei gut sehen konnten. Unzählige Arme reckten sich in die Höhe und auf dem Hof wurde es so laut, dass die Freunde nichts mehr verstehen konnten.

„Das kann doch nicht sein ...", stammelte Bardo, „... darum hat Varga also den Herzog umgestoßen. Sie hat ihm wahrscheinlich das Leben gerettet."

„Man hat vom Palisadenzaun aus einen Speer auf den Herzog geschleudert, und ich hab den Täter gesehen, da bin ich sicher", murmelte Sigur. Dann sagte er etwas lauter: „Wir müssen den Zaun sofort von außen absuchen, vielleicht finden wir Spuren oder so was."

„In der Dunkelheit? Das Mondlicht ist zwar hell, aber direkt hinter dem Zaun ist es so dunkel wie in der schwärzesten Nacht", sagte Bardo leise.

Ansmar hatte die ganze Zeit zum Hof hinübergeschaut. Jetzt wandte er sich um und sagte: „Sigur hat die guten Augen eines Hirten, das weißt du doch, Bardo. Kann doch sein, dass der feige Mörder sich 'nen Fuß verstaucht hat und noch am Zaun sitzt."

Sigur stand schon an dem herausgebrochenen Pfahl und winkte ungeduldig. Die Schafe lagen ruhig am Zaun und störten sich nicht an den Freunden, als sie sich nacheinander durch den engen Spalt zwängten. Auf der anderen Seite drückten die drei sich eng an die rauen Stämme der Umzäunung und schlichen geduckt zu der Stelle, wo Sigur den schwarzen Umriss auf den Palisaden gesehen hatte. Bisher war alles ruhig geblieben. Nur vom Platz vor dem Haupthaus drang das aufgeregte Stimmengewirr wie aus großer Ferne zu ihnen. Sie wagten nicht einmal zu flüstern. Sigur ging mit vorsichtigen Schritten voran. Bardo und Ansmar blickten sich hin und wieder um, als erwarteten sie jeden Moment einen hinterlistigen Angriff aus dem Dunkel des Waldes.

Gerade, als Sigur einen Arm hob und stehen blieb, weil er glaubte, die Stelle erreicht zu haben, knackte es laut über ihnen und gleich darauf noch einmal. Erschrocken schauten sie nach oben. Sie standen unter einer dicken Buche, deren Äste bis an den Palisadenzaun heranreichten. Das Mondlicht fiel bleich durch das dichte Laub, und aus dem weit verzweigten Geäst drangen leise Geräusche wie die wispernden Stimmen der Baumgeister zu ihnen.

Die Freunde duckten sich, so tief sie konnten, in den Schatten des Zaunes. Rundherum war es wieder still. Sie hockten noch eine Weile regungslos am Boden und warteten mit klopfenden Herzen darauf, dass etwas passieren würde, aber es blieb ruhig. Auch auf der anderen Seite des Zaunes schien sich die Aufregung gelegt zu haben, denn sie hörten, wie die Männer wieder normal miteinander sprachen. Sie konnten sie zwar nicht verstehen, aber unter den anderen war Widukinds dunkle Stimme gut zu erkennen. Anscheinend redete er beruhigend auf die Männer ein und erklärte ihnen etwas.

Sigur rührte sich als Erster und begann, den Boden um sich herum abzutasten. Zwischendurch blickte er noch einmal hoch, als erwarte er, dass der Speerwerfer jeden Moment auf der Spitze des Zaunes erscheinen würde. Bardo und Ansmar kauerten bewegungslos im Schatten und beobachteten ihren Freund, der mit beiden Händen den weichen Boden in der Dunkelheit absuchte.

Bardo hielt es nicht mehr aus und flüsterte so leise er konnte: „Was suchst du denn?"

„Mensch, Bardo, hast du's schon vergessen. Vielleicht hat der Mörder was verloren, als er vom Zaun gesprungen ist. Denk doch mal an das alte Opfermesser, dass wir bei den Schweinen gefunden haben", flüsterte Sigur.

„Hm."

Ansmar sagte nichts, sondern beobachtete das finstere Unterholz direkt vor seinen Augen, das selbst im Mondlicht schwarz und drohend vor ihm stand. Es sieht aus wie ein riesiges, gieriges Maul, das jeden Augenblick zupacken kann, dachte er. Doch außer der leisen Geräusche, die jede Nacht aus dem Wald drangen, war nichts zu hören. Selbst die Wölfe hatten nur einmal geheult. In manchen anderen mondhellen Nächten war der Wald von ihren schauerlichen Rufen erfüllt. Dann war Odin unterwegs, und die Wölfe begrüßten ihre Brüder Geri und Freki, die den Gott auf seinen Wanderungen begleiteten. Heute Nacht ist Odin nicht in unserer Nähe, dachte Ansmar gerade, als ganz in der Nähe plötzlich ein unheimliches Heulen durch den Wald schallte. Jedes Mal, wenn es nachließ, begann der Leitwolf von neuem mit dem gespenstischen Gesang, und sein Rudel stimmte mit anhaltenden, durchdringenden Rufen ein. Bald war auch von weiter entfernt das Heulen anderer Wölfe zu hören, und kurze Zeit später drang von überall her das klagende, lang gezogene Bellen der Räuber durch die Nacht.

Ansmar blickte erschrocken auf Bardo und Sigur, die ebenso wie er dem grausigen Heulen lauschten.

„Odin geht durch den Wald", flüsterte er.

Bardo zitterte am ganzen Körper und konnte vor Angst kaum sprechen. „Dann war er auch heute Nachmittag am Ufer, dann haben wir Odin gesehen und nicht einen Spion", stammelte er.

„Vielleicht war es aber doch einer, schaut euch das an", sagte Sigur, den das Rufen der Wölfe nicht sonderlich beeindruckte, weil er es schon oft erlebt hatte, wenn er allein mit den Schweinen durch die Wälder gezogen war. Er hatte wirklich einen Gegenstand unter dem Palisadenzaun gefunden, den er seinen Freunden jetzt zeigte. Selbst im Schatten blinkte das Metall, das er in den Händen hielt.

Fibel: Als Fibeln bezeichnet man Spangen, die als Schmuck oder zum Zusammenhalten von Kleidungsstücken dienten.

„Was ist das?", fragte Ansmar überrascht.

„Erkennst du's nicht?"

„Sieht aus wie eine *Fibel*."

„Genau, und ich glaube nicht, dass Odin auf dem Zaun gesessen und sie beim Herunterspringen verloren hat."

Bardo hatte sich von seinem Schreck erholt und wollte Sigur die Fibel aus der Hand nehmen, um sie sich anzuschauen, als die drei laute Rufe und das ungeduldige Stampfen von Pferdehufen vom Haupthaus herüber hörten.

„Was ist denn nun schon wieder los", murmelte Bardo.

Die Freunde lehnten sich an den Zaun und lauschten angestrengt, konnten aber auch auf diese Weise nichts verstehen. Das Hufgetrappel wurde heftiger und die Stimmen lauter. Der Herzog übertönte wieder alle anderen. Manchmal waren fremde Stimmen herauszuhören, wahrscheinlich die von Hessi und Wigbold, die anscheinend auf die unruhigen Hofbewohner einredeten, und einmal erkannten sie Geros laute Stimme.

Kurz darauf hörten sie, wie die Pferde unruhig schnaubten und sich in schnellem Galopp entfernten. Einen Augenblick später sahen sie drei Reiter, die im fahlen Mondlicht hinter der Biegung des Zaunes erschienen und in hohem Tempo auf die Furt durch die Ems zuhielten.

„Das ist bestimmt Widukind mit seinen Gefährten", sagte Bardo leise, „aber warum? Er wollte doch bis morgen Nacht bleiben."

„Jemand hat versucht, ihn zu töten, und kurz vorher ist Saxnoths Schwert gestohlen worden", antwortete Sigur, „er wird sofort zur Sigiburg reiten. Da ist er vor hinterlistigen Anschlägen sicher."

„Aber bis zur Sigiburg sind es viele Tagesritte von hier. Und wenn ein fränkischer Spion hinter allem steckt, sind vielleicht schon *Scaras* in der Nähe. Dann ist die Gefahr für Widukind genauso groß wie auf unserem Hof."

„Er reitet bestimmt nicht über die Handelswege. Sie werden die geheimen Pfade durch die Sümpfe nehmen, die die Franken nicht kennen."

Der Mond stand schon tief über den Wäldern im Westen, und die Wölfe heulten nicht mehr. Trotz der Aufregung waren die Freunde hungrig und müde geworden. Sie hatten die ganze Zeit unter der Buche gestanden und das verdächtige Knacken über sich längst vergessen. Nun schlichen sie vorsichtig, wie sie gekommen waren, zurück zur Schafweide im Inneren des Zaunes. Dort wollten sie bleiben und gleich am frühen Morgen die restlichen Pfähle auswechseln, denn Gero und die anderen würden nicht nach ihnen suchen, sondern sich betrinken und bis mittags ihren Metrausch ausschlafen. Mit etwas Glück kam Varga, bevor es hell wurde, um ihnen zu erzählen, was geschehen war, und ein Stück Fleisch zu bringen.

Bardo und Ansmar erreichten als Erste die Lücke im Zaun. Sigur kam direkt hinter ihnen und spürte mit einem Mal das kalte Metall der Fibel, an die er für einige Augenblicke nicht gedacht hatte, wie eine Warnung in seinen Händen. Trotzdem, sie hatten niemand gesehen und in der Dunkelheit auch keine Spuren erkennen können, dachte er. Die Spange konnte einem Hofbewohner gehören und mit dem Dieb und Mörder, der bestimmt längst in den Wäldern verschwunden war, gar nichts zu tun haben. Aber Sigur irrte sich.

Als sie durch den Spalt schlüpften, folgten ihnen die lauernden Blicke zweier scharfer Augenpaare aus dem dichten Astwerk des Baumes am Palisadenzaun. Noch hatte die Dämmerung nicht begonnen, und das milchige Licht des Mondes warf lange Schatten. Die finsterste Stunde dieser Nacht brach an. In der Buche zischelten sich zwei dunkle Gestalten leise ein paar Worte zu, bevor sie sich daranmachten, ihr heimtückisches Werk zu vollenden. Sie konnten in dieser schwarzen Zeit zwischen Nacht und Tag sicher sein, dass niemand sie sehen würde, auch die drei neugierigen Jungen nicht, die jetzt durch die Umzäunung verschwanden.

Scaras: Besonders gut ausgebildete fränkische Reitertruppe.

Sigur blickte noch einmal durch die Lücke auf den stillen Wald zurück, als ahne er plötzlich, dass doch noch etwas geschehen würde. Einen Augenblick hatte er das Gefühl, von unsichtbaren Augen beobachtet zu werden, aber er konnte weder etwas erkennen noch hörte er etwas. Zögernd schlich er zu den Schafen hinüber, wo seine Freunde stumm am Zaun saßen.

„Ich hab so ein merkwürdiges Gefühl", sagte er, als er sich neben Bardo setzte, dem der Kopf auf die Brust gesunken war.

„Was meinst du damit?", murmelte Ansmar.

„Ich weiß nicht, aber irgendwas ist da draußen."

„Ja, die Baumgeister und die Quellnymphen."

Bardo rappelte sich auf. „Und die Götter sind in der Nähe", sagte er müde, denn er war für kurze Zeit eingeschlafen und hatte vom verbotenen Wald geträumt. Alles, was während der letzten drei Tage geschehen war, konnte vielleicht doch damit zu haben, dass er den Wald Odins betreten hatte.

„Wenn die Götter zornig auf uns wären, bräuchten sie sich nicht so eine Mühe geben", sagte Sigur, „Thor würde Gewitter und Feuer vom Himmel schicken, oder die Götter könnten die Ems über die Ufer treten lassen und unsere Felder überschwemmen."

Ansmar nickte schläfrig: „Kann sein, aber vielleicht machen sie sich einfach einen Spaß."

„Einen Spaß? Hm ..., denen trau' ich alles zu ...", flüsterte Bardo, dem der Kopf wieder auf die Brust sank.

„Oder sie sitzen einfach zu Hause und lachen über uns, während die Spione durch die Nacht schleichen und uns Angst machen," murmelte Sigur, bevor ihm, wie seinen Freunden, die Augen zufielen.

Auch Varga hatte sich mit den Frauen und Kindern trotz der großen Aufregung zurückgezogen und müde auf ihre Schlafstelle im hinteren Teil des Haupthauses gelegt. Obwohl die Feuer vor dem Haupthaus immer noch glimmten, waren die Gebäude in der Dunkelheit kaum zu sehen. Nur einige Mettrinker grölten noch mit kehligen Stimmen durch die Nacht. Aber bald herrschte Stille über dem Hof.

Am Palisadenzaun verharrten zwei Schatten im Mantel der Finsternis. Schritt für Schritt näherten sie sich dem Haupthaus auf der rückwärtigen Seite, bis sie sich unter das weit überstehende Dach kauerten und lauschten. Von innen war nur noch das röchelnde Schnarchen der Männer zu hören. Die Gestalten nickten sich zu, und während die eine zu den schwach glimmenden Feuerstellen schlich, bewegte sich die andere lautlos an der Hauswand aus Weidengeflecht und fest getrocknetem Lehm entlang, bis sie den Eingang erreicht hatte. Nach kurzem Zögern verschwand sie im Inneren des Hauses.

Die Gestalt an den Feuern beugte sich über die Glut, nahm mit einem Tontopf glühende Asche auf und schlich sofort wieder unter das Dach, wo sie an mehreren Stellen das trockene Schilfrohr anhob. Kurze Zeit später züngelten kleine Flämmchen empor, die sich rasch ausbreiteten.

Aus dem Haus erschien die zweite Gestalt mit etwas Schwerem über der Schulter. Die Dunkelheit schützte sie noch, als die Schatten sich gemeinsam an dem betrunkenen, schlafenden Wächter vorbei durch das Tor im Palisadenzaun hinausschlichen. Bevor die ersten lodernden Flammen hoch aus dem Dach des Haupthauses schlugen, erreichten sie den verbotenen Wald. Ihr Plan war gelungen.

Als die Brandstifter mit ihrer Last durch die Furt hindurch im Wald Odins verschwanden, erwachte Bardo aus seinem kurzen, unruhigen Schlaf. Sein erster Gedanke war, dass die Sonne längst aufgegangen sein musste. Er spürte eine wohl tuende Wärme auf dem Gesicht und öffnete müde die Augen. Zwischen den Scheunen war ein merkwürdiges grelles Licht, das unruhig flackerte, und als er hochschaute, wusste er, dass ihn nicht die Sonne wärmte, sondern das Haupthaus lichterloh in Flammen stand und die Hitze des Feuers auf seinem Gesicht brannte.

Nach kurzem, lähmendem Schreck stieß er Sigur und Ansmar heftig an und schrie: „Feuer!! Feuer!! Es brennt!! Es brennt!!"

Fast zur gleichen Zeit schallten vom Hof laute, angstvolle Rufe herüber. Männer und Frauen stürzten aus dem Haupthaus auf den Platz und rannten verstört durcheinander. Die Flammen hatten die ganze riesige Fläche des Daches erfasst und schlugen weit über die Baumkronen hinaus. Der Hof lag im gespenstischen Licht der Feuersbrunst, deren alles verzehrende Hitze rasch unerträglich wurde. Manchmal krachte es laut, und große, rot glühende Funken stoben mit dumpfem Knistern und Knacken in alle Richtungen.

„Wir müssen hin, sofort! ... Schnell!", rief Sigur, nachdem er begriffen hatte, was da geschah, „nun kommt schon!"

Die Freunde vergaßen die Lücke im Zaun, den Zorn Geros und die vielen Fragen, die ihnen gestellt würden. So schnell sie konnten, rannten sie zum Platz vor dem Haupthaus, wo die ersten Männer, noch im Metrausch, damit begonnen hatten, eine Kette zur Ems hin zu bilden, um mit großen Holzeimern Wasser herbeizuschaffen.

Als die drei sich unbemerkt in die Menschenkette aus Frauen und Männern einreihten, sahen sie, dass das Haus schon bis auf die Außenwände heruntergebrannt war. Die Flammen schlugen bereits aus dem Inneren des Gebäudes, und vom Dach ragten nur noch die verkohlten Stämme, die das Schilfrohr getragen hatten, in die Höhe.

„Wir schaffen es nicht, das Haus ist verloren!", schrie jemand.

Vom Osten her wandelte sich das schummrige Dämmerlicht zu einem klaren Hellblau. Aus dem niedergebrannten Haupthaus stiegen dunkelgraue Rauchsäulen steil und gerade in den Himmel. Wie meistens in den frühen Morgenstunden war es windstill, und mit viel Glück blieben die Grubenhäuser, Scheunen und anderen Gebäude vom Funkenflug und Feuer verschont.

Bardo, Ansmar und Sigur standen lange neben Gero und Oro in einer Gruppe von Männern und blickten ratlos und erschöpft auf die schwelenden Überreste des Hauses. Andere Hofbewohner versuchten nach und nach zaghaft, in die rauchenden Trümmer zu steigen, um nach ihren Habseligkeiten zu suchen.

Gero stand niedergeschlagen dort, wo noch vor kurzer Zeit der Eingang war, und sagte mit leiser Stimme: „Dies ist nicht der erste Brand auf meinem Hof, das wissen wir alle. Aber in dieser Nacht ist zu viel auf einmal geschehen. Erst kommt Widukind zu uns, etwas später wird das Schwert gestohlen, und man versucht den Herzog zu töten. Und dann bricht dieses Feuer aus, nachdem er den Hof verlassen hat. Was hat das alles zu bedeuten? Versteht ihr das?"

„Heut' Nacht war der Wald vom Geheul der Wölfe erfüllt", sagte Arno, der in der Mitte der Gruppe stand und nervös auf den Zehenspitzen wippte, „Odin ist in der Nähe ..."

„Du glaubst ..., du glaubst, Odin hat was mit dem Feuer ...?

„Ja ..., Odins Feuer", murmelte Oro nachdenklich, „Varga hat von einem Feuer geträumt, erinnert ihr euch?"

Gero schaute auf die schmalen Rauchsäulen, die träge nach oben kringelten. „Varga", sagte er, „Vargas Traum ..., wo ist sie überhaupt?"

Er hatte die Frage kaum ausgesprochen, als aus dem Wald laute krächzende Rufe zu hören waren. Gleich darauf sahen sie zwei Raben, die über die Baumkronen hinweg zum verbotenen Wald flogen und sich dort auf einer Eiche am Ufer der Ems niederließen.

„Sie sind es, das sind Odins Vögel", flüsterte Bardo, „wie gestern am Fluss ..."

Gero hatte die schwarzen Vögel mit erstauntem Blick beobachtet und erinnerte sich an den Augenblick, als Bardo und Ansmar am Abend vom Fluss zurückgekehrt waren. „Vielleicht habt ihr ja doch den Gott gesehen ...", murmelte er, während er Oro zunickte, der ihn ohne etwas zu sagen am Arm nahm und mit sich fortzog. Bald darauf waren ihre lauten Rufe nach Varga aus dem Wald hinter dem Palisadenzaun zu hören.

Für Bardo war jetzt alles klar, denn die schwarzen, geflügelten Begleiter des Gottes und das nächtliche Heulen der Wölfe, das ihm jetzt noch unheimlicher vorkam, konnten nur der Beweis für Odins Anwesenheit sein. Aber warum zürnte der Gott ihnen so sehr? Warum war der Speer auf Widukind geschleudert worden und hatte ihn verfehlt? Konnte ein Gott auch daneben werfen? Oder waren es doch Spione der Franken, die den Herzog töten wollten, weil sie dann leichteres Spiel mit den Sachsen haben würden? Bardo wurde schwindelig bei den Gedanken und Fragen, die ihm kamen und verwirrten. Wo ist Varga, dachte er, sie weiß bestimmt etwas.

„He, Bardo, was ist mit dir, du bist ja ganz bleich?", fragte Ansmar, der seinen Freund beobachtet hatte.

„Wo ist Varga?", fragte Bardo nur.

„Gero und Oro suchen, glaub' ich, schon nach ihr."

„Wenn sie nicht bei den Frauen ist, kann sie vielleicht unten am Fluss sein."

Ansmar nickte. „Komm", sagte er, „ich glaube, Sigur ist mit Arno zur Ems gelaufen. Wir gehen auch hin, wir werden sie schon finden."

Sie suchten Varga überall, aber sie blieb verschwunden. Als Bardo mit Ansmar, Sigur und Arno endlich vom Fluss auf den Hof zurückkehrte, sah er, wie Gero und einige Männer hilflos zwischen den verkohlten Überresten des Hauses standen, während Oro mit hängenden Schultern daneben auf und ab lief und verzweifelt auf die schwelende Asche starrte.

„Varga ist bestimmt im Feuer gestorben", sagte der kleine Arno plötzlich mit einem seltsamen, verschlagenen Blick, den die Freunde noch nie vorher bei ihm wahrgenommen hatten, „die Götter haben sie geholt. Sie rächen sich an uns und werden den ganzen Hof zerstören."

Oro stand jetzt bewegungslos einige Schritte vor dem niedergebrannten Haus. „Wir haben sie nicht gefunden ..., sie muss da drin sein ..., Odins Feuer hat sie getötet ..., sie ist tot ...", stammelte der Schmied schluchzend, und zum ersten Mal in seinem Leben sah Bardo Tränen in den Augen seines Vaters.

7

Der Händler vom *kalten Meer*

Wo die Sonne über den Wäldern unterging, lag vier Tagesmärsche von Geros Hof entfernt die Furt bei der *Siedlung des Mimo*. Hier kreuzten sich unterhalb eines flachen Hügels am Flüsschen Aa die Handelswege, die von Westen nach Osten und von Norden nach Süden die sumpfigen Wälder und dunklen Moore des Dreingaus und des Stevergaus durchzogen. Der Weg aus dem Norden kam vom kalten Meer über die *Asenbrücke* und den *Osning*, traf an der Furt bei der Siedlung des Mimo auf den *Hessenweg* und setzte sich nach Süden bis zur Hohensyburg fort, wo er sich mit dem *Hellweg* verband. Hessenweg und Hellweg schlängelten sich vom Westen kommend entlang der Ems im Norden und der Lippe im Süden nach *Padrabrun* und stellten die Verbindungen nach Osten dar.

Die Handelswege führten seit undenklichen Zeiten durch die dichten Wälder und Auen Westfalens. Wo der Waldboden fester

Kaltes Meer: Ostsee.

Siedlung des Mimo: Das ist der älteste Name Münsters. Einige Jahre später, etwa bis 793, hieß Münster "Mimigernaford" und erhielt erst danach, vermutlich 793/796 mit der Errichtung eines Münsterklosters auf dem Aahügel durch den friesischen Priester Liudger, seinen heutigen Namen.

Asenbrücke: Das ist vermutlich der älteste Name Osnabrücks.

Osning: Teutoburger Wald

Hessenweg: Der Hessenweg war ein alter Heer- und Handelsweg, der von Zwolle (Twente) im Westen über das heutige Münster und Wiedenbrück nach Paderborn führte.

Hellweg: Heer- und Handelsweg, der von Karl d. Großen oft als Aufmarschweg gegen die Sachsen genutzt wurde. Der Hellweg führte etwa vom heutigen Duisburg kommend über Essen, Dortmund (Hohensyburg) und Soest nach Paderborn.

Padrabrun: Paderborn.

und die Sümpfe und Moore nicht so tückisch waren, hatten sie sich nach und nach aus uralten Trampelpfaden zu breiteren Wegen entwickelt, die die zahlreichen Bäche und Flüsschen an deren niedrigsten Stellen durchquerten.

Abseits der Handelswege wanden sich die geheimen Pfade der Jäger von Hof zu Hof. Jeder, der diese schmalen Wege nicht kannte, war verloren, und schon mancher Reisende, der es trotzdem versucht hatte, war auf Nimmerwiedersehen im Urwald verschwunden oder in den finsteren Mooren versunken. Und in warmen, dunklen Nächten tanzten die Moorgeister mit bläulich schimmernden *Lichtern* über die schwarzen Sümpfe. Sie lockten manchmal selbst Wegekundige in die Irre und zerrten sie in die schlammigen Tiefen, aus denen es kein Entrinnen gab.

Drei Tage nach dem Brand auf Geros Hof saß Mimo abends auf der neuen Bank aus geschälten Eschenstämmen vor seinem Haus oberhalb der Furt und beobachtete den Sonnenuntergang. Die Luft war warm und klar und voller seltsamer Gerüche. Über den Horizont flammte ein tiefes Rot, als die riesige glühende Scheibe der Sonne langsam und stetig hinter den Wipfeln der Bäume verschwand. Mimo liebte diese Augenblicke. Er hatte sich schon oft gefragt, woher dieses sehnsüchtige Gefühl kam, wenn er an Abenden wie diesem weit über die waldige Ebene schauen und in der Ferne die sanften lang gestreckten *Höhenzüge* erkennen konnte, die sich an den meisten anderen Tagen im Dunst der Götter versteckten.

Mimo riss sich für einen Moment von dem faszinierenden Anblick los, um mit schweren harten Händen nach dem Holzlöffel in der runden Tonschale zu greifen, die er auf den Knien trug. Er nahm vom heißen Dinkelbrei, den seine Frau Rada ihm gebracht hatte, und wischte sich anschließend mit dem Ärmel seines rauen Gewandes über den dunklen Bart.

Mimo war ein kräftiger untersetzter Mann mit einem kantigen, von tiefen Falten durchfurchten Gesicht, und seine Augen schimmerten manchmal so grün wie das Wasser der Teiche im frühen Jahr. Das ungewöhnlich dichte pechschwarze Haar fiel ihm bis auf die Schultern und war nicht, wie bei den meisten Sachsen, zu

Zöpfen zusammengebunden. Manche der Reisenden, die an der Furt anhielten, vermuteten sogar, er sei kein Sachse, sondern stamme von einem Baumgeist und einer Nachtnymphe ab, denn wie sonst war sein dunkles Aussehen zu erklären?

Mimo wusste das, und als er in diesem Moment daran dachte, musste er lächeln. Sein Vater, dessen Namen er trug, war wie er selbst ein Frilingi gewesen. Er hatte die Bäume auf dem Hügel bis zur Furt hinunter gefällt und die Häuser aus Baumstämmen und Schilfrohr gebaut. Mimos Vater war groß und hellhaarig gewesen und hatte die graublauen Augen eines Sachsen gehabt. Seine Mutter kannte Mimo nicht,

> *Lichter:* Durch Fäulnisprozesse im abgestorbenen Holz hervorgerufenes phoshoreszierendes Licht.
> *Höhenzug:* Die Baumberge bei Havixbeck.

denn sie war früh an der Schwindsucht gestorben, weil Nässe und Kälte sie krank gemacht hatten. Aber er wusste von seinem Vater, dass sie mit einem Händler aus dem Süden gekommen war und ihr Haar die Farbe der Nacht gehabt hatte.

Mimo schaute auf. Der Horizont im Westen war nur noch ein dunkelblauer Streifen, während sich über die Wälder der feine graue Schleier der Dämmerung gelegt hatte. Er stand auf, um Glut vom Herdfeuer aus der Kate zu holen und damit das Feuer vor dem Haus anzuzünden, mit dem er den Händlern und Reisenden, die die Furt in der Dunkelheit suchten, jede Nacht ein Wegezeichen gab.

Gerade, als er in das Haus trat, hörte er ein Geräusch hinter sich und blickte sich um. Seine Augen waren bereits an das Dämmerlicht gewöhnt, und so erkannte er unten an der Furt die dunkle Gestalt eines Mannes. Neben ihm trotteten zwei Ochsen, die den hohen schweren Karren der Händler durch das niedrige Wasser der Furt zogen. Mimo zögerte einen Augenblick. Dann rief er: „Ho! Ho! Wer bist du?"

„Wulfila vom kalten Meer!", kam die Antwort.

„Ho! Du bist der Mann, der mit Gran, dem Köhler, handelt und das Salz und die merkwürdigen Steine von den Küsten des Meeres bringt?"

„Ja, der bin ich!"

„Dann ist es gut. Komm an unser Feuer, und nutze die Nacht für eine Rast!"

Wulfila kam langsam den flachen Hügel hinauf und winkte müde.

„Danke für deine Gastfreundschaft", sagte er, als er vor Mimo stand. Sie kannten sich von vielen Aufenthalten, die Wulfila wie die meisten anderen Händler an der Furt eingelegt hatte, seit es sie gab. Hier trafen sich die unterschiedlichsten Männer aus fernen Ländern, um über den Zustand der Wege zu sprechen und sich über alles, was sie auf ihren Reisen erlebt hatten, auszutauschen.

„Du bist früh in diesem Jahr", sagte Mimo.

„Ja, ich hatte eine gute Reise. Ich komme von der *Schlei* herunter und war auch in *Marklo*. Es gibt viel zu erzählen."

Mimo stand im Eingang zu seiner Kate und deutete auf die Ochsen und den schwer beladenen Karren Wulfilas.

„Du weißt ja, wo du die Tiere verpflegen und den Wagen abstellen kannst", sagte er und ging in die Kate, um die Glut für das Feuer vor dem Haus zu holen. Er hörte das schwerfällige Knarren der großen Holzräder, als Wulfila den Karren unter einen niedrigen Schuppen fuhr und die Ochsen ausschirrte.

„Du wirst hungrig sein!", rief er dem Händler zu, „setz dich auf die Bank! Ich sorge für das Feuer, dann bringe ich dir Dinkelbrei, Fleisch und Brot."

Nachdem die ersten Flammen aus den Holzscheiten schlugen, holte Mimo eine Schale dampfenden Breies und reichte sie Wulfila.

„Du kommst aus Marklo?", fragte er, während er sich neben den Händler setzte.

Wulfila nickte. Selbst auf der Bank wirkte seine Gestalt massig und groß. Im Feuerschein sah Mimo das breite Gesicht des Händlers mit der ausgeprägten starken Nase und den buschigen Augenbrauen, unter denen zwei helle, wache Augen auf das Feuer blickten. Wulfila war Ostfale und hatte das lange rotblonde Haar nach der Sitte seines Stammes zu einem Zopf zusammengebunden, der weit auf die Schultern herunterreichte. Er trug einen grauen Filzumhang, der ihn im Regen schützte und in der Dunkelheit besser vor den Augen der Räuber und verirrter fränkischer Krieger verbarg, die den Händlern immer öfter auflauerten. Die rauen, schweren Lederstiefel Wulfilas waren vom Wasser des Flüsschens durchnässt und hatten eine dunkle Farbe angenommen.

„Ja", antwortete der Händler langsam, während er den Brei mit Genuss aus der Tonschale schlürfte, „Widukind hat mit den anderen Ethelingen in Marklo beschlossen, die Wallburgen wieder zu bewehren, endlich. Widukinds Spione haben herausgefunden, dass der Frankenkönig nach seinem Feldzug gegen die *Langobarden* sein Heer versammelt, um über den Hellweg gegen die Sigiburg und dann weiter nach Osten zur Eresburg zu ziehen. Karl wird Widukind beim *Brunisberg* an der Weser in die Falle gehen."

Wulfila atmete tief ein. Er sprach sonst nicht so viel. Aber das, was er zu erzählen hatte, war so wichtig, dass es ihm dieses Mal nicht schwer gefallen war. Und es gab noch viel mehr zu berichten.

„Ich habe von einer Gauversammlung an der Hase gehört, bei der der Herzog auch war", sagte Mimo, „jetzt werden wir uns endlich für die Zerstörung der Irminsul vor drei Sommern rächen."

„Die Franken rechnen das Jahr 775 nach der Geburt ihres

Schlei: Fluss in Schleswig-Holstein, der in die Ostsee mündet.
Marklo war der sächsische Hauptort. Dort fand der Landtag aller Gaue statt. Marklo liegt in der Nähe der Weser zwischen Minden im Süden und Verden/Aller im Norden.
Langobarden: Germanischer Volksstamm, der vor etwa 2000 Jahren aus Südskandinavien an die Elbe wanderte. Von dort zogen die Langobarden im 6. Jahrhundert über Österreich zum Balkan, wo sie Untertanen des oströmischen Reiches wurden, um 568/69 nach Oberitalien vorzudringen. Bis auf wenige oströmische Gebiete innerhalb Italiens (Enklaven) wurde die gesamte italienische Halbinsel langobardisch. Karl d. Große beendete 756 die Selbstständigkeit der Langobarden, obwohl diese seinem Vater Karl Martell 732 in der Schlacht bei Tours und Poitiers noch ihre Bündnistreue bewiesen hatten. Die Langobarden wehrten sich gegen diese Behandlung durch den Frankenkönig, so dass er einige Male über die Alpen ziehen musste, um Aufstände niederzuschlagen.
Brunisberg: Höhenburg auf dem Brunsberg bei Höxter an der Weser.

schwachen Gottes, aber anders als vor drei Sommern werden diesmal unsere Götter siegen."

Wulfila stand auf und schaute nach Osten, wo der dunkle Horizont mit der Schwärze der Wildnis verschmolz. Seine scharfen Augen suchten etwas in der weiten Dunkelheit. Dann reckte er sich und streckte beide Arme in die Höhe, während er laut gähnte.

„Grans *Meiler* rauchen nicht", sagte er.

„Seit gestern", antwortete Mimo, „die Holzkohle ist bestimmt fertig, er wird bald eintreffen. Gran braucht für den Weg hierher mehr als einen Tag, und du bist früh. Ich bin überrascht, dass du schon hier bist."

„Der Köhler hat oft auf mich warten müssen, nun warte ich auf ihn. Der Weg von Marklo war wider Erwarten gut, ich bin nicht aufgehalten worden. Wenn du einverstanden bist, ruhe ich mich aus, bis Gran kommt. Ich muss dir und dem Köhler von seltsamen Lichtern erzählen, die ich einen Tagesmarsch von hier in den *Geisterhügeln* gesehen habe. Aber jetzt bin ich sehr müde."

Mimo horchte auf. Konnten Wulfilas Beobachtungen etwas mit den geheimnisvollen Reitern zu tun haben, die vor einer Nacht die Furt durchquert hatten und ohne Mimos Feuer zu beachten zum *Finstermoor* hinübergeritten waren, hinter dem, am anderen Ufer der Ems, die Geisterhügel lagen? Er wollte den Händler danach fragen, aber dann überlegte er es sich. „Du kannst neben deinem Wagen schlafen, ich bringe dir eine Weidenmatte. Ein Fell hast du ja selbst", sagte er und verschwand nachdenklich in seinem Haus, um gleich darauf mit einem Weidengeflecht zurückzukehren.

Die Nacht war so finster geworden, dass Wulfila sich mit der Matte unter dem Arm trotz des Feuerscheins nur vorsichtig zum etwas abgelegenen Schuppen tasten konnte, in dem sein Wagen und die Ochsen standen.

Der Händler lag noch lange wach. Bald stand der abnehmende Mond am Himmel, in dessen bleichem Licht geisterhafte Schatten durch die Dunkelheit tanzten. Wulfila fiel manchmal in einen Dämmerschlaf, aus dem ihn dunkle Träume herausrissen, die ihn schon seit Tagen begleiteten. Auch in der warmen, stickigen Luft

Meiler dienten zur Gewinnung von Holzkohle. Dieses Verfahren ist vermutlich schon so lange bekannt, wie Menschen Metalle gewinnen und verarbeiten (etwa ab dem 5. Jahrtausend v. Chr.), man nennt das Verfahren Köhlern. Zum Köhlern wurden die Holzscheite (am besten eignete sich Buchenholz) unter nur geringer Luftzufuhr verkohlt, nicht verbrannt. Die Holzscheite wurden gelegt oder gestellt und mit Grassoden, Erde, Laub, Farn oder Ähnlichem luftdicht abgedeckt. Durch gezielt eingestochene Löcher wurde für die notwendige geringe Luftzufuhr gesorgt. Meilerbrände konnten je nach Größe der Meiler zwischen wenigen Tagen und 3 Wochen dauern.

Geisterhügel: Das sind die Wentruper Berge an der Ems nördlich von Greven und die Bockholter Berge in der Nähe von Gimbte.

Finstermoor: Weites Sumpf- und Moorgebiet südlich der Ems zwischen der Werse und Aa (heute die Rieselfelder der Stadt Münster).

dieser Nacht schwang etwas Bedrohliches, das er sich nicht erklären konnte. Das Haus Mimos lag still im flackernden Schein des kleinen Wegefeuers. Der Siedler und seine Frau schliefen längst. Alles schien friedlich, und doch war etwas in der grauen Finsternis, das Wulfila Angst machte. Er hatte als Händler viele Länder und Menschen kennen gelernt, war gefährlichen Situationen begegnet, bei denen es um Leben und Tod gegangen war, aber noch nie zuvor hatte er eine unmittelbare Gefahr so sehr gespürt wie während der letzten Tage. Und als er die unheimlichen Lichter in den Geisterhügeln gesehen und wenig später die grausamen Schreie über dem Finstermoor gehört hatte, ahnte er, dass sie etwas mit diesem Gefühl zu tun haben mussten. Aber er galt als erfahrener, mutiger Mann, und es fiel ihm schwer, darüber zu sprechen, weil er sich nicht zum Gespött der anderen machen wollte. Trotzdem musste er mit Gran und Mimo darüber reden, denn die grauen Schatten, die ihn in seinen Träumen verfolgten, schwebten wie drohende Unholde über den Wäldern und Höfen Westfalens.

Kurz bevor der Händler mit der ersten Morgendämmerung in einen unruhigen Schlaf fiel, glaubte er, von unsichtbaren Augen beobachtet zu werden. Aber dann schlief er endlich ein und hörte die Stimmen der zwei grauen Gestalten nicht mehr, die leise zischelnd durch die Furt wateten und mit bösen Augen zu der kleinen Siedlung auf dem Hügel hinüberblickten.

An den Ufern des Flüsschens gaben die Frösche schon eine Weile ihr Morgenkonzert, als Mimo zum Schuppen hinüberging, um den Händler zu wecken. Wulfila lag merkwürdig zusammengekrümmt auf seinem Fell, und Mimo erschrak.

„Wulfila ...", sagte er, während er vorsichtig an das Lager des Händlers trat. Er ist zu Hel gegangen, dachte Mimo, er rührt sich nicht, und sein Gesicht ist ganz bleich. Der Mann war nicht der erste Tote, den er sah, aber etwas an Wulfila war anders. Er lag nicht so entspannt da, wie Mimo die Toten in Erinnerung hatte.

„Wulfila", sagte er noch einmal und berührte die Schulter des Mannes. „Händler, der Tag ist angebrochen."

Wie von einem Speer getroffen, zuckte Mimo zurück, als Wulfila plötzlich in die Höhe schreckte und laut schrie: „Goron ...!" Goron ...!" Gleichzeitig blickte der Händler verstört um sich und erkannte den Siedler im ersten Moment nicht. „Goron ...", sagte er wieder und starrte Mimo mit weit geöffneten Augen an, „du bist ..."

„... ich bin nicht Goron. Du bist an der Furt ..., ich bin Mimo ...", sagte der Siedler, der erkannte, dass Wulfila geträumt haben musste. In den Augen des Händlers sah er eine Angst, für die er keine Erklärung hatte.

„Ich hab geträumt ...?", fragte Wulfila benommen und stand auf. „War Goron hier?"

„Nein, du hast nur von ihm geträumt."

„Ja, hm, sicher ..."

„Was ist mit dem Seher?"

Wulfila antwortete nicht sofort, sondern fuhr sich mit einem Arm über die Augen und blickte an Mimo vorbei auf den sonnenüberfluteten Weg, der zur Furt hinunterführte.

„Ich weiß es nicht", murmelte er mit immer noch müder Stimme, „ich hab so ein seltsames Gefühl, schon seit die Franken den heiligen Hain am verbotenen Wald zerstört haben. Deshalb bestimmt auch der Traum."

„Sie haben Goron damals nicht gefunden."

Wulfila nickte. „Das ist es ja", sagte er langsam und widerwillig, „ich spüre, dass das alles mit den Göttern zu tun haben muss und Goron ist Odins Stimme, jeder weiß es. Aber jetzt bin ich hungrig und meine Zugtiere sicher auch. Lass uns zuerst etwas essen, dann werde ich dir davon erzählen."

Wenig später hatte Wulfila die Ochsen gefüttert und war mit einem großen Holzkasten, den er aus seinem Karren genommen hatte, zu Mimo zurückgekehrt, der mit einem großen Brot und kaltem Fleisch auf ihn wartete. Nun saßen sie auf der Bank vor dem Haus und schauten Mimos Frau Rada zu, die unten an der Furt Leintücher auswusch, um sie anschließend auf einer kleinen Wiese zum Trocknen und Bleichen auszulegen.

„Das Brot war gut und das Fleisch auch", sagte Wulfila, als er sich gesättigt gegen die Hauswand lehnte und mit beiden Händen den Holzkasten auf seinen Knien hielt.

„Dann erzähl, was du auf deinem Weg hierher beobachtet hast. Ich wusste nicht, dass du ängstlich bist."

Der Händler blickte verärgert zur Seite: „Das bin ich auch nicht", sagte er, „aber vielleicht erinnerst du dich an den Überfall der Franken auf Geros Hof vor einem Sommer ..."

„... Auch mir haben sie die Häuser niedergebrannt, als sie von Gero zurückkamen und von hier aus den Handelsweg nach Norden nahmen. Wenn ich nur an diesen Priester denke, wie heißt er doch ...?"

„... Alkuin."

„Ja, Alkuin. Er hat uns gezwungen, den Göttern abzuschwören, und uns einen Mönch dieses Christengottes auf den Hals geschickt, der viele Sonnenuntergänge später wirklich hier auftauchte. Ein harter Mann, das muss ich sagen. Er ist dann zu Gran und Geros Hof weitergezogen."

„Wo er nicht angekommen ist ...", sagte Wulfila und sah im gleichen Augenblick etwas in Mimos Augen aufblitzen, das ihn für einen Moment erschreckte.

„Woher weißt du das?", fragte der Siedler, während er sich über die schwarzen Haare strich.

„Wir Händler wissen viel ..., aber das ist es nicht nur, was ich erzählen wollte. Seit dem Überfall habe ich jedenfalls dieses merkwürdige Gefühl. Und ich habe von seltsamen Ereignissen gehört. Ja, und manchmal träume ich wie in der vergangenen Nacht."

„Das erinnert mich an Varga, Oros Tochter."

„Ja, Oros Tochter ..., mag sein, jedenfalls kommt die Angst oft nachts, und sie wird stärker, je näher ich hierher in den Dreingau komme, zu euch."

„Das bildest du dir ein."

„Kaum! Du würdest anders reden, wenn du die Lichter auf den Geisterhügeln gesehen und die unheimlichen Stimmen im Finstermoor gehört hättest wie ich auf dem Weg hierher. Ich habe so ein Gefühl, dass die Götter sich rächen wollen. Du und Gero, ihr habt euch mit euren Leuten von den Christen taufen lassen. Und Goron ist Odins Diener. Er lebt und hat immer gelebt, und jetzt soll er die Rache der Götter an uns ausführen, die furchtbare Rache Odins ..."

„... das ist es also", sagte Mimo leise.

„Was meinst du?", fragte Wulfila erstaunt.

Mimo schüttelte den Kopf. „Du müsstest es doch wissen. Vor vier Nächten war der Mond rund und voll", sagte er, „du hast die Wölfe in der Nacht nicht gehört, wie sie in unseren Wäldern geheult haben, weil du noch zu weit im Norden warst. Aber auch in den Nächten danach, bis gestern, haben ihre schauerlichen Rufe die Wildnis erbeben lassen. Die Wälder zittern von ihrem Heulen. Odin ist selbst unterwegs mit Geri und Freki..., du hast sein Licht gesehen und ihre Stimmen gehört. Der Gott richtet seine Rache gegen die Franken und nicht gegen uns, er vertreibt sie aus unseren Wäldern. Darum wandert er in den Nächten durch die Finsternis. Nur so kann es sein, und Goron, der Seher, ist bei ihm."

„Mein Gefühl hat mich noch nie getäuscht", sagte Wulfila langsam und blinzelte in die Sonne, „es hat mich schon oft vor dem sicheren Tod gerettet, das kannst du mir glauben. Und was ich jetzt spüre, ist so geheimnisvoll, wie es noch nie war ...", er machte eine Pause, „du nimmst das sehr leicht ..."

„Die Franken, sie sind es, die uns bedrohen ..."

Ein lauter Ruf von der Furt unterbrach ihn. „Da kommt Gran", sagte Mimo. Er stand auf und winkte dem großen, hageren Mann zu, der einen langen, mit schwarzglänzenden Holzkohlestücken beladenen Karren durch das Flüsschen zog.

Wulfila stellte den Holzkasten auf die Bank und ging mit Mimo auf den Köhler zu, dem die braunen Haare ins verschwitzte, faltige Gesicht fielen. Gemeinsam schoben sie den Karren auf den Platz vor Mimos Haus.

„Danke", sagte Gran, als er zwischen Wulfila und Mimo vor der Kate saß, „du bist früh, Händler, hat Odin dich getrieben oder waren es die Quellnymphen?"

„Gran, wie er immer war", sagte Wulfila, „dir geht es gut, wie ich sehe."

Der Köhler schien zu überlegen. „Es könnte besser sein", murmelte er und dachte dabei an die beiden grauen Gesellen, denen er in der Morgendämmerung begegnet war. Doch ich werde dem Händler nichts von ihnen erzählen, überlegte Gran, es ist noch nicht so weit. „Aber jetzt bin ich durstig und hungrig, lass uns später reden", sagte er mit einem Blick auf Mimo.

Plötzlich war es einen Augenblick still zwischen den dreien. Wulfila verstand den Köhler nicht. Was verschwieg er ihm? Der Händler kannte die Menschen und hatte sofort bemerkt, dass Gran etwas erzählen wollte, es sich dann aber anders überlegt hatte. Irgendetwas ging hier vor, und Mimo und Gran schwiegen darüber. Wulfila spürte, wie ihn ein Schauer überfuhr, doch er sagte nichts.

Der Köhler aß stumm und ließ sich Zeit, bis er Wulfila einen Arm auf die Schulter legte und ohne die Begegnung in der Dämmerung zu erwähnen fragte: „Wartest du schon lange?"

„Seit gestern."

„Hast du die merkwürdigen Steine mitgebracht, von denen du vor einem Sommer erzählt hast?"

Wulfila deutete auf den Holzkasten, der neben ihm auf der Bank stand. „Da sind sie drin", sagte er.

„Und Salz?"

„Fünf Eimer im Wagen."

„Gut. Du hast eine lange Reise hinter dir, erzähle, was du erlebt hast."

Während der Köhler sprach, schaute er zu Mimo, der im Eingang des Hauses stand und zwei Töpfe mit Met in den Händen

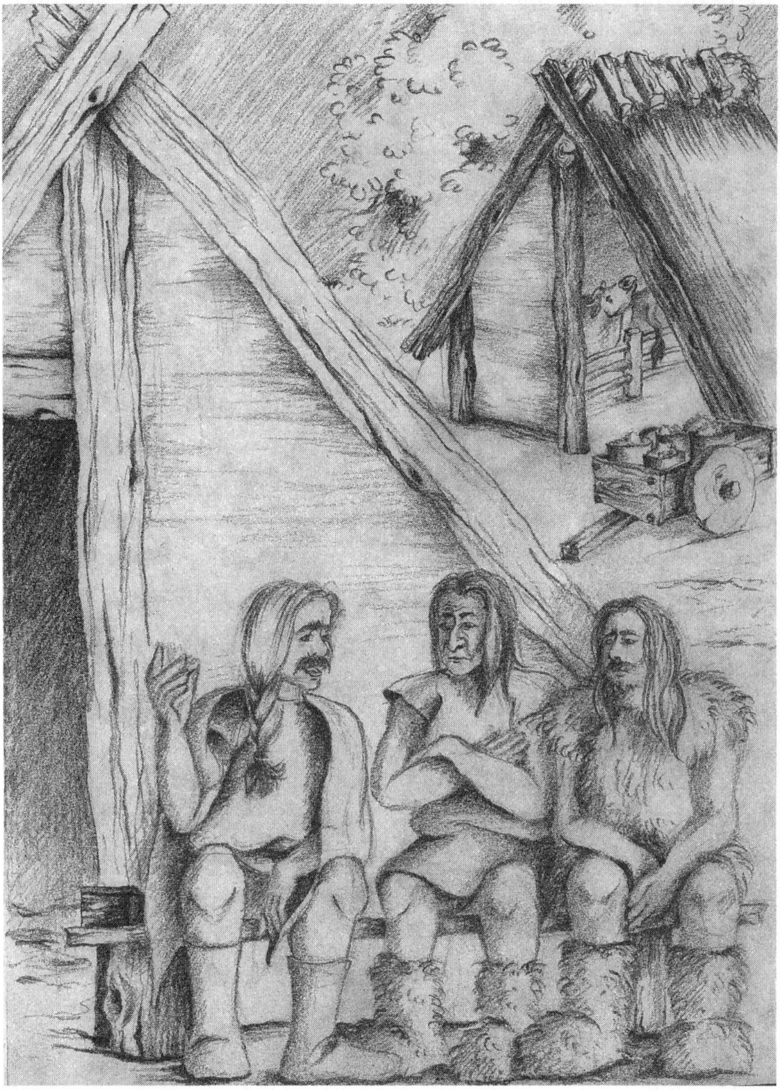

hielt. Wulfila hatte das Gefühl, dass Gran mit dem Siedler einige schnelle Blicke austauschte, aber das konnte auch am grellen Sonnenschein liegen, der ihre Augen blendete.

Der Händler überlegte, ob er dem Köhler alles erzählen sollte. Schließlich verschwieg Gran ihm auch etwas. Aber er hatte es Mimo schon berichtet, und so erzählte er ihm zögernd von seinen Beobachtungen auf dem Geisterhügel und im Finstermoor.

„Seit dem Überfall auf Geros Hof und der Zerstörung des heiligen Hains geschehen seltsame Dinge, das ist wahr", sagte Gran nur, nachdem Wulfila seine Erzählung beendet hatte, „aber nun berichte von deiner Reise in den Norden."

Er will mich ablenken, überlegte Wulfila, warum? Was verschweigen Mimo und Gran? Aber vielleicht täuscht mich mein Gefühl ja auch nach dieser schlechten Nacht, und die beiden sind nur neugierig wie immer, dachte er dann und sagte langsam: „Ja, ich bin vor vielen Sonnenaufgängen in *Haithabu* aufgebrochen."

„Haithabu?", fragte Mimo, „davon hast du noch nie erzählt. Was ist das?"

„Eine große Siedlung im *Nordland* zwischen den Flüssen Eider und Schlei auf einer Landzunge zum kalten Meer hin."

„Erzähl uns davon."

„Haithabu hat einen Hafen, der so groß ist wie fünf Höfe zusammengenommen. Hohe starke Baumstämme, die aufrecht in den Meeresboden gerammt wurden, schützen die Siedlung und den Hafen vor der wütenden See. Hier legen viele Schiffe aus den Nordländern, aber auch aus dem

Haithabu war eine große Siedlung der Wikinger, etwa ab 750. Sie lag in der Nähe von Schleswig an der Schlei und hatte Zugang zur Ostsee.
Nordland: Dänemark

Süden an, um Handel zu treiben. Die Häuser der Siedlung sind aus Baumstämmen auf eine Landzunge gebaut, aber manche stehen auch auf dicken Pfählen im Wasser. Zwischen den Häusern gibt es breite Wege, die zum Hafen führen und auf denen überall Handel getrieben wird. Ich habe Menschen mit schwarzer und roter Hautfarbe gesehen und Kleinwüchsige, die mir nicht einmal bis zur Brust reichten. Und ich habe so viele unterschiedliche Sprachen in Haithabu gehört, wie ihr euch das nicht vorstellen könnt.

Noch nie habe ich so viele Menschen zusammen gesehen wie dort. Und ihr wisst, dass ich weit gereist bin und viel gesehen habe."

Wulfila unterbrach sich und blickte eine Weile nachdenklich auf die Furt, als überlege er, ob er weitererzählen solle. Dann fragte er: „Hab ich euch von den seltsamen Namen der Nordmänner erzählt?"

Mimo und der Köhler blickten ihn nur fragend und stumm an.

„Die Söhne tragen die Namen ihrer Väter."

„Ich heiße auch wie mein Vater", sagte Mimo, „was ist daran so merkwürdig?"

Wulfila nickte. „Ja, das stimmt", sagte er, „aber wenn du ein Nordmann wärst, würdest du nicht einfach Mimo, sondern Mimo Mimoson heißen, oder Gran trüge den Namen Gran Granson, oder ich hieße Wulfila Wulfilason, verstehst du?"

Noch während der Händler erzählte, mussten Mimo und Gran lachen. „Das ist sehr umständlich", sagte der Siedler schmunzelnd, „wenn ich eines Tages einen Sohn haben würde, müsste er nach diesem merkwürdigen Brauch Mimomimo Mimoson heißen, und mein Enkel trüge einen noch längeren Namen."

„Nein, ganz so ist es nicht. Der Name überträgt sich immer nur vom Vater auf den Sohn, und der wiederum gibt seinem Sohn den eigenen Namen und lässt den des Großvaters weg, der ja der gleiche ist. So bleiben es immer zwei."

„Warum machen die sich solch eine Mühe?", fragte Gran.

„Weil sie auf diese Weise den Namen des Vaters in Ehren halten", antwortete der Händler, „aber seit einiger Zeit gibt es noch etwas viel Seltsameres in Haithabu. Sie prägen Münzen aus Silber, mit denen sie tauschen."

„Ich hab so was schon gehört", sagte Gran, „aber ich verstehe nicht, was das soll. Wenn ich meine Holzkohle gegen Münzen tausche und nicht gegen Felle, Messer, Salz oder anderes, wovon soll ich dann leben? Ich kann die Münzen nicht über mich decken, um mich zu wärmen, oder mit ihnen Fleisch zerschneiden. Und meinen Brei kann ich auch nicht mit Münzen würzen, da würde ich mir ja die Zähne ausbeißen."

Wulfila lachte. „Ja", rief er, „da hast du Recht. Aber du kannst für die Münzen, die du für deine Holzkohle bekommst, Salz und Felle tauschen. Die Nordmänner nennen es auch nicht mehr tauschen, sondern kaufen. Die Händler kaufen meine Felle und geben mir Münzen dafür. Und ich kaufe mit meinen Münzen Salz ..." Wulfila machte eine Pause, griff in den Lederbeutel, den er am Gürtel trug, und nahm eine Hand voll blinkender runder Silberstücke heraus. „Seht ihr, so sehen sie aus", sagte er, „und je mehr ich davon habe, umso mehr kann ich kaufen. Wenn ich also viele Silberstücke besitze, kann ich viel Salz kaufen, und das Salz verkaufe ich euch für Felle oder Holzkohle, die ich wiederum gegen Münzen an andere Händler verkaufe."

„Ich verstehe das nicht", sagte Mimo und blickte fragend auf Gran, der kopfschüttelnd zugehört hatte, „und selbst wenn ich viele Silberstücke besäße, was könnte ich mit ihnen anfangen, wenn ich kein Getreide hätte, um meine Tiere zu füttern, oder Salz, um meine Speisen zu würzen?"

„Du könntest das Getreide oder das Salz von einem Händler gegen Silberstücke kaufen", sagte Wulfila.

„Und wenn viele Monde keine Händler hierher kommen, weil die Franken sie überfallen, was nützt mir dann ein Berg von Silberstücken, die ich nicht essen kann?"

„Nichts", musste Wulfila zugeben, „dann nützen sie dir nichts. Aber ich glaube trotzdem, dass die Menschen eines Tages alles, was sie brauchen, nur noch mit Silberstücken bezahlen. In Haithabu ist es schon so ..."

Mimo und Gran verstanden den Händler nicht. Das war schon eine seltsame Welt, in der sich Wulfila bewegte. Es dauerte lange, bis der Köhler als Erster sprach. Er hätte noch viele Fragen gehabt, aber jetzt wollte er den Inhalt des Holzkastens sehen, der neben Wulfila auf der Bank stand, und sagte: „Und die Steine hast du auch von dort mitgebracht?"

„Ja, mit ihnen wird in Haithabu gehandelt wie mit den Silberstücken. Die

Insel Rügen in der Ostsee.

Steine besitzen einen hohen Wert. Sie kommen eigentlich von einer großen *Insel* im kalten Meer mit hohen weißen Küsten, die steil in die See abfallen. Dort an den Ufern findet man die größten. Aber man entdeckt sie auch an den übrigen Küsten des kalten Meeres."

Er griff nach dem Kasten und öffnete ihn. Im gleichen Augenblick fielen die Sonnenstrahlen hinein, und aus unzähligen Steinen funkelte ihnen ein helles goldbraunes Licht entgegen. Es schien wie ein magisches Feuer, das in den Steinen loderte und sie in seinen Bann zog. Gran und Mimo konnten ihre Blicke nicht davon lösen, und auch Wulfila, der den Zauber der Steine schon kannte, vergaß in diesem Augenblick alles, was geschehen war.

„Die Dänen nennen sie Raf – Bernstein", sagte er andächtig, während er mit einer Hand sanft über die Steine fuhr.

„So etwas habe ich noch nie gesehen", sagte Mimo, und Gran murmelte: „Du hast nicht zu viel versprochen, Händler."

„In Haithabu gibt es viele davon, aber die meisten besitzt *Göttrik*. Seine Truhen sind gefüllt mit dem Feuer des Meeres."

Gran nahm einen Bernstein und hielt ihn gegen das Sonnenlicht, das ihn wie von einem Zauber aufleuchten ließ. Feine braune Linien durchzogen das strahlend goldene Innere des Steins, und Gran starrte mit seinen schwarzen Augen fasziniert darauf, bis er ihn plötzlich mit einem leisen Schrei fallen ließ.

„Zauberwerk! Der Stein ist verzaubert!", rief er und rannte zum Schuppen hinüber, wo er zitternd stehen blieb.

Wulfila ahnte, was den Köhler erschrocken hatte. Er nahm den Bernstein vom Boden auf und sagte lächelnd: „Du hast einen besonders wertvollen Bernstein erwischt. Er ist nicht verzaubert ..."

„... aber wie kommt die Mücke in den Stein, das können nur die Götter gemacht haben", flüsterte Gran, der zögernd wieder vom Schuppen herüberkam, „... nur die Götter", sagte er noch einmal leise, als er vor Wulfila stand und auf den funkelnden Bernstein starrte.

„Man weiß nicht, wie die Tiere in die Steine hineingeraten sind, vielleicht waren es wirklich die Götter. Und ich habe so große Bernsteine gesehen, dass darin manchmal Blätter und Ästchen oder sogar Libellen eingeschlossen waren. Diese Steine sind besonders begehrt und teuer."

Mimo und Gran schauten zuerst den Händler an und dann in

den geöffneten Kasten, der neben ihm auf der Bank stand. Eine Weile sagten sie nichts, bis Gran fragte: „Wie viele Steine gibst du mir für die Holzkohle?"

„Sie sind sehr wertvoll. Du kriegst drei Bernsteine und zwei Eimer Salz."

„Das ist zu wenig. Gib mir fünf Steine."

„Gut, du bekommst vier und einen Eimer Salz."

Gran wollte zuerst protestieren, aber dann nickte er. Mit den Steinen war es etwas anderes als mit den wertlosen Silberstücken, denn die Bernsteine waren ganz sicher verzaubert und enthielten die Macht der Götter, das wusste er. Sie würden ihn in den dunklen Nächten, wenn er allein bei seinen Meilern war, vor den Baumgeistern und den dunklen Reitern schützen, die er in letzter Zeit oft in den Wäldern beobachtet hatte. Und der Zauber der Steine war wichtiger als das Salz. Er enthielt die Kraft und Magie der Götter, von denen alles Leben abhing.

> Göttrik: ab 800 König der Dänen, geb. 765, gest. 810. Der Überlieferung nach war Göttrik der Schwiegervater Widukinds.

„Einverstanden", sagte der Köhler, „zwei Steine müssen aber von den Göttern gemacht sein."

Wulfila griff in den Kasten und nahm vier Bernsteine heraus, von denen zwei einen Einschluss hatten. Gran nahm sie und ließ sie stolz auf seiner Handfläche im Sonnenlicht erstrahlen.

„Du bekommst auch einen für deine Gastfreundschaft", sagte der Händler zu Mimo, der während des Handels zwischen Wulfila und Gran mit großen Augen auf die Bernsteine geschaut hatte.

Mimo nahm den kleinen Stein, den Wulfila ihm gab, und bot den beiden Met an. Er war zufrieden. Für ein paar Töpfe Brei und etwas Met war das ein guter Handel.

Die Sonne hatte bereits ihren höchsten Stand erreicht, als die drei mit den Mettöpfen in den Händen zum Schuppen hinübergingen und dort im Schatten neben dem Wagen Wulfilas standen.

„Dort hinten liegt irgendwo Geros Hof. Du hast vorhin von Göttrik gesprochen", sagte Gran nachdenklich zu Wulfila, während sie nach Osten über die Ebene schauten, „dabei ist mir Widukind eingefallen. Ich hatte es völlig vergessen. Göttrik ist doch sein Schwiegervater."

„Ja, und was meinst du?"

„Vor zwei Nächten habe ich Widukind gesehen. Er kam mit Hessi und Wigbold über den geheimen Weg von Geros Hof und hat bei mir eine kurze Rast gemacht."

Mimo und Wulfila blickten den Köhler überrascht an. „Widukind bei dir?", fragte Mimo erstaunt.

„Ja, man hat auf Geros Hof ein Schwert gestohlen, das Widukind Saxnoth weihen sollte. Und dann hat man versucht, den Herzog mit einem Speer zu töten."

„Widukind töten? Wer?", fragten der Händler und Mimo gleichzeitig.

„Das wusste der Herzog nicht. Er ist sofort danach aufgebrochen um zur Sigiburg zu reiten und auf dem Weg dorthin alle Sachsen zu warnen, die er treffen würde, denn er hatte den Verdacht, dass die Franken schon in unserer Gegend sind. Vielleicht ist es sogar ein Scaratrupp."

„Und das erzählst du uns erst jetzt?", sagte Wulfila kopfschüttelnd, während Mimo wie entsetzt daneben stand und kein Wort herausbrachte.

„Ich hatte es vergessen, hab ich doch schon gesagt", brummte Gran. Dann berichtete er, was er von Widukind erfahren hatte. Der Herzog hatte plötzlich mitten in der Nacht mit seinen Gefährten vor dem Köhler gestanden. Gran hatte das Mondlicht genutzt und war wie so oft damit beschäftigt gewesen, seine Meiler zu kontrollieren und abzudichten, weil die im Inneren aufgeschichteten oder aufgestellten Buchenholzscheite bei zu viel Luftzufuhr verbrannten, anstatt zu verkohlen. Erst vor wenigen Sonnenuntergängen war ihm ein Meiler durchgebrannt, nur weil sich außen ein paar Moos- und Grassoden gelöst hatten. Dadurch war die Arbeit von Tagen zunichte gemacht worden.

Nachdem der Köhler darüber und von Widukinds Erzählung berichtet hatte, sagte Mimo mit einem bedeutungsvollen Blick auf Wulfila: „Varga hatte also wieder einen Traum, und wenn ich alles richtig verstanden habe, ist sie in großer Gefahr. Sie hat Widukind das Leben gerettet. Der Mörder, der nur ein Franke gewesen sein kann, wird sich an Oros Tochter rächen."

„Vielleicht hat er das sogar schon", murmelte Gran.

Wulfila sagte nichts und blickte nachdenklich über die Furt hinaus nach Westen, wo sich der Handelsweg in den Wäldern verlor. Seit er über den Asenberg in die Ebene des Dreingaus an die Ems gekommen war, begleitete ihn dieses seltsame Gefühl. Die nächtliche Begegnung des Köhlers mit Widukind und die Erzählung des Herzogs von den Geschehnissen auf Geros Hof bestätigte nur seine Ahnungen. Es schien so, dass sich die Rache der Götter während der letzten Tage gegen Gero und seine Leute richtete. Aber warum? Warum reagierten Mimo und Gran so merkwürdig? Hatten sie auch Angst oder wussten sie wirklich mehr, als sie ihm erzählen wollten? Und dann war da noch der Christenpriester, den Alkuin geschickt hatte und der in den Wäldern zwischen Mimos Siedlung und Geros Hof verschwunden war. Er hatte mit dem Siedler nur kurz von dem Priester gesprochen, und Gran hatte den Mann mit keinem Wort erwähnt. War der Mönch nie bei dem Köhler angekommen? Was war mit ihm geschehen? Wenn die Franken, wie Mimo behauptete, für den Mordanschlag auf Widukind und alles andere verantwortlich waren, warum sollten sie dann den Mann umgebracht haben, den sie selbst hierher geschickt hatten? Also war der Mönch doch der Rache Odins zum Opfer gefallen – oder schwieg Gran, weil er den Priester ...? Wulfila erschrak bei diesem Gedanken. Nein, überlegte er, der Köhler würde niemals einen Menschen töten. Und vielleicht lebte der Christenpriester sogar und war aus irgendeinem Grund umgekehrt und längst wieder bei seinen Leuten.

Während der Händler seinen Gedanken nachging, hatte er nicht bemerkt, dass Mimo und Gran ihn die ganze Zeit über beobachtet und leise miteinander gesprochen hatten. Als er sie jetzt anschaute, sagte Mimo: „Du hast nachgedacht, Händler. Worüber?"

Wulfila deutete auf die Wildnis, die sich wie eine unendliche, unergründliche Welt bis zu den Horizonten vor ihnen erstreckte. Er überlegte, ob er den beiden erzählen sollte, woran er gedacht hatte, dann sagte er leise: „Irgendwo da draußen wandert Odin durch die Wälder, vielleicht mit Goron, der ihn begleitet ..." Plötzlich stockte er, blickte einen Moment auf den Waldrand im Süden und rief: „Da vorne, vor dem Wald! Seht ihr sie?"

Mimo und Gran schauten überrascht in die Richtung, in die der Händler deutete. Im ersten Augenblick konnten sie nichts erkennen, weil die bereits tief stehende Sonne sie blendete, aber dann sahen sie, wie drei Männer in wildem Entsetzen aus dem Wald herausstürzten und laut schreiend auf die Furt zurannten.

8

Stimmen in der Finsternis

Bardo, Ansmar und Sigur lehnten heftig atmend an einer hohen Esche, die ihre Äste weit über sie breitete, und blickten zurück. Neben ihnen lagen die kurzen Speere, die sie in ihrer Angst achtlos auf den Boden geworfen hatten. Der schmale Pfad, auf dem sie bis hierher gekommen waren, schlängelte sich im fahlen Mondlicht ins finstere Dickicht und wurde schon nach wenigen Schritten von der Dunkelheit verschluckt. Alles schien ruhig. Das unheimliche Geräusch, das sie aus dem Unterholz gehört hatten, war verstummt.

„Wenn deine Beschreibung stimmt, ist es nicht mehr weit, dann sind wir in Sicherheit", flüsterte Bardo so leise, dass seine Freunde ihn kaum verstehen konnten.

Sigur nickte. „Ich weiß, dass es hier irgendwo sein muss. Ich kenne diese große Esche, und nicht weit von hier ist ein Teich. Aber ich rieche nichts."

„Vielleicht steht der Wind ungünstig", raunte Ansmar und blickte an dem Baum hoch, der sich im bleichen Mondlicht wie ein drohender schwarzer *Troll* über sie beugte. Aber die Blätter der Esche bewegten sich nicht. Es war windstill.

Bardo hatte Ansmar beobachtet und flüsterte: „Ist sowieso egal, woher der Wind kommt. Wir sind seit drei Nächten unterwegs und der Pfad führt doch direkt zu ihm, oder? Es muss ganz in der Nähe sein, wir können ihn nicht verfehlen."

> *Trolle* waren in der nordischen Götterwelt bösartige Riesen und Urbewohner der Welt.

Er sah als Erster die kleine Lichtung, die sich hinter einem dichten halbhohen Wall aus Dornengestrüpp versteckte. Das Mondlicht fiel ungehindert auf eine Waldwiese, in deren Mitte ein schwarzer Tümpel lag. Der schmale Pfad, auf dem sie gekommen waren, führte an der Esche vorbei durch die Dornen und über die freie Fläche, wo er anscheinend an dem kleinen Teich endete, dessen dunkles Wasser das silberne Licht des abnehmenden Mondes spiegelte.

„Du hast dich nicht geirrt", sagte Bardo zu Sigur, nachdem er ihn auf die Lichtung aufmerksam gemacht hatte, „da ist auch ein Tümpel."

Sigur nickte. „Das muss er sein. Ich hab ihn ‚schwarzes Loch' genannt, weil sein Wasser so dunkel ist wie die schwärzeste Nacht, und das auch am hellen Tag."

„Dann sind wir also richtig?"

„Ja, bestimmt. Und wir sind nicht mehr weit von Grans Meilern entfernt. Vielleicht riechen wir nichts, weil er gerade keine Holzkohle macht."

„Aber es sieht so aus, als würde der Pfad an dem Teich enden."

„Nein, er führt nur in eine andere Richtung weiter. Wenn ihr mich fragt, machen wir auf der Lichtung eine Rast. Ich habe Hunger und ihr doch auch." Sigur wandte sich Ansmar zu, der nach dem unheimlichen Geräusch von vorhin immer noch in den Wald hineinhorchte.

„Es war sicher nur ein trockener Ast, der abgebrochen und auf den Boden gefallen ist", sagte Sigur, „das habe ich schon oft erlebt. Nachts ist alles besonders laut hier im Wald."

„Kann sein", murmelte Ansmar, „aber es ist vollkommen windstill, da bricht doch kein Ast ab, ich weiß nicht ..."

„Ich bin doch bei euch", sagte Sigur schmunzelnd, obwohl er sich im ersten Augenblick auch erschrocken hatte und mit seinen Freunden zu der Esche gerannt war, so schnell er konnte.

Ansmar deutete auf den Teich. „Vielleicht hast du Recht, und es war wirklich nur ein Ast. Wir können ja am Ufer ein kleines Feuer anzünden und uns ausruhen. Außerdem habe ich auch Hunger."

„Ich auch", flüsterte Bardo, der im gleichen Moment glaubte, wieder ein leises Geräusch gehört zu haben, „aber so nah am Teich und dann noch mit einem Feuer?" Er horchte zitternd in die Richtung, aus der sie gekommen waren. „Hört ihr das nicht? Da ist es wieder", murmelte er.

Der Wald lag gespenstisch und finster im Licht des Mondes. Die größeren Bäume ragten mit ihren schwarzen Wipfeln weit hinauf, und manchmal knackte es im Geäst, als schwänge sich ein unsichtbarer Baumgeist von Ast zu Ast. Tief aus der Finsternis drang der schauerliche, klagende Laut eines Kauzes und wiederholte sich einige Male, bis er plötzlich mitten im Ruf abbrach. Beinah gleichzeitig drangen raschelnde Geräusche wie Schritte aus dem Unterholz, die näher zu kommen schienen und dann anhielten, als lausche jemand in die Dunkelheit hinein.

„Äh ..., da ..., da vorne", flüsterte Bardo und hielt sich an Sigurs Arm fest, „ich ..."

„Pssst!" Sigur hielt sich einen Finger vor den Mund, aber es war so still, dass sie kaum wagten zu atmen. „Ich hab's gehört", flüsterte er eine Weile später, „bleibt ganz ruhig stehen, bewegt euch nicht, dann sieht er uns vielleicht nicht."

„Er kann uns bestimmt riechen ...", stammelte Ansmar, der sich ebenfalls an Sigur fest hielt.

Sigur wollte antworten, als die Schritte plötzlich wieder durch das Dickicht stapften und sich näherten. Jeden Augenblick musste der Geist aus dem Unterholz treten. Sicher hatte er sie bis hierher verfolgt, um sie zu töten und am schwarzen Teich auf der Lichtung zu verzehren. Vielleicht war der Tümpel das Heiligtum eines Baumgeistes, der nachts jedem auflauerte, der sich in die Nähe des Teiches wagte.

Wieder raschelte es im dichten, trockenen Laub auf dem Waldboden. Starr vor Angst blickten sie mit weit geöffneten Augen auf den Pfad, der im Mondlicht wie ein breiter, grauer Faden vor ihnen lag, aber sie konnten nichts erkennen. Langsam schleichend näherten sich die Schritte. Er musste ganz nah sein. Direkt über ihnen ertönten mit einem Mal die durchdringenden Schreie eines *Milans*, der mit

> *Milan:* Der Milan, auch Gabelweihe, ist ein Greifvogel, der bis heute in einigen Gebieten Deutschlands lebt. Es gibt den roten Milan mit stark gegabeltem Schwanz und den schwarzen Milan, den man an seinem schwach gegabelten Schwanz erkennen kann.

klatschenden Flügelschlägen durch das Geäst eines Baumes brach und rasch in den mondhellen Nachthimmel aufstieg, um mit lauten Rufen davonzufliegen. Danach war es totenstill.

Sigur dachte als Erster an die Speere, die neben ihnen auf dem Boden lagen. Als Schweinehirt hatte er viele Nächte allein im Wald verbracht und wusste, dass manche Geräusche ganz andere Ursachen haben konnten, als es schien, aber er wusste auch, dass ein waffenloser Mensch in der Wildnis verloren sein konnte. Er beugte sich langsam hinab und griff mit unsicherer Hand nach einem der Speere. Als er wieder aufblickte, sah er im bleichen Schein des Mondes zwei Schatten, die lautlos über den Pfad huschten und in der Schwärze des Waldes verschwanden. Auch Bardo und Ansmar hatten die kurze Bewegung gesehen. Sie blickten erschrocken zu Sigur, der mit dem Speer in der Hand auf das dichte Unterholz wies. In der Stille raschelte das trockene Laub, und manchmal knackten morsche Ästchen unter den flüchtenden Schritten der Unbekannten, die sich scheinbar schnell von ihnen entfernten.

Überrascht standen sie lange regungslos und stumm unter dem Baum und lauschten gespannt in die Finsternis hinein, bis Ansmar leise sagte: „Das war nicht ein Baumgeist, es waren zwei. Warum lassen sie uns in Ruhe?"

„Hm ..., und wenn sie zurückkommen?", flüsterte Bardo.

„Sie sind nicht weggelaufen, um dann wieder hierher zu kommen", sagte Sigur, der sich nach und nach sicherer fühlte. Er dachte an die vielen unheimlichen Schatten und Geräusche, die er schon in den Wäldern gesehen und gehört hatte. Jedes Mal war er aufs Neue erschrocken gewesen, aber nie war ihm etwas geschehen.

„Vielleicht haben sie eine Quellnymphe gesehen und sind zu ihr gelaufen, um uns dann gemeinsam mit ihr zu töten", murmelte Ansmar mit zitternder Stimme.

„Was immer das war, es wird nicht wiederkommen", sagte Sigur jetzt bewusst etwas lauter, um seinen Freunden die Angst zu nehmen. „Ich glaube, es ist am besten, wir gehen zum Teich und zünden ein Feuer an, wie Ansmar es vorgeschlagen hat."

„Ein Feuer?", fragte Bardo ganz leise, „dann werden wir doch sofort gesehen."

„Es hält die Wölfe, Luchse und Bären von uns fern. Sie fürchten die Flammen."

„Aber die Schatten ..., es kann sein, dass sie uns doch beobachten und ..."

„Bestimmt waren es keine Baumgeister, sondern Tiere, die wir gestört haben, es kann eine Bärin mit ihrem Jungen gewesen sein ..."

„... ich hab mir überlegt, dass wir besser bis zu Gran laufen", unterbrach Ansmar seinen Freund, „es kann ja nicht mehr weit sein. Da sind wir sicher, können etwas essen und in seiner Kate schlafen."

„Wenn er uns lässt", sagte Sigur, „aber du hast Recht. Lasst uns noch bis zum Köhler gehen. Vom Tümpel aus wird der Pfad etwas breiter und gerader und führt uns direkt zu den Meilern."

Bardo war mit dem Vorschlag seiner Freunde einverstanden. Langsam schwand ihre Angst, und während sie sich durch das Dorngestrüpp zwängten, vergaßen sie die Speere, die sie neben der Esche auf den Boden geworfen hatten. Als die drei auf den Teich zugingen, sahen sie, wie der schmale Weg kurz vor dem Wasser nach rechts abbog und sich danach unter hohen Bäumen verlor. Hier gab es kein Dickicht. Der Waldboden war nur mit dichtem Moos und niedrigem Farn bedeckt, durch den sich der Pfad gut erkennbar vor ihnen erstreckte.

Während sie still nebeneinander hergingen, dachte Bardo an die Nacht, in der der Brand auf Geros Hof ausgebrochen war.

Nachdem er mit Ansmar, Sigur und Arno vom Fluss zur Brandstelle zurückgekehrt war, hatte sein Vater weinend und hilflos in der schwelenden Asche des Haupthauses gestanden. Varga blieb verschwunden, sie hatten sie nicht gefunden, und nun schien es, dass sie im Schlaf von den Flammen überrascht worden war und sich nicht mehr wie die anderen auf den Hof retten konnte. Verzweifelt hatten alle noch einmal nach ihr gesucht. Aber auch diese Suche war vergebens gewesen. Also war Bardos Schwester in Odins Feuer umgekommen.

Bardo und Ansmar glaubten nicht daran, denn es war an den Tagen vorher zu viel Unheimliches geschehen, und Varga hatte alles geträumt. Die Götter würden ihr keinen Traum schicken, um sie anschließend zu töten, und sie hatte Widukind das Leben gerettet. Auch das konnten nur die Götter gewesen sein. Außerdem hatten sie Odin mit den Raben am anderen Flussufer gesehen, und Bardo ahnte, dass er vielleicht der Dieb des Schwertes sein konnte. Er verstand das zwar nicht, denn warum sollte der Göttervater so etwas tun, aber dieser Raub musste etwas mit Vargas Verschwinden zu tun haben. Die Wege der Götter waren für die Menschen eben nicht immer erkennbar. Doch alles konnte ja auch ganz anders sein. Vielleicht waren es wirklich fränkische Spione, die seit Tagen um den Hof schlichen, und die Götter hatten mit den Ereignissen überhaupt nichts zu tun. Jedenfalls war Varga nicht, wie alle glaubten, in den Flammen gestorben, davon waren die Freunde überzeugt.

Bardo und Ansmar erzählten Sigur von dem Verdacht. Der hatte sich inzwischen an die Fibel erinnert, die er nach dem Anschlag auf Widukind hinter dem Palisadenzaun gefunden hatte. Die Spange bestand aus sieben winzigen, grausam aussehenden metallischen Menschenschädeln, die durch zierliche, zu geheimnisvollen Zeichen geschnitzte Knochenteile miteinander verbunden waren. Eine solche Fibel besaß niemand auf dem Hof, sie konnte nur einem Fremden gehört haben, und der hatte den Speer auf den Herzog geschleudert. Aber selbst wenn sie die Spange nicht gefunden hätten, wäre auch Sigur davon überzeugt gewesen, dass Varga entführt worden war. Gemeinsam beschlossen sie, sich sofort auf die Suche nach Bardos Schwester zu machen. Die Aufregung auf dem Hof war so groß, dass auch Gero und Oro nicht bemerkten, wie sie ihre Speere nahmen, sich die großen Ledertaschen umhingen, die sie mit Brot und getrocknetem Fleisch füllten, und sich anschließend durch die Lücke im Palisadenzaun davonschlichen.

Seitdem waren drei Nächte vergangen, in denen sie den schmalen, geheimen Pfad gegangen waren, der sie zu Grans Kate führen würde. Sigur hatte dazu geraten, denn er kannte den Köhler und wusste, dass Gran seit undenklichen Zeiten allein in den Wäldern lebte und mehr über die Geheimnisse der Wildnis wusste als jeder andere. Er konnte ihnen bestimmt bei der Suche nach Varga helfen.

Bardo blickte müde zu Sigur und Ansmar, die ohne etwas zu sagen und mit gesenkten Köpfen neben ihm liefen. Sie mussten lange gegangen sein, während er an den Brand und Vargas Verschwinden gedacht hatte. Als er geradeaus schaute, sah er, wie der Pfad weiter vorne breiter wurde. Der weiche, federnde Waldboden schien mit jedem Schritt fester zu werden. Sie gingen noch eine Weile, dann mündete der Weg in eine große, weite Lichtung, die geisterhaft still vor ihnen lag.

„Ich glaub', wir sind da", flüsterte Bardo.

Sigur blickte auf. „Ja, das ist Garns Lichtung", sagte er und deutete auf einen dunklen Umriss auf der anderen Seite des Waldes, „und das ist seine Kate."

Im silbernen Licht des Mondes erschien der gegenüberliegende Waldrand schwarz und drohend. Bardo hatte ein merkwürdiges Gefühl, als sie langsam auf die Lichtung traten.

„Die Meiler", sagte Sigur, „ich sehe sie nicht, er wird sie ..."

„... und wenn wir uns verlaufen haben?", murmelte Bardo, der plötzlich glaubte, eine Bewegung am Waldrand zu sehen, „dies ist bestimmt eine andere Lichtung."

„Nein, ich weiß, dass wir richtig sind."

„Aber wo sind die Meiler?"

„Gran wird sie abgeräumt haben, weil die Holzkohle fertig war."

„Und wo ist der Köhler?"

„Es ist Nacht, er wird schlafen. Wir gehen zur Kate und schauen nach", sagte Sigur und ging mit langen Schritten quer über die Lichtung auf das alte Blockhaus zu. Seine Freunde folgten ihm langsam. Bardo blickte immer wieder zum Waldrand hinüber, aber scheinbar bewegte sich nichts.

„Gran ist nicht da", sagte Sigur, der schon an der Kate stand, „aber wir ruhen uns hier aus. Er hat bestimmt nichts dagegen."

„Wo kann er denn nachts sein?", fragte Ansmar leise.

„Manchmal bringt er seine Holzkohle zu Mimo und trifft an der Furt Händler, mit denen er tauscht."

„Dann lass uns dorthin gehen, schnell", flüsterte Bardo, der mit einem Mal das Gefühl hatte, dass sie aus der Dunkelheit heraus belauert wurden. Wenn ich den beiden jetzt davon erzähle, lachen sie mich aus, dachte er, ich behalte es für mich, aber ich werde den Waldrand weiter beobachten.

Sigur schüttelte den Kopf. „Bis zu Mimos Siedlung ist es viel zu weit", sagte er, „wir könnten frühestens dort sein, wenn die Sonne ihren höchsten Stand erreicht hat, wahrscheinlich aber später. Ich bin müde und hungrig, ich bleibe hier. Vielleicht kommt Gran ja bald zurück."

Ansmar saß schon auf dem Boden an der alten Kate und hatte die müden Beine weit von sich gestreckt. Sigur und Bardo setzten sich zu ihm und blickten in den gelben Mond, der tief über den Bäumen stand. Über den Wipfeln auf der anderen Seite begann die erste zaghafte Dämmerung den neuen Tag anzukündigen und tauchte die Lichtung immer mehr in ein milchig graues Licht, das alle Konturen verwischte. Der Waldrand schien in weite Ferne zu rücken, und obwohl sie sehr hungrig waren, fielen ihnen nach und nach die Augen zu.

Sie hatten das Gefühl, lange geschlafen zu haben, als sie von einem metallischen Geräusch geweckt wurden. Im ersten Augenblick starrten sie verwirrt in den Morgennebel, der sich über die Lichtung gelegt hatte, und konnten nichts erkennen.

„Seht ihr etwas?", flüsterte Bardo, der am ganzen Körper zitterte.

„Nein, sei still", raunte Ansmar, „aber wenn sie uns sehen, sind wir geliefert. Das sind bestimmt Frankenkrieger."

Durch den Nebel schallte ein helles, singendes Geräusch, ähnlich dem, das sie geweckt hatte, zu ihnen herüber. Es hörte sich an, als schlügen Eisenschwerter aufeinander. Dann herrschte wieder gespenstische Stille. Die hellgrauen Dunstfelder waberten lautlos und behäbig über der Lichtung, und während sie manchmal vom Boden bis weit über die Kronen der Bäume reichten, gaben sie jetzt einen hüfthohen Streifen Sicht frei, so dass die Freunde den unteren Waldrand auf der gegenüberliegenden Seite erkennen konnten.

„Da", flüsterte Sigur, der unter dem steigenden Nebel etwas entdeckt hatte. Bardo und Ansmar blickten in die Richtung, in die der Hirte zeigte. Die Oberkörper der Gestalten wirkten im Dunst wie verschwommene Schatten, aber ihre Beine waren gut zu erkennen. Im gleichen Augenblick hörten die Freunde das unruhige Schnauben mehrerer Pferde. Drüben am Waldrand standen mindestens acht Männer, die damit beschäftigt waren, die Tiere abzureiben. Das Klirren ihrer Waffen musste beim Absitzen entstanden sein. Der Nebel verstärkte die Geräusche so sehr, dass sie über die Lichtung hallten, als kämen sie aus unmittelbarer Nähe. Die Freunde waren mit einem Mal hellwach und konnten nun auch verstehen, worüber die Männer sprachen.

„Von hier aus muss ein geheimer Pfad zur Biberinsel und dann weiter auf Gorons Moor zuführen. Dahinter liegt der heilige Hain, von dem er erzählt hat", sagte einer von ihnen mit rauer Stimme.

„Wenn wir uns nicht beeilen, kommen wir vielleicht zu spät", sagte ein anderer.

Eine dritte dunkle Stimme, wahrscheinlich die des Anführers, hallte durch den Nebel. „Ich glaube, der Siedler an der Furt hat uns nicht bemerkt", sagte er, „wir sind gut vorangekommen und nur nachts geritten. Niemand weiß, dass wir hier sind. Bis jetzt hat die Wegbeschreibung dieses sächsischen Verräters gestimmt. Wir haben noch Zeit, der Köhler wird uns führen, und wenn er nicht hier ist, finden wir den Pfad auch ohne ihn."

Bardo, Ansmar und Sigur schraken zusammen. Erst jetzt wurde ihnen bewusst, dass sie auf der den Reitern zugewandten Seite der Kate saßen. Wenn die Fremden hinüberblickten, mussten sie die drei sofort entdecken. Ohne zu zögern krochen die Freunde wortlos auf Händen und Knien an der Hauswand entlang und kauerten sich hinter das Blockhaus.

„Sie werden hierher kommen und nach Gran suchen", flüsterte Sigur, „wir müssen sofort verschwinden." Bardo und Ansmar nickten stumm, während Sigur sich flach auf den Boden legte und so schnell er konnte zum Waldrand hinter der Kate robbte, wo er in dichtem Gestrüpp verschwand. In kurzer Zeit folgten seine Freunde.

„Hier sind wir erst mal sicher", raunte Sigur und lugte durch das schützende Geäst auf die Lichtung, als erwarte er jeden Moment das Erscheinen der Reiter an Grans Kate.

„Unsere Speere! Wir haben unsere Speere an der Esche liegen lassen", flüsterte Ansmar atemlos.

„Mit denen könnten wir jetzt sowieso nichts ausrichten", murmelte Sigur.

Bardo lag zitternd neben seinen Freunden auf dem Boden. „Habt ihr das gehört", sagte er leise, „sie haben von einem Verräter gesprochen. Wer kann das sein?"

„Vielleicht kriegen wir das noch raus", flüsterte Sigur, „jedenfalls sind es fränkische Reiter, und sie kennen die Biberinsel. Sie liegt wirklich einen Tagesmarsch von hier im Norden mitten in der Ems. Aber wo ist Gorons Moor?" Sigur schaute nachdenklich auf die Lichtung, dann flüsterte er plötzlich erschrocken: „Erinnert ihr euch an meine Beobachtung in der Nacht, bevor ich mit den Schweinen auf den Hof zurückgekehrt bin? Die drei dunklen Männer hatten einen Vierten niedergeschlagen, um ihn danach im Moor gegenüber des verbotenen Waldes zu töten und zu opfern. Und der geheime Weg, von dem der Franke sprach, kreuzt sich hier bei Grans Lichtung mit dem, auf dem wir gekommen sind, führt nach Norden über die Biberinsel zum Moor am verbotenen Wald und weiter in den heiligen Hain. Ich hab noch nie gehört, dass dieses Moor den Namen Gorons trägt."

Bardo hatte trotz seiner Angst aufmerksam zugehört. „Ich verstehe nichts mehr", sagte er leise, „aber vielleicht nennen die Franken das Moor einfach so."

„Und warum? Was hat Goron mit den Franken zu tun?", fragte Ansmar.

Sigur wusste keine Antwort darauf. Schweigend beobachteten sie, wie der Nebel sich langsam hob und nach und nach den Blick auf die ganze Lichtung frei gab. Die Reiter waren wieder aufgesessen und standen leise miteinander redend am Waldrand, bis sich zwei von ihnen aus der Gruppe lösten. Langsam ritten sie auf die Kate zu, während die Freunde sich tief in das Gebüsch duckten. Die Männer trugen schwarze, bis in den Nacken hinunterreichen-

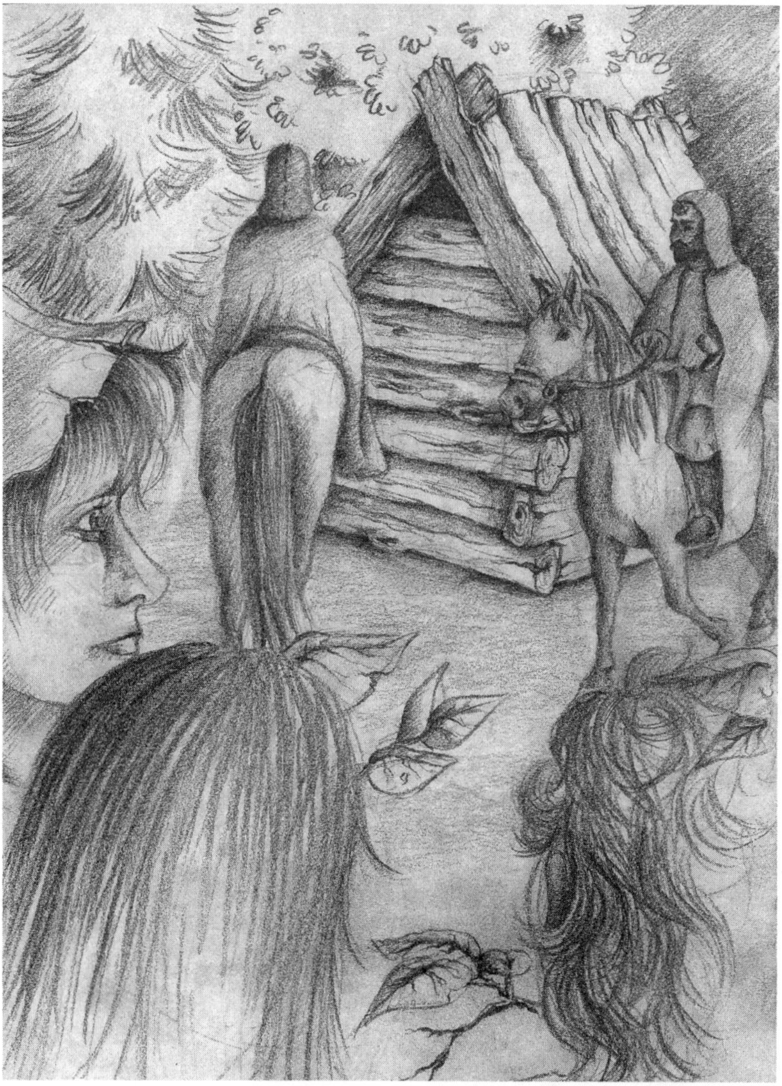

de Lederkappen mit einem seltsamen Zeichen an der Stirn und wallende Umhänge aus grauer Wolle, unter denen in den ersten Sonnenstrahlen blanke Schwerter aufblitzten. Beinah geräuschlos ritten sie auf ihren leise schnaubenden Pferden um die Kate herum. Einer der Männer stieg vom Pferd und trat in das Blockhaus, um nach kurzer Zeit achselzuckend wieder herauszukommen. Sie sprachen leise miteinander, dann galoppierten sie zu den anderen zurück. Nach einem Wortwechsel, den die Freunde nicht verstehen konnten, verschwanden die Reiter kurze Zeit später nacheinander im Wald.

Die Morgensonne tauchte die Lichtung schon eine Weile in helles Licht, als die drei vorsichtig aus ihrem Versteck herauskrochen. Rundherum war es wieder so still, als sei nichts geschehen. Sigur griff in seinen Beutel und nahm Brot und Fleisch heraus. Während sie den Waldrand weiter beobachteten, legte sich ihre Angst langsam, und sie aßen schweigend, bis Bardo sagte: „Wir machen uns sofort auf den Weg zu Mimo. Bestimmt treffen wir dort auch Gran. Vielleicht kann er uns alles erklären."

„Oder er ist der Verräter", vermutete Ansmar und blickte Sigur fragend an.

Der Hirte schüttelte den Kopf. „Niemals", sagte er, „ich kenne Gran. Bestimmt wollten die Reiter ihn zwingen, sie zum heiligen Hain zu führen. Mimo würde ich es eher zutrauen, aber sie haben sich vor ihm verborgen, als sie durch die Furt ritten – ich weiß nicht ..."

„Es heißt, Mimo ist gar kein Sachse", raunte Ansmar.

Wieder schwiegen sie. Sie hatten sich auf den Weg gemacht, um Varga zu suchen und dem Geheimnis um die seltsamen Ereignisse auf Geros Hof auf die Spur zu kommen. Und nun hatten sie von einem Verräter gehört, der ein Sachse sein musste. Konnten sie überhaupt noch jemandem trauen? Würden sie Varga ohne die Hilfe Grans oder eines anderen finden können? Und wo sollten sie die Suche beginnen? Nach einigem Überlegen entschieden sie sich trotz aller Zweifel, den geheimen Pfad bis zu Mimos Siedlung weiterzugehen.

Der schmale Weg schlängelte sich von der anderen Seite der

Lichtung durch hohen Buchen- und Eichenwald und führte sie ohne Zwischenfälle zu einem Flusslauf, an dem sie Halt machten. Während der ganzen Zeit war ihnen nichts aufgefallen, aber sie hatten das Gefühl, beobachtet zu werden, und wagten nicht, sich umzuschauen. Als sie am Ufer standen und nach einer niedrigen Wasserstelle suchten, an der sie den Fluss durchqueren konnten, sagte Bardo: „Wir werden verfolgt. Ich glaube, bestimmt schon seit wir die Schatten bei der Esche gesehen haben. Es war vielleicht doch keine Bärin mit ihrem Jungen, die wir gestört haben."

Sigur und Ansmar nickten stumm. Es konnte aber auch sein, dass sie sich täuschten. In der letzten Zeit war einfach zu viel geschehen und sie waren müde. Sie mussten sich bei Mimo ausruhen und Gran von den fränkischen Reitern und dem Verräter erzählen, ohne dass der Siedler es bemerkte. Sigur vertraute dem Köhler, er würde ihnen sicher helfen können.

Ansmar fand bald eine Stelle, an der sie das Wasser durchwaten konnten. Auf der gegenüberliegenden Uferseite setzte sich der Pfad etwas schmaler durch den dichter werdenden Wald fort. Später, als die Sonne längst ihren höchsten Stand überschritten hatte, sahen sie weit vor sich, dass der Wald lichter wurde und sich öffnete.

„Nicht mehr lange und wir sind bei Mimos Siedlung", sagte Sigur erleichtert, „hoffentlich ist Gran dort."

Bardo griff sich an den Bauch. „Ich hab Hunger, das ist im Moment wichtiger als der Köhler", brummte er.

Sigur grinste. „Wenn noch alles so ist wie vor einigen Monden, gibt es was ganz Leckeres für uns, bevor wir den Wald verlassen", sagte er mit einem geheimnisvollen Blick auf seine Freunde.

„Was meinst du?", fragte Bardo erwartungsvoll.

„Du wirst sehen, es ist was gefährlich Süßes ..."

Die Bäume wichen nach und nach zurück. In einiger Entfernung konnten sie schon die Furt unterhalb des Hügels erkennen, auf dem Mimos Siedlung im abendlichen Sonnenschein lag.

Sigur ging voraus und bog kurz vor dem Waldrand nach rechts ab. An einer alten schrundigen Eiche, die der Sturm in der Mitte abgebrochen hatte und deren wenige trockene Äste keine Blätter mehr trugen, blieb er stehen und winkte seine Freunde heran.

„Hierher!", rief er, „sie sind noch da und waren sehr fleißig!"

Bardo und Ansmar konnten nicht erkennen, was Sigur meinte. Aber als sie den Baum erreichten, sahen sie, wovon ihr Freund so begeistert war. Über ihren Köpfen summte ein Schwarm emsiger kleiner Bienen friedlich vor einem großen Astloch, aus dem der süße goldgelbe Honig zähflüssig heraustrat.

„Na, ist das nichts?", grinste Sigur schmunzelnd, „den Honig haben wir uns verdient. Aus dem wird kein Met gemacht, der ist nur für uns."

„Schweinehirt müsste man sein, dann wüsste man, wo es die leckeren Sachen gibt. Und ich habe dich immer bedauert!", rief Bardo. Er vergaß alle Vorsicht und versuchte mit einem langen Stock, den er vor dem Baum gefunden hatte, die Honigwaben aus dem Astloch zu lösen.

Augenblicklich sausten Schwärme wütender Bienen auf die Freunde zu, umschwirrten sie mit heftigen Angriffen und trieben sie mit schmerzhaften Stichen von ihrem Nest fort aus dem Wald hinaus. Die drei rannten laut schreiend und wild um sich schlagend auf die Furt zu und warfen sich kopfüber in das kühlende Wasser. Als sie endlich wagten, mit schmerzenden, zerstochenen Gesichtern wieder aufzuschauen, blickten sie erschrocken in die lachenden Augen eines großen, breitschultrigen Mannes, den sie nie zuvor gesehen hatten.

9

Tödliche Begegnung

Wulfila begriff sofort, was unten an der Furt geschah, denn er hatte auch den Bienenschwarm gesehen, von dem die drei verfolgt wurden. Bevor Mimo und Gran erkannten, was vorging, lief er den Hügel hinunter auf die drei Gestalten zu, die sich ins Wasser geworfen hatten, als wäre ihnen eine ganze Schar der wildesten Waldgeister auf den Fersen. Vom Ufer des Flüsschens aus sah der Händler, dass er sich nicht getäuscht hatte. Die Bienen hatten sich bereits wieder zu ihrem Nest zurückgezogen, aber der Anblick, der sich ihm bot, brachte ihn, ohne dass er es wollte, zum Lachen.

„Was habt ihr getan, dass euch die Götter so sehr strafen?", rief Wulfila grinsend, und im gleichen Augenblick taten ihm die Jungen Leid, wie sie mit geschwollenen Gesichtern zu ihm hochschauten, in denen die Augen unter dicken rot- und blauglänzenden Wülsten verschwunden waren. Nach ihrem ersten Schreck rappelten die Freunde sich langsam auf, während sie Wulfila anstarrten, als sei er der *Fenriswolf*, der gekommen war, um sie mit seinem fürchterlichen Maul zu verschlingen.

Indes hatten auch Mimo und Gran die Furt erreicht und standen lächelnd neben dem Händler. Sigur richtete sich als Erster auf, wobei er mit seinen zerstochenen Händen zaghaft übers Gesicht fuhr.

Fenriswolf: Der Fenriswolf war in der germanischen Vorstellungswelt der Moorgestrüppwolf und ein Feind der Götter.

„Ha, du bist doch Sigur, der Schweinehirt von Geros Hof", sagte der Köhler lächelnd, „ich erkenne dich kaum wieder. Du hast dich sehr verändert."

Sigur spürte den pochenden, heftigen Schmerz in seinem Gesicht und auf den Handrücken. Er konnte die drei Gestalten vor sich nur verschwommen durch die schwellenden dicken Beulen an seinen Augen erkennen. Der Spaß Grans machte ihn wütend. „Ja, ich bin Sigur", murmelte er böse, „und bei Thor, die Götter schützen mich vor deinem Anblick, der schlimmer ist als die Fratze *Garms*."

Mimo schlug sich mit den Händen auf die Oberschenkel und rief lachend: „Ho, ho, du bist ein mutiger Mann, Sigur! Pass auf, dass der Köhler dich nicht eines Tages in einen seiner Meiler steckt und brät wie ..."

Sein Lachen verstummte, als habe er sich vor sich selbst erschrocken. Mit unruhigem Blick suchte er den Köhler, der immer noch grinsend neben ihm stand.

Gran erwiderte Mimos schnellen Blick unwillig. „Du bist von den Bienen genug bestraft", sagte er zu Sigur, „du brauchst vor meinen Meilern keine Angst zu haben."

Wulfila bemerkte die finsteren Blicke des Köhlers auf den Siedler, und eine böse Ahnung beschlich ihn. Das war wieder dieser Blick, den er vor kurzer Zeit schon einmal beobachtet hatte. Die zwei trugen ein Geheimnis mit sich, das spürte er ganz deutlich. Hatten Grans Meiler damit zu tun? Nachdenklich blickte er auf die Jungen, die ihre zerstochenen Hände immer wieder in den Fluss tauchten und sich die geschwollenen Gesichter mit dem kühlenden Wasser benetzten.

Sigur kannte den Händler nicht, aber als er ihn anschaute, ahnte er dessen Gedanken. Mimo hat einen Spaß gemacht, dachte er, und Gran hat nur darauf geantwortet. Was ist daran so schlimm? Trotz seiner Schmerzen sagte er mit einem beschwichtigenden Lächeln zu Wulfila: „Gran hätte mich schon einige Male verbrennen können, aber er hat mich immer wieder verschont."

Die schwarzen Augen des Köhlers glühten im Schein der tief stehenden rotgelben Sonnenscheibe. „Das bleibt auch so", meinte er grinsend, „aber nur, wenn du den ‚Garm' zurücknimmst, sonst bist du beim nächsten Mal dran."

„Siehst du, Schweinehirt", sagte Mimo, während er Gran scheinbar erleichtert anschaute, „man darf ihn nicht verärgern, dann ist er gar nicht so böse, wie er aussieht." Danach wandte er sich Bardo und Ansmar zu, die während der ganzen Zeit jammernd ihre pochenden Schwellungen gekühlt und von dem Gespräch der anderen nichts mitbekommen hatten.

„Ho, ihr wimmernden Honigräuber!", rief der Siedler lachend, als sei nichts gewesen. „Ihr wolltet von dem Honig nehmen, der für meinen Met bestimmt ist, nun gut, das sei euch verziehen. Ich nehme an, ihr kommt alle von Geros Hof. Mein Weib wird eure Beulen mit Kamillesud behandeln, und dann erzählt ihr uns, warum ihr den weiten Weg hierher gemacht habt."

Mühsam stiegen die Freunde ans Ufer. Wulfila schaute ihnen versonnen zu, um sich endlich zögernd dem Köhler und Mimo anzuschließen, die schon vorausgingen und leise miteinander sprachen. Bardo, Sigur und Ansmar folgten den dreien in einigem Abstand. Das kalte Wasser des Flusses tat bereits seine erste Wirkung, denn die vielen Stiche schmerzten nicht mehr so sehr.

> *Garm* hieß der brüllende, hässliche Hund am Eingang zum Totenreich.
>
> *Berserker*, die auch Bärenhäuter hießen, waren durch ihre „Berserkerwut" besonders tapfere Krieger, die sich oft im Gefolge der Könige befanden und Odin geweiht waren.

Rada hatte beobachtet, was am Fluss vorgegangen war, und sofort eine Hand voll Kamilleblüten aus dem Kräutergarten neben der Kate geholt. Sie lächelte mitleidvoll, während sie die inzwischen bunt schillernden Schwellungen mit einem Sud aus den Blüten der Pflanze einrieb. Bardo stöhnte laut, als sie einmal etwas zu fest auf eine der rotglänzenden Beulen mitten auf seiner Nase drückte.

„Au ..., oh ...!", wimmerte er, „die gerechte Wut der *Berserker* ist klein gegen den ungerechten Zorn der Bienen und Weiber."

Wulfila stand neben Rada und musste bei dieser schmerzvollen Bemerkung Bardos lachen, obwohl ihm nicht danach war. „Täusch dich nicht, Junge: Der Zorn eines tobenden Weibes erscheint dir wie der liebliche Gesang der Amsel an einem milden Frühlingsmorgen, wenn du einmal die tödlichen Wunden gesehen hast, die ein wütender Bärenhäuter schlägt!", rief er mit einem raschen Blick auf Gran, der etwas abseits mit dem Siedler gesprochen hatte und sich ihnen in diesem Augenblick wieder zuwandte.

Der Köhler blickte grinsend zu Bardo und seinen Freunden hinüber. „Wer sich an den süßen Saft der Bienen heranmacht, den lassen sie den göttlichen Schmerz ihrer Stacheln spüren", sagte er schmunzelnd. Gleichzeitig nickte er Wulfila augenzwinkernd zu, als habe er dessen Blick nicht bemerkt, und fuhr fort: „Ihr habt Mimos Honigbaum kennen gelernt, aber die Bienen kannten euch nicht – das war euer Unglück. Euer Glück ist, dass Mimo genug Honig in seinen Krügen bewahrt, um Met daraus zu machen, sonst müsstet ihr es noch einmal versuchen, denn jetzt kennen die Bienen euch ja." Er lachte schallend. „Aber nun erzählt uns, was euch hierher treibt."

Die drei saßen auf der Bank vor Mimos Haus und hatten sich mit Kräutersud getränkte Leintücher über die Gesichter gelegt. Sigur nahm sein Tuch vorsichtig ab. Mit verschwollenen Augen blinzelte er in das blendende Licht der untergehenden Sonne.

„Das ist eine lange Geschichte", sagte er, während er zaghaft nach den Beulen auf seinen Wangen tastete, „und ich weiß nicht, wo ich anfangen soll. Ich glaube, der Zorn Odins und Thors verfolgt uns seit Tagen. Aber wir wissen nicht warum." Bardo und Ansmar nickten unter ihren Tüchern, aber sie nahmen sie nicht ab. Die Wirkung der Kamille milderte den immer noch klopfenden Schmerz spürbar.

„Die Wut unserer Götter verfolgt nicht uns, sondern die Franken!", rief Mimo, „aber jetzt erzähl uns, was auf Geros Hof geschehen ist. Der Wald ist voller Gerüchte."

Sigur legte sich das Tuch auf die Augen und begann langsam von den Ereignissen der letzten Tage zu berichten. Doch plötzlich unterbrach er sich, nahm das Tuch ab und blickte fragend zu Wulfila hinüber, der aufmerksam zuhörte. Der Händler ahnte, was Sigur dachte. „Du brauchst vor mir keine Geheimnisse zu haben", sagte er, „ich bin Sachse und Händler. Ich höre viel auf den langen Wegen durch die Wälder und Sümpfe und erfahre mehr als mancher andere. Vielleicht kann ich euch helfen, du kannst mir vertrauen."

Sigur überlegte. Konnte er dem Händler wirklich trauen? Aber auch Mimo oder Gran waren verdächtig wie jeder andere Sachse.

Also muss ich verschweigen, dass wir von einem Verräter wissen, überlegte Sigur. Auch Gran darf nichts erfahren. Nur so können wir uns schützen. Und von den Reitern, die wir im Morgengrauen auf Grans Lichtung gesehen haben, werde ich auch nichts sagen.

Nach kurzem Zögern setzte der Hirte seine Erzählung fort. Doch bevor er von seiner nächtlichen Beobachtung am verbotenen Wald berichten konnte, brachte Rada Krüge voller dampfenden Hirsebreies mit Stücken gebratenen Fleisches, die sie zwischen die Männer und die Jungen auf den Boden stellte. Sie aßen schweigend, während die Sonne hinter den Wipfeln der Bäume versank. Langsam kroch die Dämmerung von den Wäldern im Osten über die Wildnis und begann, auch Mimos Siedlung in ein unwirkliches Licht zu tauchen, in dem die ersten grauen Schatten der Nacht geisterhaft zwischen den Gebäuden tanzten. Die Luft war schwer und heiß. Am fernen Horizont im Süden schleuderte Thor erste heftige Blitze aus einer breiten schwarzen Wolkenfront, die sich drohend über dem weit entfernten Höhenzug auftürmte.

Rada hatte in der Zwischenzeit das Wegefeuer am Haus angezündet. Nachdem alle ihre Krüge geleert hatten, fuhr Sigur mit seinem Bericht fort und beobachtete dabei die Gesichter der Männer, die ihm im flackernden Schein des Feuers gegenübersaßen. Bardo und Ansmar blickten nachdenklich in die Flammen und begleiteten die Erzählung ihres Freundes hin und wieder mit zustimmendem Nicken.

Sigur bemerkte, dass der Köhler aufhorchte, als er von dem uralten Opfermesser am Schweinegatter erzählte. Ein merkwürdiges Gefühl warnte ihn, aber dann berichtete er von der Gestalt auf dem Palisadenzaun und der Fibel, die er etwas später gefunden hatte. Während er sprach, nahm er, ohne dass es jemand bemerkte, die Spange aus dem Beutel, den er über der Schulter trug. Gleichzeitig mit dem dumpfen Grollen eines Donnerschlages, der wie eine finstere Drohung über die dunklen Wälder rollte, unterbrach Gran den Hirten. „Das mit dem Opfermesser ist wirklich seltsam", sagte er, „aber diese Spange – hast du sie noch?"

Sigur glaubte, einen lauernden Unterton in der Stimme des Köhlers zu hören. „Nein", antwortete er, ohne zu überlegen, und das kalte Metall der Fibel brannte plötzlich wie ein loderndes Feuer in seinen Händen.

„Du hast sie verloren?"

„Ja ..., irgendwo auf dem Weg hierher ..."

„... ah, so ...", murmelte Gran, „und du weißt auch nicht wo?"

„Nein ..., sie muss mir irgendwo aus dem Beutel gefallen sein, als wir gegessen haben", log Sigur und wunderte sich darüber, wie leicht es ihm fiel, den Köhler dabei anzuschauen. Warum fragte Gran nach der Fibel? Er musste etwas darüber wissen. Sigur kam ein beängstigender Verdacht, und seine Gedanken ließen ihn erschauern. Hatte er sich so sehr in dem Köhler getäuscht?

Wieder schwang Thor seinen Hammer. Im Süden zuckten mächtige grelle Blitze aus den schweren Wolken auf die Erde, und für einen Augenblick erschienen die geisterhaften, verzerrten Gestalten der *Alben* in der Finsternis, die mit dem fernen Donner wieder im Dunkel der Nacht verschwanden. Bardo und Ansmar zuckten zusammen, während sie den Hirten fragend anschauten. Warum log er? Sie wussten, dass Sigur die Spange bei sich trug, aber sie wagten nicht, etwas dazu zu sagen.

Mimo und Wulfila saßen wie die anderen regungslos und still mit hochgezogenen Beinen am Feuer. Dem Händler war nicht anzusehen, was er dachte, aber auf seiner Stirn zog sich eine tiefe, steile Falte von der Nasenwurzel bis zum rotblonden Haaransatz. Nach der letzten Frage des Köhlers schwang eine bedrückende Stille zwischen ihnen, bis Gran mit rauer Stimme sagte: „Du hast sie also verloren – aber du kannst dich bestimmt daran erinnern, wie sie aussah."

„Nicht genau", log Sigur wieder. Er wollte mit einer vorsichtigen Bewegung nach den pochenden Stichen in seinem Gesicht tasten, als ihm die Spange einfiel, die er fest umklammert in der Hand hielt, und zuckte zurück. Bardo hatte seinen Freund beobachtet und flüsterte Ansmar etwas zu. Plötzlich wusste er, warum Sigur dem Köhler nicht die Wahrheit sagte.

„Sie hat seltsam ausgesehen, nicht so wie die meisten", murmelte er, als erinnere er sich genau. Ansmar nickte bestätigend: „Ja, ich hab noch nie solch eine Fibel gesehen", sagte er leise.

Gran blickte gespannt auf, während Sigur seinem Freund entsetzt in die Seite knuffte. Bardo ließ sich davon nicht beeindrucken. „Sie war rund, aus dünn geschmiedetem Eisen mit kleinen bronzenen Bärenköpfen rundherum", sagte er mit einem viel sagenden Blick auf Sigur. Der Hirte verstand ihn sofort.

Alben oder Elfen galten als den Göttern meist nahe stehende Wesen.

„Jetzt weiß ich's auch wieder", sagte er zu Gran gewandt, „sie hatte acht Bärenköpfe, ja, genau, acht Bärenköpfe. Leider ist sie weg, ich wollte sie Varga schenken."

Der Köhler sagte eine Weile nichts und nickte stumm, bis er scheinbar erleichtert murmelte: „Sie war bestimmt sehr schön. Schade, dass du sie verloren hast. Aber nun erzähl uns, was noch geschehen ist und wie ihr hierher gekommen seid."

Die ersten Regentropfen klatschten schwer auf den trockenen Boden vor Mimos Haus, als Sigur endlich seine Erzählung beendete, in der er die Reiter auf Grans Lichtung ebenso verschwieg wie das, worüber die Männer gesprochen hatten. Wulfila und der Siedler hatten während der ganzen Zeit schweigend in die Flammen gestarrt. Nur manchmal war Mimo aufgestanden, um einen Holzscheit nachzulegen.

„Ich glaube auch nicht, dass Varga in den Flammen umgekommen ist", sagte der Siedler nach einer Weile, „die Franken haben sie entführt. Sie treiben sich schon länger in unseren Wäldern herum." Er blickte auf den immer dichter fallenden Regen, dessen große Tropfen zischend in das Wegefeuer prasselten.

„Ich wusste es", murmelte Gran nachdenklich.

„Was wusstest du?", fragte Wulfila, dem Grans Fragen und Verhalten immer seltsamer erschienen. Der Köhler deutete mit einer fahrigen Geste in die Dunkelheit. „Seit einiger Zeit sind sie in den Wäldern, ich habe sie gehört und gesehen", sagte er leise, „sie schleichen wie lautlose Schatten durch die Nacht und sprechen mit leisen Stimmen, die niemand versteht. Ich habe sie gesehen. Sie haben Varga geholt und sich gerächt, weil sie eine Seherin ist und Widukind das Leben gerettet hat."

„Du meinst auch, es waren die Franken?"

„Sie waren es."

„Und warum haben sie das Schwert aus Geros Haupthaus gestohlen?"

Gran schwieg. Der Händler spürte, wie ihn ein Schauer überlief. Nie hatte er den Köhler so geheimnisvoll reden gehört. Odin saß womöglich wirklich mit *Frigg* zu Hause in *Asgard* und ließ die Franken ungehindert durch das Land der Sachsen ziehen. Aber warum hatte er König Karl so stark werden und die Irminsul zerstören lassen? Der Göttervater zürnte den Sachsen, die sich im Namen dieses Christengottes mit Wasser taufen ließen. Vielleicht war es Odins Rache, dass er sie durch die fränkischen Reiter in ihr eigenes Blut tauchte. Niemand ahnte, was die Götter planten und die Seher, ihre menschlichen Diener, wussten es auch nicht.

Wulfila stand auf. Der Regen hatte sich noch verstärkt, und die Flammen züngelten nur noch kraftlos aus der dunklen Glut des Feuers, das jeden Augenblick erlöschen konnte. Mimo und Gran erhoben sich gleichzeitig mit Bardo und seinen Freunden.

„Morgen werden wir überlegen, was wir tun können", sagte der Siedler, „ihr könnt mit Gran und Wulfila bei den Ochsen schlafen."

Rada brachte ihnen noch einmal in Kamillesud getränkte Tücher, und bald fanden sie einen Platz an der hinteren Wand des Stallgebäudes, wo Mimo geschnittenes Gras gestapelt hatte. Direkt am Eingang fütterte der Händler seine Zugtiere aus einem Eimer mit Gerstenschrot, während Gran sich eine Schlafstelle neben seinem Wagen im vorderen Bereich des Stalles suchte.

Die Schwellungen an den Händen und im Gesicht waren zurückgegangen und schmerzten die Freunde nicht mehr. Aber trotz des langen, aufregenden Weges zu Mimos Siedlung konnten sie nicht einschlafen. Grans Fragen nach der Fibel und sein Verhalten hatten sie so sehr erschrocken, dass sie noch lange darüber sprachen. Die Gewitterfront war nach Westen abgezogen. Sie hörten das dumpfe Grollen des Donners weit entfernt, und manchmal zuckten noch helle Blitze durch die Nacht, in deren schummrigen Licht die drei den Platz zwischen dem Stall und dem Haus erkennen konnten. Der Regen ließ nach, aber das Wegefeuer war erloschen, und Mimo hatte in dieser Nacht kein neues angezündet.

Wulfila und Gran waren schon nach kurzer Zeit schweigend eingeschlafen. Sie lagen schwer atmend auf ihren Lagern, als den Freunden endlich die Augen zufielen.

Spät in der Nacht erwachte Bardo von einem leisen Geräusch. Er fuhr sich müde mit einer Hand über die verschlafenen Augen und blickte zum Eingang des Stalles, der genau gegenüber lag. Vorsichtig tastete er neben sich, wo Sigur und Ansmar mit regelmäßigen Zügen atmeten und tief und fest schliefen. Aus der Dunkelheit heraus hörte er, wie die Ochsen unruhig schnaubten und hin und wieder mit ihren Hufen auf den fest getretenen Lehmboden stampften. Sie mussten ihn geweckt haben. Die Wolken hatten sich verzogen, denn er konnte die Zugtiere weiter vorne zwar nicht erkennen, aber durch das Stalltor sah er Mimos Haus auf der anderen Seite des Hofes, das düster im grauen Licht des abnehmenden Mondes lag. Die Tiere beruhigten sich nach und nach. Alles erschien friedlich und still. Zögernd legte Bardo sich zurück ins Gras und fiel sofort in einen tiefen Schlaf.

Frigg: Wichtigste Göttin der Asen und Frau Odins. Frigg war die Göttin der Frauen und der Familie und besaß ein Falkengewand.

Asgard war die Wohnstätte der Asen.

Ein lauter Schrei ließ ihn hochschrecken. Im gleichen Augenblick fuhren auch Sigur und Ansmar neben ihm aus ihren tiefen Lagern in die Höhe. Verstört blickten sie sich an, aber es war so finster, dass sie sich nicht sehen konnten. Wieder stieß jemand einen Schrei aus, dieses Mal leiser und gequälter. Unwillkürlich pressten die Freunde sich mit den Rücken gegen die Wand des Stalles.

„Das ist kein Traum, oder?", raunte Sigur.

Bardo wagte zuerst nicht, etwas zu sagen, aber dann flüsterte er: „Ich bin vorhin schon mal von einem Geräusch geweckt worden, aber das müssen die Ochsen gewesen sein."

„Das gerade waren jedenfalls nicht die Tiere."

„Bestimmt nicht, der Schrei kam auch nicht aus dem Stall."

„Vielleicht von der Furt."

„Ich weiß nicht, aber ich glaub, er kam vom Hof."

„Hm ..., kann auch sein."

„Oder ..., oder aus Mimos Haus."

„Seht ihr denn nicht die Gestalt neben der Kate?", fragte Ansmar leise und hielt sich dabei eine Hand vor den Mund.

Ihre Augen hatten sich langsam an die Dunkelheit gewöhnt. Im Stall war alles ruhig. Sie konnten im schwachen Gegenlicht die Umrisse der Tiere erkennen, die mit hängenden Köpfen neben dem Eingang standen und sich nicht an dem zu stören schienen, was draußen vorging. Und der Händler und Gran schliefen scheinbar so tief, dass sie die Schreie nicht gehört hatten.

Als die Freunde aus dem Stalltor auf den Hof blickten, sahen sie gerade noch, wie ein schwarzer Schatten um eine Ecke des Hauses huschte und verschwand. Nur wenig später trat eine zweite Gestalt aus Mimos Haus. Nach kurzem Zögern bewegte sie sich langsam auf das Stallgebäude zu, während sie immer wieder stehen blieb und sich umschaute.

„Er kommt ..., er kommt in den Stall", flüsterte Bardo und drückte sich noch fester an die rauen Bohlen der Wand.

Im grauen Mondlicht konnten sie undeutlich einen Mann erkennen, der trotz der schwülen Wärme einen langen, dunklen Umhang trug und sein Gesicht unter einer weit über die Stirn gezogenen, spitz nach oben zulaufenden Kapuze verbarg. Sigur legte seinem Freund eine Hand auf den Arm. „Er kann uns bestimmt nicht sehen", flüsterte er, „wir sitzen in der dunkelsten Ecke des Stalles."

„Und wenn er ..."

„Sei still, dann bemerkt er uns nicht ..."

„Aber ..."

„Sei ruhig ...", murmelte Sigur und starrte gebannt durch das Stalltor.

Der Mann auf dem Hof stand nur noch wenige Schritte vom Gebäude entfernt und winkte zu Mimos Haus hinüber, wo sich in diesem Augenblick eine schwarze Gestalt aus dem Schatten löste. Sie blieb an der Kate stehen, als lausche sie auf etwas, bis sie lautlos über den Hof schlich und neben dem Mann im Umhang stehen blieb. Der Zweite trug nur einen bis zu den Knien reichenden Wams. Im breiten Gurt steckte, quer über dem Bauch, ein langes Messer, dessen Klinge im bleichen Licht des Mondes schimmerte. Die Männer flüsterten miteinander, und der Zweite von ihnen deutete einige Male auf das Stalltor. Es schien, als würden sie es sich überlegen, dann gingen sie langsam auf den Stall zu. Bardo und seine Freunde duckten sich tief in das Gras, auf dem sie lagen und hielten sich an den Armen fest. So, wie die Männer sich bewegten, hatten sie die drei entdeckt und würden sich jeden Moment auf sie stürzen.

Als sie das Gebäude fast erreicht hatten, blieben die zwei plötzlich stehen und drückten sich in den Schatten, so dass die Freunde sie nicht mehr sehen konnten. Vom Eingang des Stalles drang lautes Schnarchen und wiederholte sich mehrere Male. Jemand stöhnte laut und brummte etwas Unverständliches. Gleich darauf schnaubten die Ochsen unruhig und begannen mit ihren schweren Hufen nervös auf den Boden zu stampfen.

Die drei lauschten gespannt in die graue Finsternis hinein. War das ihre Rettung? Sie hatten nicht an den Händler und Gran gedacht, die am Stalltor schliefen. An denen mussten die Männer vorbei, wenn sie in den Stall hinein wollten.

„Ist da draußen wer?", murmelte jemand verschlafen. Sie erkannten Grans raue Stimme, obwohl er sehr leise sprach.

„Ist da wer?", fragte der Köhler noch einmal.

Im Eingang erschien der Mann, der das Messer im Gurt trug. „Schschscht ..., wir sind's", flüsterte er, „du bist nicht gekommen, jetzt sind wir hier. Wir dachten, sie hätten dich ..." Er unterbrach sich und blickte sich um, als erwarte er, dass der zweite Mann etwas sagen würde.

Bardo und seine Freunde erschraken heftig. Wer war dieser Fremde, und wer war der Mann im Umhang? Was ging hier vor? Einen Augenblick blieb es still, nur ein Ochse schnaubte leise. Der Köhler schien lange zu überlegen.

„Das war nicht abgemacht, ihr solltet warten", brummte er nach einer Weile ärgerlich, „ihr wusstet, dass ich den Händler treffen musste und dass es einen Sonnenaufgang dauern würde."

„Es ist Zeit. Die Reiter sind schon auf dem Weg, wir sind ihnen begegnet. Du weißt, bald ist Neumond. In der Nacht muss das Mädchen geopfert werden", flüsterte der andere, „außerdem haben wir den Siedler und seine Frau zur Hel geschickt. Sie wussten zu viel und wollten uns ..."

„... was habt ihr getan?"

„Du hast schon verstanden. Wo stecken der Händler und die Jungen von Geros Hof?" Einen Augenblick schien es, als denke er nach, dann fuhr er fort: „Sie müssen auch sterben."

Gran antwortete nicht sofort. Bardo und seine Freunde zuckten zusammen. Das Mädchen, von dem der Messerträger gesprochen hatte, konnte nur Varga sein. Und gerade hatte der Fremde das Todesurteil über sie alle ausgesprochen; auch Wulfila würde sterben müssen. Sie konnten den Mördern nicht entkommen. Mimo und Rada waren bereits von ihnen getötet worden. Es mussten die Todesschreie des Siedlers und seiner Frau gewesen sein, von denen sie geweckt worden waren. Als Nächsten würden die Männer den Händler umbringen, der direkt vorne am Eingang lag und scheinbar noch schlief.

„Du sagtest, die Reiter sind schon unterwegs", brummte Gran nachdenklich, „davon haben die Jungen nichts erzählt, also haben sie sie nicht gesehen ..." Er überlegte: „... und von unserem Mann auf Geros Hof wissen sie auch nichts. Die drei schlafen", sagte er dann, „sie werden uns nicht gefährlich. Ich lasse meinen Wagen hier, und wir verschwinden. Warum sollten wir sie töten?"

„Weil sie Mimo und seine Frau entdecken werden."

„Sie wissen nicht, wer die zwei umgebracht hat."

„Aber wenn du nicht mehr hier bist, werden sie denken, dass du es warst, und dich verfolgen ..."

„... und nicht finden. Wenn wir die Biberinsel und danach das Moor erreicht haben, ist es nicht mehr weit bis zum heiligen Hain, dann sind wir in Sicherheit. Sie ahnen nichts und wissen nicht, wo sie suchen sollen."

„Und der Händler?"

„Ist nicht gefährlich, der zieht weiter. Den kümmert nicht, was bei uns geschieht. Der ist froh, wenn er ohne Gefahr seinen Handel treiben kann."

Die Freunde drängten sich zitternd aneinander und duckten sich vor Schreck wie erstarrt tief ins Heu, aber sie konnten immer noch das Stalltor beobachten. Gran hatte von einem Mann auf Geros Hof gesprochen. Es musste also einen Verräter unter ihnen geben. Wer konnte das sein, und war er der, von dem die Reiter im Morgengrauen gesprochen hatten? Die Ereignisse wurden immer geheimnisvoller. Und was war mit Wulfila? Er war der Einzige, der ihnen vielleicht noch helfen konnte. Wenn er jetzt erwachte, würden die Männer ihn umbringen, weil er sie entdeckt hatte, und danach würden sie die drei ebenfalls töten.

Nachdem Gran gesprochen hatte, war es still geworden. Sie schienen zu überlegen, was sie tun sollten. Der Mann im Umhang war aus der Finsternis herausgetreten und stand ohne etwas zu sagen neben dem anderen. Nach einer Weile raunte er mit tiefer Stimme: „Wir schicken sie zur Hel wie den Siedler und seine Frau. Wir dürfen das Opfer in der Neumondnacht nicht gefährden. Odin erwartet den Tod des Mädchens ..., du müsstest es am besten wissen."

„Ja, und ich sage, was geschehen soll, vergiss das nicht", sagte Gran mit seltsam scharfer Stimme.

In diesem Augenblick fuhr ein Schatten aus der Dunkelheit des Stalles und stürzte sich mit einem merkwürdigen, dumpfen Laut auf den Fremden mit dem Messer, der ihm am nächsten stand. „*Bergelmir*!!, *Hati*!!", schrie jemand zornig und rief dann mit donnernder Stimme: „Wenn hier jemand zur Hel geschickt wird, dann du, Gran, und dein Gesindel!" Im gleichen Moment begannen die Ochsen, sich wie wild zu gebärden. Sie senkten ihre mächtigen Schädel mit den gewaltigen Hörnern und stießen sie immer wieder zur Seite und in die Höhe, während sie mit ihren schweren Hinterhufen in alle Richtungen um sich schlugen. In kurzer Zeit entstand ein heftiger Tumult am Stalltor. Überraschte Schreie und lautes Fluchen und Stöhnen wurden vom wütenden Brüllen der Ochsen übertönt, die sich wie entfes-

Bergelmir heißt: „der wie ein Bär Brüllende" und war ein Urriese.
Hati war der Wolf, der den Mond verfolgte.

selte, mordlustige *Nidhögg* auf den Köhler und die Fremden stürzten, um sie mit ihren gefährlichen Hörnern aufzuspießen. Dazwischen war Wulfilas dröhnende Stimme zu hören, der immer wieder rief: „Bergelmir, Hati, gebt's ihnen!"

Bardo und seine Freunde lagen regungslos auf ihrem Lager und beobachteten mit weit geöffneten Augen, was vor ihnen im Stall geschah. Gerade noch hatten sie um ihr Leben gefürchtet, und nun schienen die Götter ihnen zu Hilfe zu kommen. Aus dem Gewühl lösten sich drei laut schreiende Gestalten und rannten hinkend auf den Hof hinaus, wo sie nach kurzer Zeit mit lautem Wehgeschrei in der Finsternis der Nacht verschwanden.

Die Ochsen schnaubten noch böse und stampften erregt auf den Boden, als Wulfila sich suchend umblickte. „Wo steckt ihr?", rief er.

„Hier, auf unserem Lager", antwortete Bardo leise.

„Sie sind weg und kommen nicht wieder. Ihr braucht keine Angst zu haben."

Die Freunde rappelten sich zögernd auf und tasteten sich hintereinander vorsichtig durch die Dunkelheit auf das Stalltor zu. Der Händler stand zwischen seinen Zugtieren und redete beruhigend auf sie ein. Als er die drei kommen sah, sagte er lachend: „Gran und seine Freunde haben nicht mit Bergelmir und Hati gerechnet", dabei klatschten seine Hände laut auf die breiten Nacken der Ochsen, „die zwei haben mir schon einige Male das Leben gerettet."

Bardo, Sigur und Ansmar standen am Eingang des Stalles und schauten Wulfila sprachlos zu. Der Händler wusste, dass die drei nicht nur vor Angst stumm waren. „Ich habe so getan, als schliefe ich", erklärte er, „denn sonst hätten wir nichts erfahren und sie wären sofort über mich hergefallen."

Die drei nickten. Es dauerte lange, bis der Schrecken sich gelegt hatte und Bardo endlich langsam auf Wulfila und seine Ochsen zuging. „Und dann hätten sie uns getötet", sagte er zu dem Händler, der während der ganzen Zeit die Tiere gestreichelt hatte.

„Aber wie hast du das nur mit den Ochsen gemacht?", fragte Sigur.

„Ich bin Händler und viel allein, ich muss mich schützen", sagte Wulfila, „ich habe es den beiden mit großer Geduld beigebracht. Ich rufe ihre Namen nur bei Gefahr, und dann reagieren sie so, wie ihr's erlebt habt." Wieder fuhren seine Hände liebevoll über die Rücken der Zugtiere. „Doch nun etwas anderes", sagte er ernst, „sie haben Mimo und sein Weib umgebracht, sagten sie. Aber es kann auch sein, dass der Siedler und seine Frau nur verletzt wurden und sich im Schutz der Dunkelheit tot gestellt haben, so wie ich mich schlafend gestellt habe. Wir sollten sofort zur Kate hinübergehen und nachsehen. Danach können wir über alles andere reden."

Der Händler ging zu seinem Wagen und zog ein Langschwert unter den Fellen hervor. „Und wenn Gran und seine Männer doch noch einmal zurückkommen sollten", sagte er, „dann werden sie die Schärfe *Grams* spüren, das schon das Blut so mancher heimtückischer Räuber getrunken hat." Bardo und seine Freunde blickten ängstlich staunend auf die blanke Klinge, in deren Mitte sich eine tiefe Blutrinne von der Parierstange bis hinunter in die Spitze zog. Wulfila war ein erfahrener, vielleicht sogar ein gefährlicher Mann. Aber sie spürten, dass sie ihm vertrauen konnten.

Nidhögg hieß der Leichen fressende Drache, der unter einer Wurzel der Weltenesche Yggdrasill lebte.

Gram ist der Name eines mythischen Schwertes, das von Regin, dem Schmied, für den Helden Sigurd geschmiedet wurde.

Im Osten zeigten sich erste, helle Streifen am Horizont, die den neuen Tag ankündigten. Mit raschen Schritten gingen sie über den Hof auf Mimos Haus zu. Als der Händler den Eingang erreichte, blieb er stehen und hob eine Hand. „Ich gehe voran", sagte er leise, „wenn ich euch rufe, kommt ihr nach." Ohne auf eine Antwort zu warten, trat er danach in die dunkle Kate.

Es dauerte nicht lange, bis Wulfila sie hereinrief. Er hockte gleich vorn am Eingang neben einer Gestalt, die ausgestreckt am Boden lag. In dem Augenblick, als die Freunde eintraten, beugte er sich zu ihr hinunter und sagte leise: „Mimo, Mimo, kannst du mich hören?"

Im schwachen Licht, das durch das Tor eindrang, konnten sie

sehen, wie der Siedler versuchte, sich aufzurichten. „Gran hat ..., er ist der ...", hauchte er, dann fiel sein Kopf kraftlos zur Seite. Für einen Moment schien es, als schwebten dunkle Schatten durch den Raum und hielten die Zeit an, während der Händler still und unbeweglich neben Mimo kniete.

„Sie haben ihn erstochen, er ist zu Hel gegangen", sagte Wulfila nach langem Schweigen, „und Rada auch. Sie liegt dahinten", dabei zeigte er in eine finstere Ecke des Hauses. Bardo und seine Freunde traten langsam auf Wulfila zu. „Was machen wir jetzt?", fragte Bardo schaudernd, „Ich habe gehört, wie Mimo gesagt hat, ‚Gran ist der ...' Was hat das zu bedeuten?"

„Ich weiß es nicht", antwortete Wulfila, während er aufstand, „wir müssen zuerst Mimo und Rada bestatten. Danach erzählt ihr mir noch einmal alles, was auf Geros Hof geschehen ist und was ihr auf dem Weg hierher beobachtet habt. Anschließend überlegen wir uns, was wir tun können. Wir wissen ja, wohin sie geflohen sind."

„Sie haben auch meine Schwester Varga."

„Ihr glaubt, sie ist das Mädchen, von dem der Messerträger gesprochen hat?"

„Ja, sie muss es sein."

„Dann werden wir sie finden und befreien", brummte der Händler böse und wandte sich dem Eingang zu.

Die wenigen Buchen, die etwas abseits hinter dem Haus standen, warfen schon erste lange Schatten, als Wulfila und die Jungen die Gräber für den Siedler und seine Frau hinter der Baumreihe aushoben. Danach kleideten sie beide, wie es die Sitte gebot, in ihre besten Gewänder, die an einer Wand im Inneren der Kate hingen, und trugen sie zu den Buchen, wo sie sie mit dem Kopf zur Hel im Norden und den Füßen nach Süden in die Gräber legten. Der Sax und die Speere des Siedlers fanden ihren Platz zu beiden Seiten Mimos, während sie den wenigen Bronzeschmuck Radas und einige Tontöpfe neben ihrer Leiche ausbreiteten. Eine Weile schauten sie noch auf die Toten, bevor sie die Körper mit dem ausgehobenen Boden bedeckten und die Gräber so anfüllten, dass sie nur noch am frischen Erdreich zu erkennen waren.

Wulfila blickte zu den Wäldern im Osten hinüber, während er sein langes Schwert aufnahm, das er unter den Bäumen abgelegt hatte. „Sie haben alles bei sich, was sie besaßen", sagte er, „wir müssen jetzt überlegen, was mit Mimos Tieren geschehen soll. Wir könnten sie später zu Hjalmars Hof treiben, der nicht weit entfernt im Westen am Handelsweg liegt."

Langsam gingen sie zum Hof zurück. Das Sonnenlicht überflutete die kleine Siedlung, und der Himmel war klar und tiefblau, als sie den Stall erreichten, aus dem die Ochsen Wulfilas ihnen neugierig entgegenstarrten. Der Händler war als Erster bei den Tieren und redete beruhigend auf sie ein. Dann nahm er sein Schwert und stellte es aufrecht an eins der hohen, ganz aus Holz gearbeiteten Räder seines Wagens. Als er sich den Freunden zuwandte, die ihm langsam gefolgt waren, blickte er plötzlich überrascht auf den Boden.

„Der Messerträger hat seine Waffe verloren!", rief er, während er sich hinunterbeugte und etwas hoch hob. Bardo und seine Freunde sahen die Klinge in der Hand Wulfilas aufblitzen. Sofort fiel ihnen das Opfermesser ein, das das kleine Mädchen am Schweinegatter auf Geros Hof gefunden hatte. Aber als sie dem Händler gegenüberstanden, sahen sie, dass dieses Messer ganz anders aussah. Als ahne er etwas, flüsterte Sigur: „Lass es mich anschauen", und suchte gleichzeitig mit zitternden Händen nach der Fibel, die er in seinem Beutel trug. Der Händler reichte ihm die Waffe. Sigur hatte die Spange gefunden und hielt sie neben das Messer. „Seht ihr!", rief er aufgeregt, „das gleiche Zeichen!"

Bardo und Ansmar blickten erschrocken auf die kunstvoll gearbeiteten winzigen Menschenschädel im Griff der Waffe und dann wieder auf die Fibel.

„Ja, das ist es", flüsterte Bardo, und Ansmar raunte, „sieben Menschenschädel, die durch geheimnisvolle Zeichen miteinander verbunden sind. Der Mann mit dem Messer muss auch der sein, der Widukind töten wollte."

10

Goron

„Ich habe gleich gemerkt, dass du nicht die Wahrheit über die Fibel erzählt hast", sagte Wulfila zu Sigur, als sie später auf der Bank vor Mimos Haus saßen. „Und ebenso fiel mir das Verhalten des Köhlers auf", fuhr er fort, „er hat sehr verdächtig reagiert. Ich habe ihn von dem Augenblick an beobachtet und darum auch nicht geschlafen."

Sigur hatte noch einmal von den Ereignissen auf Geros Hof berichtet und dieses Mal nicht ausgelassen, was sie bei Grans Meilern gesehen und gehört hatten. Er verbarg auch seine Enttäuschung über den Köhler nicht.

„Ich habe mich in Gran genauso geirrt wie du", sagte der Händler tröstend, „und ich kenne ihn lange. Menschen tun eben manchmal etwas, das andere nicht verstehen, aber meistens gibt es einen Grund dafür." Er blickte nachdenklich zum Stall hinüber. „Warum Gran sich so verhält, wissen wir noch nicht", sagte er nach einer Weile, „doch ihr habt es klug gemacht. Wenn der Köhler alles erfahren hätte, was ihr auf der Lichtung beobachtet habt, wären wir jetzt ganz bestimmt ebenso bei Hel wie Mimo und Rada."

„Aber was wollte Mimo sagen, bevor er starb? Die Reiter bei den Meilern waren Franken. Wer ist Gran wirklich, und wer ist der Verräter auf Geros Hof?", fragte Bardo.

Wulfila schüttelte den Kopf. „Das ist im Moment nicht so wichtig", sagte er, „wir müssen uns sofort auf den Weg machen, um das Mädchen zu retten. Bis Neumond sind es nur noch sechs Nächte. Die fränkischen Reiter könnten uns gefährlich werden, aber wenn wir Glück haben, holen wir sie ein, bevor sie das Moor erreichen. Sollte uns das gelingen, habe ich einen Plan. Sie ahnen nicht, dass wir von ihnen wissen, und lassen sich vielleicht Zeit.

Und wenn der Verräter auf eurem Hof der gleiche ist, von dem auch die Reiter gesprochen haben, werden wir ihm ebenso im heiligen Hain begegnen wie dem Köhler." Er nahm die Fibel, die neben dem Messer auf der Bank lag. „Die Köpfe und Zeichen auf dem Griff sehen so aus wie die, aus denen die Spange gefertigt ist", sagte er nachdenklich, „aber das muss nicht bedeuten, dass der Messerträger den Speer auf Widukind geschleudert hat."

„Was hast du für einen Plan?", fragte Ansmar, der die ganze Zeit geschwiegen hatte, „und wer könnte sonst versucht haben, Widukind zu töten?"

„Über das, was ich mit den Reitern vorhabe, spreche ich erst, wenn wir sie einholen können", antwortete Wulfila mit einem hintergründigen Lächeln, „aber die Zeichen und Schädel sind womöglich etwas, durch das sich die Mitglieder eines Geheimbundes untereinander erkennen."

„Ein Geheimbund?"

„Ja, ein Geheimbund", murmelte Wulfila und fuhr sich mit einer Hand durch das dichte rotblonde Haar, „dass ich nicht eher darauf gekommen bin. Es kann sein, dass Gran und seine Leute einem Geheimbund angehören und Mimo einer von ihnen war, aber nicht mehr mitmachen wollte. Darum mussten der Siedler und sein Weib auch sterben."

„Aber dieser Bund, gegen wen sollte er sich richten? Gran ist Sachse und die zwei Männer heute Nacht bestimmt auch. Sie versuchen Widukind zu töten und bringen die eigenen Leute um. Wenn es so ist, wie du sagst, sind sie alle Verräter. Warum tun sie das?"

„Und was haben die fränkischen Reiter mit allem zu tun?", fragte Sigur.

Keiner wusste eine Antwort auf die Fragen. Die Sonne stand hoch am wolkenlosen Himmel, aber die Luft war nach dem Gewitterregen in der Nacht immer noch angenehm frisch. Sie wussten, dass sie schnell aufbrechen mussten, denn der Weg über die Biberinsel und durch das Moor zum heiligen Hain konnte lang und gefährlich werden.

Bardo und seine Freunde trieben in kurzer Zeit Mimos Vieh

zusammen. Nachdem Wulfila ihnen den Weg nach Hjalmars Hof beschrieben hatte, der nicht weit entfernt in einem dichten Waldstück im Westen lag, machten sie sich mit den Tieren auf den Weg dorthin. Der Händler packte in der Zwischenzeit seinen Wagen aus und verstaute die wertvollen Felle und anderen Waren in einer Ecke des Stalles. Danach deckte er das geschnittene Gras darüber, auf dem die Freunde in der Nacht gelegen hatten. Wenn alles gut ging, würde niemand das Versteck finden, bis sie, wenn die Götter es wollten, vom heiligen Hain zurückkehrten.

„Hat Hjalmar viel gefragt?", rief Wulfila, als er Bardo, Sigur und Ansmar etwas später durch die Furt gehen und zur Siedlung hinaufkommen sah.

„Er hat viel gefragt, aber wir haben wenig geantwortet", sagte Bardo schon von weitem, „wir haben ihm erzählt, dass er warten muss, bis wir zurück sind."

„Das Vieh wollte er doch bestimmt behalten."

„Ja, das wollte er. Aber er wollte auch wissen, wie Mimo und sein Weib gestorben sind. Wir haben ihm nur gesagt, dass wir sie tot gefunden und begraben haben."

„Das muss reichen. Wir können sofort aufbrechen", sagte Wulfila, während er seine Ochsen einschirrte.

„Und was ist, wenn andere Händler hierher kommen und niemand da ist?", fragte Sigur.

„Nichts. Sie werden Rast machen und weiterziehen. Mimo und seine Frau sind tot. Wer weiß, ob überhaupt noch einmal jemand diese Häuser bewohnen wird."

„Hier wird bestimmt mal eine ganz große Siedlung entstehen", sagte Bardo, dem Mimos Hügel gut gefiel, „denn es ist sehr schön hier."

„Ja, das ist es", murmelte Wulfila, dem es ähnlich ging wie Bardo, „nur regnet es meistens, wenn ich hierher komme. Die letzten Tage waren eine Ausnahme. Aber jetzt machen wir uns auf den Weg. Ich habe alles in den Wagen gepackt, was wir brauchen. Ihr könnt euch hineinsetzen und ausruhen, wir haben noch viele anstrengende und gefährliche Nächte vor uns."

Etwas später rumpelte der Wagen in den tief eingefahrenen Rillen des Weges zur Furt hinunter. Der Händler ging neben seinen Tieren und redete hin und wieder auf sie ein. Als sie das gegenüberliegende Ufer erreichten, blickten die Freunde zurück und sahen Mimos kleine Siedlung still und friedlich auf dem Hügel liegen, als sei dort nie etwas Grausames geschehen. Bald lenkte Wulfila die Zugtiere mit wenigen Berührungen durch eine kurze Weidengerte auf den Pfad, der sie zu Grans Meilern führen würde. Den Honigbaum konnten sie vom Weg aus nicht sehen, aber sie wussten, dass er nicht weit entfernt am Waldrand stand, und sie spürten die Stiche der Bienen plötzlich wieder, obwohl sie schon lange nicht mehr schmerzten.

Auf dem breiten Weg kamen sie gut voran. Bardo und seine Freunde saßen vorne auf den hohen Wagenwänden aus flachen, breiten Holzbohlen und ließen die Beine nach außen herunterbaumeln. Sie hatten den Fluss, der sich zwischen Mimos Siedlung und den Meilern Grans in engen Windungen durch den dichten Wald schlängelte, schon fast erreicht, als Bardo plötzlich sagte: „Wir haben gar nicht daran gedacht, wo der Köhler und seine Männer geblieben sein können. Sie lauern uns bestimmt auf und werden uns überfallen."

„Kaum", sagte Wulfila ruhig, „Gran wird mit den anderen versuchen, so schnell wie möglich zum heiligen Hain zu kommen. Dort fühlen sie sich sicher. Nach dem, was ihnen in der Nacht geschehen ist, werden sie sich denken, dass wir ihr Gespräch mit angehört haben. Ich hoffe aber, sie treffen die Reiter vorher nicht, sonst kann es für uns wirklich gefährlich werden."

Bardo war beruhigt. Je länger er den Händler kannte, umso mehr wusste er, dass Wulfila ein ehrlicher, besonnener Mann war, der genau überlegte, was er tat. Ihn zum Feind zu haben, würde jeden seiner Gegner in große Gefahr bringen. Er war der Einzige, der ihnen alles geglaubt hatte, und auch der Einzige, der ihnen helfen konnte, Varga zu retten. Die Götter mussten ihn geschickt haben.

Sie durchquerten den Fluss, als die Sonne schon tief im Westen stand. Am gegenüberliegenden Ufer wurde der geheime Pfad etwas enger. Wulfila saß jetzt mit den Freunden auf der vorderen

Wagenwand und lenkte seine Zugtiere geschickt über den schmalen Weg auf Grans Meiler zu. Als die Dämmerung langsam über die Wipfel des Waldes kroch und die Bäume zu beiden Seiten des Weges wie schwarze Schatten erschienen, erkannten sie weit vorne die Lichtung des Köhlers. Wulfila stieg vom Wagen und verlangsamte die Fahrt, während er wieder mit leiser Stimme auf die Tiere einredete. Kurz bevor die Bäume zurückwichen, hielt der Händler den Wagen an. Nach der Durchquerung des Flusses hatten sie nicht miteinander gesprochen, jetzt sagte Wulfila leise: „Wir müssen sicher sein, dass Gran nicht doch in seiner Kate sitzt." Dann ging er auf den Waldrand zu. Bardo und seine Freunde sahen, wie er sich ins Unterholz duckte und die Lichtung beobachtete.

Nach einer Weile kehrte er zurück. „Alles ist ruhig", sagte er, „sie scheinen wirklich sofort zum heiligen Hain gegangen zu sein. Ich gehe mit meinem Wagen voran, und ihr folgt mir. Die Ochsen haben ein Gespür für die Gefahr und werden mich warnen, wenn doch etwas nicht stimmen sollte."

Der Händler hatte sich nicht getäuscht. Grans Kate lag friedlich und verlassen am gegenüberliegenden Waldrand. Über die Lichtung spannte sich ein sternenklarer Himmel, vor dem sich die schwarzen Schattenrisse der umstehenden Bäume deutlich abzeichneten. Aus dem Wald drangen hin und wieder die schauerlichen Rufe der Käuze, die die Stille über der baumlosen Fläche trügerisch und drohend erscheinen ließen.

Nachdem sie die Tiere mit Heu und Wasser versorgt hatten, saßen die Freunde mit ausgestreckten Beinen an einem der großen Wagenräder und stillten ihren Hunger mit kaltem, gebratenem Wisentfleisch, das Wulfila ihnen angeboten hatte. Der Händler stand am hinteren Teil des Wagens und schaute zu den Sternen hinauf, die ihn immer aufs Neue faszinierten. Er hatte Bardo, Ansmar und Sigur nichts von den Lichtern in den Hügeln und den Stimmen über dem Finstermoor gesagt, denn er ahnte, dass alles mit den Reitern zu tun haben musste, die die Jungen gesehen hatten. Und das bedrohliche Gefühl, von dem er Mimo erzählt hatte, wandelte sich immer mehr zu einer schrecklichen Erkenntnis. Hier waren es nicht die Götter, die handelten. Nach allem, was in Mimos Siedlung geschehen war, wurde ihm klar, dass es Menschen waren, die ihr Unwesen in der undurchdringlichen Wildnis des Westfalenlandes trieben. Er hätte es wissen müssen nach den vielen Erfahrungen, die er auf seinen langen Reisen gemacht hatte. Aber er wusste noch nicht, warum sie das taten, und vielleicht lenkten die Götter ja doch Gedanken und Handeln der Menschen.

Wulfila riss sich vom Anblick des unendlichen, geheimnisvollen Sternenhimmels los und blickte in das Wageninnere, wo an einer Seite die Fackeln lagen, die er immer mit sich führte. Sie waren mit dem besten Holzteer bestrichen, das er kannte, und ließen sich besonders leicht entzünden. Er lächelte bei dem Gedanken daran und an den Plan, den er hatte, wenn sie den Reitern zuvorkommen konnten.

Mitternacht war längst vorüber. Er ging langsam auf die Jungen zu, die noch am Wagenrad saßen und eingeschlafen waren. Die Freunde schreckten im ersten Augenblick hoch, als der Händler sie weckte, aber nach kurzer Zeit waren sie hellwach und halfen Wulfila beim Einschirren der Ochsen.

„Bis wir die Biberinsel erreichen, ist es wieder Abend. Hoffentlich lauern sie uns nicht auf", sagte Sigur, nachdem sie den geheimen Pfad eingeschlagen hatten, der von Grans Meilern nach Norden führte.

„Es ist trocken, und der Weg ist gut befahrbar", antwortete Wulfila, der alle Wege durch die Wälder und Moore kannte. „Wir können auf der Insel eine längere Rast einlegen. Ich hoffe, die Reiter haben ihr Lager gegenüber am nördlichen Ufer der Ems aufgeschlagen, bevor sie sich durch das Moor wagen, dann haben wir sie."

„Was hast du nur mit ihnen vor?", fragte Bardo und starrte auf den Weg, der sich in der Dunkelheit zwischen den sanften Dünen verlor, durch die sie zogen.

Wulfila antwortete nicht sofort. Sie gingen eine Weile schweigend nebeneinander her, während Ansmar und Sigur still auf der Wagenwand saßen und in den Wald hineinhorchten, als könne jeden Moment ein Troll herausstürzen, um sie zu verschlingen.

„Ihr werdet es sehen", antwortete der Händler später geheimnisvoll, „wartet nur ab."

Der neue Tag kündigte sich hell und freundlich an. Sie waren lange gefahren, ohne dass sich etwas ereignete, bis sie einen kleinen Lagerplatz erreichten, an dem sie anhielten. Nach den schrecklichen Ereignissen der letzten Tage und Nächte schienen die Götter ihnen plötzlich friedlich gesonnen. Der Wald hatte sich etwas gelichtet. Auf den flachen, welligen Sanddünen, die der Fluss vor Urzeiten angeschwemmt hatte, wuchsen hohe, vom Wind gebeugte Kiefern. Zwischen den Bäumen fiel das Sonnenlicht mit golden schimmernden Strahlen, in denen der feine Staub des Sommertages tanzte, auf den weichen, mit üppigem, tiefgrünem Moos und braunen Kiefernnadeln bedeckten Waldboden.

Sie streckten sich eine Weile erschöpft neben dem Wagen aus. Wulfila erzählte von Hathibur und zeigte ihnen die Bernsteine, die er mitgenommen hatte. Die Jungen hörten ihm staunend zu, während sie die im Sonnenlicht goldglühenden Steine mit vorsichtiger Neugier betrachteten. Der Händler musste viele Fragen beantworten, und für eine Weile vergaßen sie die Gefahren, die auf sie lauerten.

Später setzten sie ihren Weg mit guten Gedanken fort. Noch bevor die Sonne die Kronen der Bäume im Westen berührte, erreichten sie die Ems, deren Ufer hier auf beiden Seiten besonders flach waren. Der Fluss teilte sich östlich von ihnen in zwei breite Arme, die eine kleine, mit Erlen bestandene Insel umschlossen, um sich ein Stück flussabwärts wieder zu vereinen.

„Die Biberinsel", sagte Sigur, „es ist lange her, dass ich hier war."

Wulfila nickte. „Das gilt auch für mich", sagte er und suchte mit scharfen, geübten Augen die Insel nach einer verräterischen Bewegung ab.

„Sie müssen vor kurzer Zeit noch hier gewesen sein, das Ufer ist von Pferdehufen zertrampelt", sagte der Händler erleichtert, als er sich wieder den Jungen zuwandte, „aber sie sind weitergezogen."

„Ich war noch nie hier", murmelte Bardo, „die Insel ist richtig geheimnisvoll. Warum heißt sie eigentlich Biberinsel?"

Ansmar nickte. „Ja, warum heißt sie so?", fragte er, „ich hab auch nur von ihr gehört, wenn die Männer an den Feuern von ihr erzählt haben."

„Weil die Biber manchmal Dämme aus Ästen und dünnen Bäumen zwischen der Insel und dem Ufer bauen", antwortete Sigur und deutete auf den Fluss, „aber in diesem Jahr scheinen keine Biber hier zu sein. Vielleicht hat Gran sie gejagt und ihre Felle längst eingetauscht."

Wulfila trieb seine Ochsen bereits durch das niedrige Wasser des Flusses auf die Insel zu. „Kommt!", rief er, als er das sandige Ufer erreichte, „wir ruhen uns etwas aus. Alles hängt jetzt davon ab, ob die Reiter vor dem Sumpf lagern. An den Spuren sehe ich, dass sie noch nicht weit sein können."

„Und was ist, wenn Gran und seine Freunde die Reiter eingeholt haben?", fragte Bardo, während er mit Sigur und Ansmar durch den Fluss watete und über den schmalen, aufgewühlten Uferstreifen auf den Händler zuging, der seinen Wagen zwischen den Bäumen abgestellt hatte und die Tiere fütterte.

„Auch dafür habe ich mir auf dem Weg hierher etwas überlegt. Mit ein wenig Glück schicken wir alle gemeinsam zu Hel. Sie wären nicht die Ersten, die auf diesem Weg in die Unterwelt gehen."

„Auf welchem Weg?", fragte Sigur, der plötzlich eine Ahnung von dem bekam, was der Händler meinen konnte.

„Wenn sie sich getroffen haben, wissen die Reiter, was an Mimos Furt geschehen ist", murmelte Bardo nachdenklich, „sie sind zu viele. Sie warten einfach auf uns und töten uns."

„Sie werden glauben, dass sie leichtes Spiel mit uns haben, das mag sein", antwortete Wulfila schlau, „aber das macht sie unvorsichtig und kann unser Vorteil sein. Setzt euch an den Wagen und ruht euch aus", sagte er dann, „ich erzähle euch, was ich vorhabe."

Als sich eine Weile später die Dunkelheit über die Wälder legte und Wulfila ihnen von seinem Plan erzählte, waren sie begeistert. Die Nacht wirkte finster und undurchdringlich, aber die Luft war warm und klar, und das Licht der Sterne reichte aus, um das nördliche Ufer der Ems und das dahinter beginnende Moor nach einiger Zeit deutlich erkennen zu können. Es schien wirklich so, dass Odin ihnen freundlich gesonnen war, seit sie Mimos Siedlung verlassen hatten, denn schon bald nach Einbruch der Nacht sahen sie weiter entfernt einzelne Lichter in der Finsternis, die sich manchmal auf und nieder bewegten, als tanzten die Moorgeister ihren geheimnisvollen Reigen über dem schwarzen Sumpf. Je mehr sich ihre Augen an die Dunkelheit gewöhnten, umso deutlicher wurde, dass es die Reiter sein mussten, die dort am Rand des Moores lagerten, und einige Male glaubten sie sogar, vereinzelte Stimmen zu hören, die durch die Stille der Nacht zu ihnen hinüberdrangen. Mit Odins Hilfe konnte Wulfilas Plan gelingen. Sie mussten nur einen Weg um das Lager herum finden und sich unbemerkt daran vorbeischleichen, um zu einem schmalen, verborgenen Steg zu gelangen, der schon vor undenklichen Zeiten aus dicken Holzbohlen angelegt worden war und nicht mehr benutzt wurde. Selbst für Wegekundige war es sehr gefährlich, diesen Weg zu gehen, noch dazu nachts, denn die kurzen Bohlen waren zum Teil im Moor versunken, und der Pfad lag streckenweise unter dem brakigen Wasser und war so schmal, dass ein einziger Fehltritt reichte, um für immer vom Morast verschluckt zu werden. Der Weg führte in mehreren engen Windungen zur tiefsten Stelle des Sumpfes, wo er an einer winzigen Insel endete. Wulfilas Plan war, die Reiter auf diesen Pfad zu locken, denn für Fremde war der Steg eine tödliche Falle, aus der es kein Entrinnen gab.

Sie ließen die Zugtiere und den Wagen zurück, als sie sich spät in der Nacht auf den gefahrvollen Weg machten. Die Ochsen waren auf der Insel vor Raubtieren sicher und wussten sich auch zu wehren, wenn ihnen irgendetwas zu nahe käme. Weil die schwere Waffe ihn nur behindern würde, versteckte Wulfila noch das Langschwert unter dem dichten Laub, bevor sie sich, jeder mit einer Fackel und zwei Feuersteinen ausgerüstet, durch den Fluss zum nördlichen Ufer schlichen.

Der Händler ging langsam und geduckt voran, während Bardo und seine Freunde ihm hintereinander in der gleichen Haltung folgten. Sie hatten ausgemacht, nicht miteinander zu sprechen, bis sie das Lager der Reiter hinter sich gebracht hatten und das Moor erreichen würden. Auf dem weichen, federnden Boden kamen sie lautlos voran. Überall wuchsen dichte, verkrüppelte Birken- und Eichenbüsche, zwischen denen sie sich rasch fortbewegen und gut verbergen konnten, und schon bald waren sie dem Lager so nahe, dass sie das Feuer erkennen konnten, um das sich die Männer versammelt hatten. Etwas abseits standen die Pferde, denen die Fesseln locker zusammengebunden waren, damit die Tiere nicht ins Moor hinauslaufen konnten, wo das schwarze Wasser sie für immer in die Tiefe ziehen würde. Wulfila duckte sich zwischen einen hohen, breiten Birkenbusch und den Stamm einer jungen Eiche und winkte die Freunde zu sich heran.

Die drei erkannten die Reiter sofort an den dunklen Kappen, die sie auch jetzt trugen. Bardo vergaß, dass der Händler ihnen eingeschärft hatte, nicht zu sprechen, und flüsterte aufgeregt: „Sie sind es."

Als habe er es gehört, erhob sich im gleichen Augenblick einer der Männer, nahm etwas vom Boden auf, das aussah wie eine Streitaxt, und ging langsam auf sie zu. Ein zweiter Mann folgte ihm mit einem Schwert in der Hand. Sie sprachen leise miteinander, während sie sich zielstrebig näherten. Wie von Thors Hammer getroffen, duckten sich die vier so tief sie konnten in den Schatten der Birke. Eine winzige Bewegung würde sie verraten, wenn Bardos Worte es nicht schon getan hatten. Wulfila griff sich an die Seite, wo er eigentlich das Langschwert im Gürtel getragen hätte. In diesem Moment verfluchte er sich dafür, dass er die Waffe auf der Insel zurückgelassen hatte. Sie waren den Reitern schutzlos ausgeliefert.

Die Männer sprachen nicht mehr und waren jetzt so nah herangekommen, dass die vier die Gesichter in der grauen Dunkelheit erkennen konnten. Der Mann mit der Streitaxt blieb zwei Schritte vor der Birke stehen und deutete mit seiner Waffe auf den Busch, hinter dem Wulfila und die Freunde starr vor Entsetzen auf das grauschimmernde Metall blickten, das sich ihnen todesdrohend entgegenreckte. Der Zweite trat etwas seitlich noch einen Schritt näher heran, nahm wortlos sein Schwert mit beiden Händen und hob es weit über den Kopf, um mit aller Kraft auf sie einzuschlagen.

In dem Augenblick, in dem Wulfila mit lautem Geschrei aufspringen wollte, fuhr das Schwert mit einem dumpfen Geräusch in den armdicken Stamm der Eiche direkt neben ihnen. Gleich darauf krachte die schwere Axt des anderen in das berstende Holz. Der Baum neigte sich knarrend zur Seite, während der Schwertträger noch einmal auf den Stamm einhieb und ihn durchtrennte. Dann nahmen sie ihn stumm auf und zogen ihn zum Feuer hinüber.

Sie hörten das leise schleifende Geräusch der Äste auf dem Boden, das sich langsam entfernte, und konnten sich im ersten Moment nicht bewegen. Wulfila atmete einige Male tief ein und aus, bevor er die Freunde durch eine Bewegung aufforderte, ihm zu folgen. Tief geduckt und mit angstvollen Blicken zum Feuer, pirschten sie hinter dem Händler zwischen den Büschen hindurch am Lager der Reiter vorbei auf das Moor zu.

Die Männer hatten Holz für das Feuer geschlagen, denn schon bald schlugen die Flammen gierig in die Höhe und erhellten die Nacht im näheren Umkreis, als die vier bereits im Schutz der Dunkelheit den Rand des Sumpfes erreichten. Wulfila brauchte nicht lange, bis er den Steg fand, der in das tödliche nachtschwarze Moor führte. Sie waren nun weit genug vom Lager entfernt, dass sie leise miteinander sprechen konnten.

„Odin beschützt uns", raunte Wulfila, der schon auf den ersten Bohlen stand, über die sie sich in den Sumpf tasten würden, „und er wird uns auch weiter beschützen. Gran und seine Männer waren nicht bei ihnen. Ich gehe voran, und ihr folgt mir hintereinander und haltet euch an den Händen. Achtet darauf, dass die Fackeln nicht nass werden, sie sind unsere Waffen gegen diese finsteren Gesellen. Sie werden uns in die Falle gehen, da könnt ihr sicher sein."

Bardo und seine Freunde nickten stumm, während sie zitternd auf das dunkle Wasser blickten, das tückisch und still vor ihnen lag. Das Licht der Sterne spiegelte sich auf der glatten Oberfläche, aus der, unheilvoll und drohend, hin und wieder zerborstene, schwarze Baumstümpfe emporragten, deren Umrisse sich in der klaren Nacht verloren.

Wulfila ging mit vorsichtigen Schritten voran und erinnerte sich daran, wie er diesen Weg entdeckt und ausgekundschaftet hatte. Er kannte jeden Schritt und wusste genau, wo es besonders gefährlich für sie werden konnte. Bardo und die anderen folgten ihm schweigend. Nur einmal blickten sie sich um und sahen das Lagerfeuer der Reiter flackernd und hell hinter sich.

Es schien, als sei lange Zeit vergangen, als Wulfila endlich stehen blieb und vor sich deutete. „Sie ist noch da", sagte er leise und machte einen langen Schritt nach vorne. Bardo und seine Freunde folgten ihm und spürten plötzlich weichen feuchten Boden unter ihren Füßen. Sie hatten die kleine Insel erreicht, an der der Steg endete. Von hier aus würden sie die Reiter ins Moor locken, aus dem sie nicht entkommen konnten.

„Nehmt eure Feuersteine und schlagt sie kräftig aneinander", sagte Wulfila, der seine Steine schon in der Hand hielt, „wir zünden zuerst das dünne trockene Wollgras hier auf der Insel an und daran dann unsere Fackeln. Wenn alles in Flammen steht, gehen wir mit den Fackeln ein paar Schritte auf die Bohlen zurück, schwenken sie hin und her und schreien so laut wir können. Alles andere geschieht von selbst, ihr werdet sehen."

Schon nach kurzer Zeit flammten die ersten Gräser auf, und wenig später stand die ganze Insel in loderndem Feuer über dem schwarzen Moor. Wulfila begann mit lauter, rauer Stimme wie ein tobender Fenriswolf zu brüllen, dass es schauerlich durch die Nacht hallte. Und nachdem die Freunde zuerst zögernd einstimmten, schrien sie bald alle Flüche über den Sumpf hinaus, die sie je von Gero und den anderen Männern gehört hatten.

Während sie noch unsicher auf den gefährlich schmalen Bohlen vor der Insel standen und die Fackeln in den züngelnden, hoch aufschießenden Flammen anzündeten, sahen sie, dass einige Reiter drüben an ihrem Feuer bereits aufgesprungen waren und wild gestikulierend auf das Moor zurannten. Bardo und seine Freunde schwenkten die brennenden Fackeln hin und her, schrien alle Götternamen, die sie kannten, und hofften gleichzeitig, die Götter mögen betrunken in Asgard sitzen und sie nicht hören. Wulfila stand vor den dreien und schnaubte und brüllte, als sei er ein leibhaftiger *Thurse*. Ihre Augen waren so gut an die Dunkelheit gewöhnt,

> *Thurse:* Die Thursen waren besonders bösartige Riesen. Als gefährlichste galten die Reifriesen.

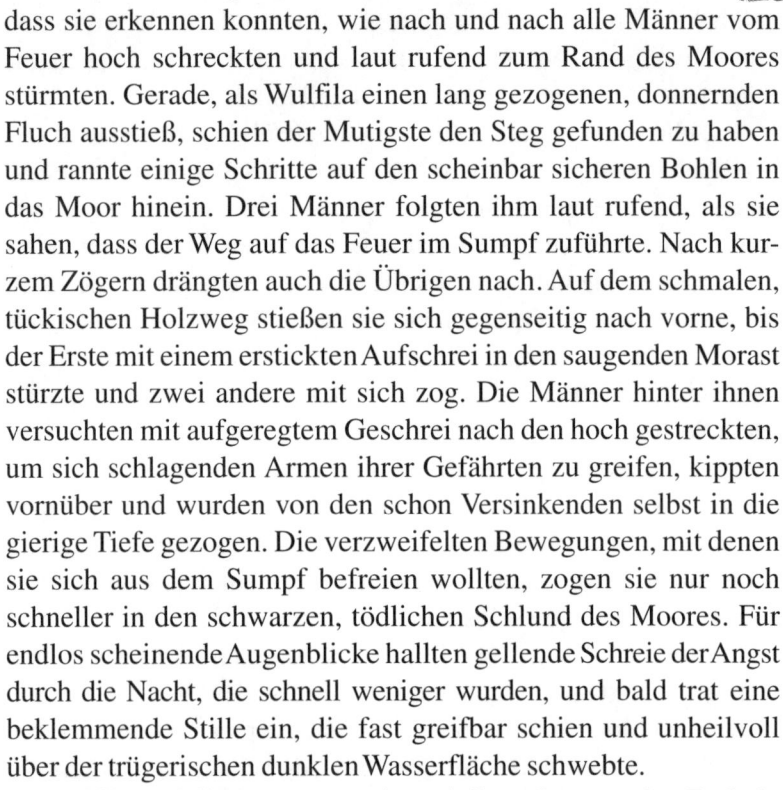

dass sie erkennen konnten, wie nach und nach alle Männer vom Feuer hoch schreckten und laut rufend zum Rand des Moores stürmten. Gerade, als Wulfila einen lang gezogenen, donnernden Fluch ausstieß, schien der Mutigste den Steg gefunden zu haben und rannte einige Schritte auf den scheinbar sicheren Bohlen in das Moor hinein. Drei Männer folgten ihm laut rufend, als sie sahen, dass der Weg auf das Feuer im Sumpf zuführte. Nach kurzem Zögern drängten auch die Übrigen nach. Auf dem schmalen, tückischen Holzweg stießen sie sich gegenseitig nach vorne, bis der Erste mit einem erstickten Aufschrei in den saugenden Morast stürzte und zwei andere mit sich zog. Die Männer hinter ihnen versuchten mit aufgeregtem Geschrei nach den hoch gestreckten, um sich schlagenden Armen ihrer Gefährten zu greifen, kippten vornüber und wurden von den schon Versinkenden selbst in die gierige Tiefe gezogen. Die verzweifelten Bewegungen, mit denen sie sich aus dem Sumpf befreien wollten, zogen sie nur noch schneller in den schwarzen, tödlichen Schlund des Moores. Für endlos scheinende Augenblicke hallten gellende Schreie der Angst durch die Nacht, die schnell weniger wurden, und bald trat eine beklemmende Stille ein, die fast greifbar schien und unheilvoll über der trügerischen dunklen Wasserfläche schwebte.

Wulfila und die Jungen standen mit ihren brennenden Fackeln auf dem rutschigen Bohlensteg und starrten regungslos auf den Sumpf und das rötlich scheinende Lagerfeuer der Reiter, das weit vor ihnen still und verwaist im Dunkel der Nacht flackerte. Hinter ihnen sanken die Flammen langsam in sich zusammen, bis die Insel nur noch von glimmenden, gekrümmten Halmen und verkohltem Boden bedeckt war.

„Es ist vorbei", sagte Wulfila nach einer Weile, „das Moor hat sie alle verschluckt."

„Und was tun wir jetzt?", fragte Bardo zaghaft. Die Todesschreie der Männer klangen noch in seinen Ohren, und er wagte nicht, einen Schritt auf den Händler zuzugehen, der vor ihm stand.

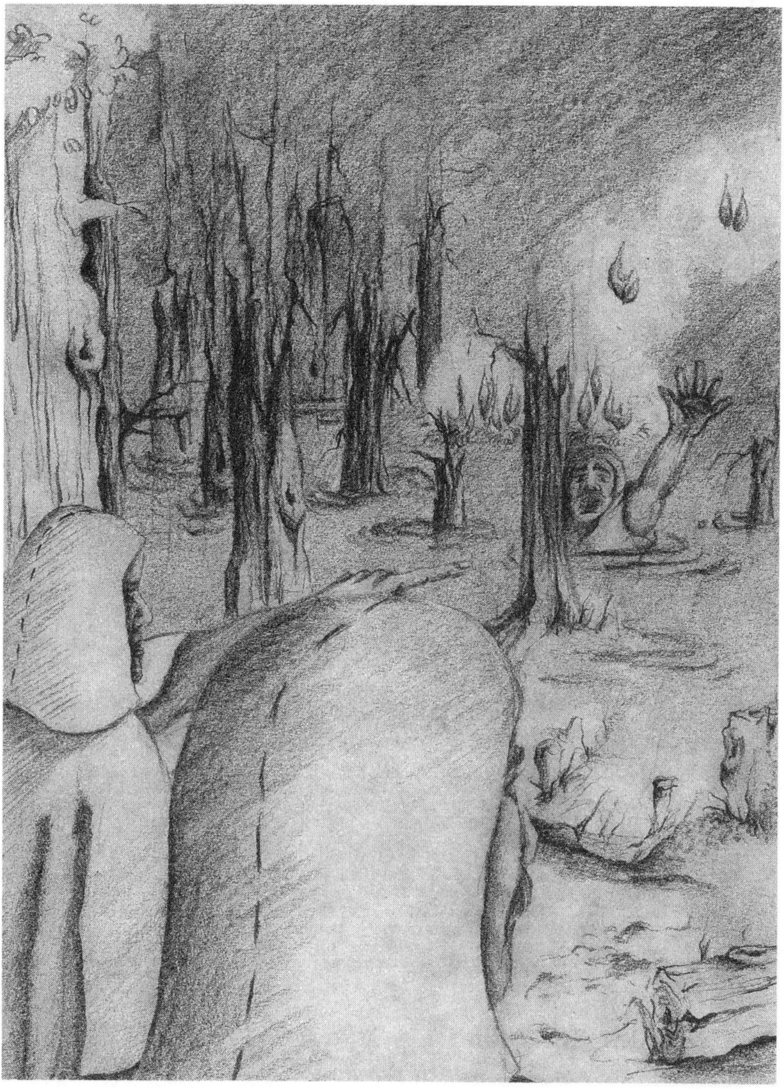

Hinter ihm hielten Sigur und Ansmar ihre Fackeln vor sich auf den kaum zu erkennenden Steg und schwiegen.

„Wir nehmen die Pferde, beseitigen alle Spuren und reiten zur Biberinsel zurück", sagte der Händler kalt, „wenn wir verschwunden sind, wird niemand erfahren, was geschehen ist und dass die Franken hier gelagert haben."

Noch während er sprach, hielt er seine Fackel hoch und begann mit langsamen Schritten vorauszugehen. Bardo und seine Freunde sagten nichts. Sie folgten ihm und blickten stumm und voller Angst auf das finstere Moor, als erwarteten sie, dass jeden Augenblick die Gesichter der Ertrunkenen im Schein der Fackeln unter der Wasseroberfläche auftauchen würden. Als sie die Stelle erreichten, an der die Reiter vom Moor verschluckt worden waren, stieß Bardo plötzlich einen spitzen Schrei aus und taumelte Wulfila entgegen. „Da ..., da vorne!", stammelte er und zeigte mit zitternder Hand auf den dunklen Sumpf, „seht ihr sie? Sie steigen aus dem Wasser! Sie rächen sich und holen uns!"

Der Händler fing ihn auf. Er hatte die winzigen bläulichen Lichter, die über dem schwarzen Moor tanzten, längst entdeckt und gehofft, die Jungen würden sie nicht bemerken. „Das sind die Moorgeister", sagte er beschwichtigend und versuchte sein Gleichgewicht nicht zu verlieren, während er Bardo fest hielt. „Ihr wisst doch, dass sie an warmen Sommertagen manchmal über die Sümpfe flimmern. Sie führen nur die in die Irre, die die Wege nicht kennen, um sie ins Moor zu locken und hinunterzuziehen. Für uns sind sie nicht gefährlich. Und nun kommt!"

Bardo beruhigte sich und stand kurze Zeit später wieder sicher auf dem Steg hinter dem Händler. Ansmar und Sigur blickten immer noch mit weit geöffneten Augen auf das Moor und die blau schimmernden Lichter, die in der schwarzen Nacht über der Oberfläche des Sumpfes glimmten. Aber Wulfila hatte Recht. Jeder wusste um die Gefahr, die von den Moorgeistern ausging, und die bestand nur für Fremde. Die Geister der fränkischen Reiter waren längst in der Hel, aus der sie nicht entkommen konnten, und ihre toten Körper ruhten für alle Zeiten im tiefen Morast des Sumpfes.

Der Händler führte sie im Schein der Fackeln sicher wieder auf den festen Boden. Sie blickten noch einmal zurück und sahen die kleine Insel wie einen schwach schimmernden flachen Hügel über dem Moor liegen, dann wandten sie sich den Pferden zu, die ihnen leise schnaubend entgegenblickten. Wulfila befreite die Tiere von ihren Fesseln, während die Jungen das Feuer löschten und die Glut mit feuchtem Boden bedeckten.

Die Franken hatten den Pferden die Sättel und das Zaumzeug nicht abgenommen. Wahrscheinlich wollten sie nur eine kurze Rast einlegen, um ihren Weg zum heiligen Hain noch in der Dunkelheit fortzusetzen. Wulfila schwang sich auf eins der Tiere und rief den Freunden zu: „Wir sind gerade noch früh genug gekommen – etwas später und wir hätten sie nicht mehr eingeholt." Er wies auf die anderen Pferde. „Ich hoffe, ihr könnt reiten!", rief er wieder, „jeder nimmt sich eins und führt ein zweites am Zaumzeug mit sich, so sind wir schnell wieder auf der Biberinsel."

Bardo und seine Freunde saßen bald in den Sätteln, und im ersten Morgengrauen sahen sie an den hellgrauen Nebelfeldern, die in dünnen Fäden über dem Land waberten, dass sie die Ems erreicht hatten. Vom Ufer aus erkannten sie die Biberinsel, die scheinbar still und friedlich in der Mitte des Flusses lag. Sigur preschte mit einem lauten Ruf an Wulfila vorbei durch das niedrige Wasser und stand als Erster mit seinen Pferden auf dem sandigen Uferstreifen der Insel. Bardo und Ansmar folgten ihm, während der Händler ihnen lächelnd zuschaute, bevor er seine Tiere ebenfalls durch den Fluss trieb.

Wir haben es geschafft, die Reiter können uns nicht mehr gefährlich werden, dachte Wulfila zufrieden, als ein erschreckter Ruf von der Insel ertönte. Gleich darauf hörte er laute Stimmen, die aufgeregt durcheinander sprachen. Die Angst, die ihm in die Glieder fuhr, ließ ihn erbeben, denn er ahnte, was während ihrer Abwesenheit geschehen war, und trat dem Pferd, auf dem er saß, in die Flanken, während er das Zaumzeug des anderen losließ. Er sah noch, dass das Tier stehen blieb und an den Blättern eines niedrigen Buchenstrauches zupfte, dann stand er schon vor Bardo und seinen Freunden, die von den Pferden gesprungen waren und sich über etwas beugten, das er nicht sofort erkennen konnte.

Er blickte hoch und sah aus der hinteren Flanke eines der Ochsen dickes schwarzes Blut heraustreten, das in mehreren dünnen Bahnen über die Hinterhand des Tieres nach unten strömte.

„Ein Luchs", sagte Sigur, während er sich aufrichtete und Wulfila anschaute, „er muss die Ochsen angegriffen haben. Aber er konnte nicht wissen, mit wem er es da zu tun bekommen würde. Bergelmir und Hati haben ihm mit ihren Hufen den Schädel zertrümmert."

Der Händler nickte, ging zu dem verletzten Zugtier hinüber und streichelte ihm beruhigend über den Rücken. Seine Ahnung hatte ihn nicht getäuscht, aber er hätte wissen müssen, dass ein einzelner Luchs gegen die zwei nur der Verlierer sein konnte.

Nachdem der dünne Nebel aufgestiegen war und sich ein strahlend blauer Himmel über die Wälder spannte, versorgte Wulfila die Wunde des verletzten Ochsen und gab beiden Zugtieren Heu und Wasser, während die Jungen die Pferde abrieben und fütterten. Später lagen sie am Wagen und aßen von Wulfilas Wisentfleisch. Die Ereignisse der vergangenen Nacht ließen Bardo und seine Freunde lange nicht los, und manchmal glaubten sie, weit entfernt die verzweifelten Schreie der Ertrinkenden zu hören, die Unheil drohend und anklagend über das Moor hallten. Wulfila ahnte die Gedanken der drei, denn auch er sah die Bilder der Sterbenden vor sich. Sie waren Menschen gewesen, die vielleicht nur das ausführen mussten, was ihnen befohlen wurde. Die wirklichen Übeltäter verbargen sich im Dunkel und warteten feige darauf, was geschehen würde, um später, wenn ihr Plan nicht gelang, so zu tun, als hätten sie von allem nichts gewusst. Nach den Erzählungen Sigurs und seiner Freunde und dem, was er gemeinsam mit ihnen erlebt hatte, wurde Wulfila immer klarer, wer hinter dem schrecklichen Geschehen auf Geros Hof und Vargas geheimnisvollem Verschwinden steckte.

Er stand auf. „Der Sumpf hat die Reiter in die Tiefe gezogen, sie sind bei Hel, und ihre Schreie sind verstummt", sagte er mit einem Blick auf die Jungen, „und jetzt werden wir uns um die Verräter kümmern." Während er das Langschwert unter dem Laub hervorholte, fuhr er mit einem Blick auf die Waffe fort: „Gram wird ihr Blut trinken, das könnt ihr mir glauben. Odin hat uns die Pferde der Franken geschenkt. Mit ihnen sind wir schnell und stark. Gran und seine Freunde werden früher in der Hel sein, als ihnen lieb ist." Er unterbrach sich und überlegte kurz, dann sagte er: „Bevor wir zum heiligen Hain aufbrechen, werden wir einen Zaun bauen, in dem die Tiere sicherer sind. Wir lassen die Ochsen und vier Pferde auf der Insel zurück, sie würden uns nur behindern. Odin hat uns begleitet und beschützt, er wird auch die Tiere beschützen."

„Und wenn ein Bär versucht, einen Ochsen oder ein Pferd zu schlagen?", fragte Bardo, „für ihn ist ein Zaun kein Hindernis."

„Wir müssen uns entscheiden", antwortete Wulfila, „im heiligen Hain lauert der Tod auf Varga, und wir müssen schnell sein, wenn wir sie retten wollen – wir haben keine andere Wahl. Ich glaube nämlich, dass auch alles andere Unheil, das Geros Hof getroffen hat, von dort ausgeht. Was bedeutet da noch ein von einem Luchs oder einem Bären gerissener Ochse oder ein totes Pferd?"

„Glaubst du, dass Gran auch mit dem Mord im Sumpf, den ich beobachtet habe, und dem Mann mit der Streitaxt im Rücken zu tun hat?", fragte Sigur, der schon damit begonnen hatte, einzelne stärkere, glatte Äste von einer Erle abzubrechen.

Wulfila nickte wortlos, während er den ersten Stamm mit dem Langschwert fällte. Sie arbeiteten schweigend. Am späten Nachmittag stand der Zaun aus dicken, brusthohen Erlenstämmen, zwischen denen sie biegsame Äste miteinander verflochten. Die Umzäunung war nur ein geringer Schutz, aber die zurückbleibenden Tiere konnten sich nicht durch das niedrige Wasser von der Insel entfernen und waren von den Ufern aus kaum zu sehen, denn der Zaun wurde von den umstehenden Bäumen zum Teil verdeckt. Das dicht wachsende Gras und ein kleines Wasserloch innerhalb der Umzäunung boten genügend Futter und Wasser für die Tiere.

Als die Dämmerung hereinbrach, sattelten sie die vier besten Pferde. Wulfila ließ das Langschwert in eine Lederhalterung am Sattel gleiten und schob das Kästchen mit den Bernsteinen in eine Tasche, die auf der anderen Seite angebracht war. Danach gab er jedem einen Beutel aus glattem Ziegenleder, den sie mit frischem

Wasser füllten. Anschließend schwangen sie sich auf die Tiere und ritten in die beginnende Dunkelheit hinein.

Der Mond hing nur noch als feine schmale Sichel am Himmel, und es schien ihnen, als könnten sie die funkelnden Sterne über sich mit den Händen greifen, während sie das verlassene Lager der Reiter erreichten. Ein beängstigendes, Unheil verkündendes Gefühl beschlich sie, als sie an der Feuerstelle vorbeiritten, über der immer noch der Geruch verkohlten Holzes lag. Sie hielten nicht an, sondern lenkten ihre Pferde auf den geheimen Pfad, der zu einer Wegegabelung in der Mitte des Sumpfes führte, von der aus sie den Weg nach Norden zum heiligen Hain einschlugen.

„Die Reiter haben es Gorons Moor genannt", sagte Ansmar schaudernd. Die Gabelung lag schon eine Weile hinter ihnen, und sie sahen, wie die riesige Sonnenscheibe über den weit entfernten Wäldern am Rande des Sumpfes aufging. Trotz des hellen Tageslichtes, das bald die dunkle, nur von einzelnen schwarzen, zersplitterten Baumstümpfen unterbrochene Oberfläche des tückischen Moores überflutete, empfanden sie die Stille als bedrohlich, und sie spürten, dass sie sich in großer Gefahr befanden.

„Goron ..., Goron ...", murmelte Wulfila, der während der ganzen Zeit voranritt, „der Seher ist seit undenklichen Zeiten Odins Diener und wird niemals dem Frankenkönig und schon gar nicht dessen schwachem Gott dienen. Die Franken haben nach dem Überfall auf euren Hof den heiligen Hain zerstört und versucht, Goron zu töten. Warum sollte er sich gerade mit seinen Todfeinden verbündet haben?"

„Vielleicht lebt Goron schon lange nicht mehr", sagte Bardo nachdenklich und blickte voller Angst auf das Moor, als erwarte er jeden Augenblick, dass der unheimliche Seher aus dem finsteren Wasser auftauchen könnte. Er schwieg einen Moment, bevor er leise fortfuhr: „Niemand hat ihn gesehen, und keiner weiß, wer er ist ..."

„Varga hat von ihm geträumt", unterbrach Sigur ihn, „hast du das vergessen?"

„Aber sie hat auch gesagt: ,Vielleicht ist alles nur in unseren Köpfen', verstehst du das?"

„Nein."

„Varga muss sehr klug sein", sagte Wulfila, dem plötzlich ein Gedanke kam, „ich glaube, ich weiß, was sie damit sagen wollte. Und wenn sie Recht hat, dann werden wir eine große Überraschung erleben."

„Wie meinst du das?", fragte Ansmar.

„Vielleicht gibt es den Seher, und es gibt ihn nicht", antwortete Wulfila geheimnisvoll.

„Es gibt ihn, und es gibt ihn nicht ...?

„Ja. Glaubt mir, ich habe schon viel erlebt. Und ich bin vielen Menschen begegnet und weiß, dass man sie nie wirklich kennt. Denkt nur an den Köhler."

„Dann darf man ja keinem trauen", sagte Bardo.

„Vertraut ihr mir?"

„Ja ..., aber ..."

„... achtet immer auf das, was die Menschen tun, und nicht so sehr auf das, was sie sagen. Vergleicht das, was sie sagen, mit dem, was sie tun. Erinnert sie an ihre Worte, wenn es darauf ankommt, dann werdet ihr sehen, wie sie damit umgehen, und vielleicht erfahren, mit wem ihr es zu tun habt ..."

Bardo antwortete nicht. Nach Wulfilas Worten saßen sie wieder schweigend auf ihren Pferden. Mit leichtem Schritt trugen die Tiere sie über den schmalen, weichen Pfad, der sie immer näher an den dunklen Waldrand heranführte, hinter dem irgendwo der heilige Hain lag, in dem Varga auf ihren Tod wartete.

Sie waren lange geritten, als sie sich umschauten. Das Moor lag hinter ihnen, sie waren niemandem begegnet, und trotzdem spürten sie etwas Unheimliches, das sie umgab wie das unsichtbare Netz einer giftigen Spinne, aus dem es kein Entkommen gab. Ihnen fröstelte, obwohl es sehr warm war. Die Sonne hatte ihren Zenit längst überschritten und stand grell am wolkenlosen Himmel, als Wulfila den etwas breiteren Weg erreichte, hinter dem der dichte, finstere Wald begann, durch den sie nun reiten mussten.

Er winkte den dreien zu. „Wir rasten am Waldrand!", rief er und schwang sich mit steifen Beinen aus dem Sattel. Während er nach dem Wasserbeutel griff, wieherte sein Pferd plötzlich laut und schreckte auf, indem es den Kopf mehrere Male ruckartig hob. Auch die Tiere, auf denen Bardo und seine Freunde saßen, tänzelten und schnaubten aufgeregt und versuchten, zur Seite auszubrechen. Blitzschnell zog Wulfila sein Schwert aus der Lederhalterung am Sattel. Die Klinge blitzte im Sonnenlicht, als der Händler, die Waffe vor sich haltend, langsam auf den Waldrand zuging.

Er hatte die ersten Bäume noch nicht erreicht, als ein lautes Grunzen und Quieken aus dem Wald drang. Gleich darauf brach eine große, schwere *Bache* aus dem Unterholz, die direkt auf Wulfila zustürmte und kurz vor ihm wieder zum Waldrand abbog, wo sie grunzend im dichten Gestrüpp verschwand. Hinter ihr flitzten sechs *Frischlinge* aufgeregt quiekend zwischen Wulfilas Beinen hindurch und folgten ihrer Mutter. Der Händler stand für wenige Augenblicke regungslos und breitbeinig da und blickte verdutzt an sich hinunter. Dann schaute er Bardo und seine Freunde überrascht an, ließ das Schwert fallen und lachte schallend, bis die drei mit einfielen. Ihnen war, als lösten sich in diesem Moment alle Spannungen der letzten Stunden.

„So ein Wildschweinbraten wäre gerade richtig gewesen", brummte Wulfila später, als sie sich nach der Rast wieder in die Sättel schwangen.

„Wenn es ein *Keiler* gewesen wäre, hätte es auch anders ausgehen können", sagte Sigur mit einem Grinsen, „der wäre nicht einfach weggerannt."

„Die Männer, auf die wir heute Nacht treffen, laufen auch nicht weg", antwortete Wulfila plötzlich mit ernster Stimme, „aber ich glaube, wir sind im Vorteil, weil sie denken, dass die Reiter uns abfangen werden."

„Wenn sie sich begegnet sind."

„Sie müssen sich getroffen haben. Die drei sind bestimmt schon im heiligen Hain und bereiten ihr grausames Werk vor." Wulfila nickte, als wolle er sich selbst bestätigen. „Sie werden also denken, dass wir längst in der Hel sind", fuhr er fort, „und sich sehr erschrecken, wenn wir plötzlich vor ihnen stehen."

„Hast du wieder einen Plan?", fragte Bardo.

„Mit Odins Hilfe – ja."

Die ersten Schatten der Nacht huschten bereits durch den Wald, als sie später von ihren Pferden stiegen und sie am Zaum führten. Vor ihnen lag kein erkennbarer Weg, aber sie ahnten, dass sie dem heiligen Hain sehr nahe gekommen waren.

Die Tiere schnaubten leise, während die Vier sich Schritt für Schritt in der undurchdringlich scheinenden Finsternis zwischen den eng stehenden Bäumen vorantasteten. Sie lauschten in den Wald hinein und spürten eine seltsame, schwere Stille, die in der schwarzen Dunkelheit auf sie lauerte. Ihnen war, als schleiche der grimmige *Sköll* durchs Unterholz, der alles Licht verschluckte und sie mit gierigem, verschlagenem Blick beobachtete.

Bardo und seine Freunde konnten nur schwer die Umrisse Wulfilas und des Pferdes direkt vor sich erkennen, aber sie sahen, wie der Händler eine Hand hob. Im gleichen Augenblick bemerkten sie weiter vorne einen schwachen Lichtschein zwischen den dunklen Baumstämmen hindurchscheinen. Die Tiere wurden unruhig, als ahnten sie die drohende Gefahr, der sie sich näherten. Wulfila war stehen geblieben. Sie konnten erkennen, wie er sein Pferd an einem Baum fest machte und ihnen bedeutete, das Gleiche zu tun. Sie hatten den heiligen Hain erreicht.

Schweigend ließen sie die Pferde hinter sich und schlichen tief geduckt auf die Lichtung zu, von der der Feuerschein zu ihnen drang. Das blanke Metall des Langschwertes, das Wulfila stoßbereit in einer Hand trug, schimmerte todbringend im wenigen Licht. Kurz bevor die Bäume zurückwichen und den Blick auf die freie Fläche freigaben, legte der Händler sich flach auf den Boden und robbte bis an den Waldrand heran. Die Jungen folgten ihm und lagen bald schwer atmend hinter einem breiten, hohen Busch neben Wulfila.

> *Bache* nennt man das weibliche Wildschwein.
> *Frischlinge:* Die Wildschweinferkel werden Frischlinge genannt.
> *Keiler* nennt man das männliche Wildschwein.
> *Sköll:* Grimmige Wolf, der in der germanischen Göttersage die Sonne jagt.

Durch das dichte Geäst konnten sie die Lichtung gut erkennen, in deren Mitte sich eine gewaltige Eiche in den rötlich scheinenden Nachthimmel reckte. Der Baum trug keine Blätter und sein mächtiger Stamm mit den knorrigen, weit ausladenden Ästen war anscheinend von einem verheerenden Feuer verkohlt worden. In der drückenden Stille der Nacht drangen die Stimmen von drei dunklen, in lange graue Umhänge gehüllten Männern zu ihnen, deren schwarze geisterhafte Schatten sich im flackernden Schein der Flammen unter dem riesigen schwarzen Baum um einen länglichen, hüfthohen Stein bewegten, auf dem eine vermummte, scheinbar leblose Gestalt lag. Ein vierter Mann saß zusammengesunken an einem der Bäume im Hintergrund, als schliefe er.

„Der Händler und die Jungen können uns nicht mehr gefährlich werden", sagte einer der Männer gerade zu einem anderen, der sich nach etwas Länglichem hinunterbeugte, das an dem Stein lehnte.

„Die Reiter werden sie ins Moor getrieben haben, sie sind längst bei Hel", antwortete der Mann und hob den Gegenstand auf. Bardo und die Jungen zuckten zusammen, denn sie erkannten im Feuerschein den Sax, den Oro geschmiedet hatte. „Und wenn die Franken hierher kommen, locken wir sie in den Sumpf", fuhr der Mann fort und hielt die Waffe mit beiden Händen vor sich, „aber vorher werden wir mit diesem Schwert die Rache an dem Mädchen vollenden, das uns so gefährlich geworden ist. Niemand wird uns dabei stören, und wir werden allen erzählen, die Franken hätten sie umgebracht, dann haben wir die Macht über Geros Hof und alle anderen und alle Opfergaben werden uns gehören." Er lachte plötzlich laut, und seine Stimme hallte schrill und drohend über die Lichtung.

Die anderen stimmten mit ein. „Die Götter haben dir den Plan eingegeben – Goron!", rief einer der beiden höhnisch, während er sich über die lang gestreckte Gestalt auf dem Stein beugte und ihr die Kapuze herunterzog.

Bardo und seine Freunde schreckten unwillkürlich zusammen, als sie den Namen des Sehers hörten und im Schein der Flammen das leuchtend rote Haar sahen, das unter der Kapuze hervortrat. Die Gesichter der Männer konnten sie nicht erkennen, weil sie mit dem Rücken zum Feuer standen, aber sie hatten ihre Stimmen erkannt. Und die Gestalt, die auf dem Stein lag, konnte nur Varga sein.

„Ja ..., ich bin Goron ..., Goron der Seher, den noch nie ein Mensch gesehen hat ..., ha, ha, ha ...", lachte der dunkle mit dem Sax in der Hand jetzt mit gehässiger Stimme und stieß die Waffe in die Höhe. „Seit die Franken vor einem Sommer den heiligen Hain überfallen und den alten Seher getötet haben, bin ich Goron, und ich bin es nicht ..., ha, ha, ha!", wieder lachte er so laut und boshaft, dass Wulfila und den Jungen ein Schauer des Grauens über den Körper lief. Danach war es plötzlich totenstill auf der Lichtung, während die dunklen Gestalten sich langsam abwandten und auf den zusammengesunkenen Mann am Baum zugingen.

Wie erstarrt lagen die Jungen und Wulfila hinter dem Busch, bis der Händler flüsterte: „Es sind Gran und die zwei Männer, die in der Nacht an der Furt bei Mimo waren und den Siedler und seine Frau getötet haben. Ich hab es geahnt. Aber sie fühlen sich sehr sicher und glauben, wir sind längst in der Hel, habt keine Angst." Er tastete nach dem Knauf seines Schwertes, das er unter sich begraben hatte. „Ich werde ihren hinterlistigen Plan in ihrem eigenen Blut ersticken", murmelte er weiter, „ich muss nur nah genug an sie herankommen. Und ihr müsst mir helfen."

„Gran ...", murmelte Sigur, der sich als Erster etwas von seinem Schrecken erholte, „das wollte Mimo also sagen, bevor er starb. Und wer sind die anderen?"

„Ich glaube, ich kenne sie", antwortete Wulfila leise, „aber ich bin mir nicht sicher. Wir werden es sehen."

Bardo blickte mit weit geöffneten Augen zu Varga hinüber, die leblos auf dem grauen Stein lag. Dann flüsterte er: „Sie ist tot ..., sie bewegt sich nicht. Wir kommen zu spät ..."

„Ja, sie ist tot", sagte Ansmar leise, während er nach Bardos Hand tastete.

„Nein", brummte Wulfila, der den dreien auf der Lichtung nachschaute, wie sie sich immer weiter vom Stein weg auf den vierten Mann zubewegten, „nein, ich glaube, sie lebt. Warum sollte Gran sie sonst noch mit dem Schwert erschlagen?"

„Und wer ist der Mann, der drüben am Baum sitzt?", fragte Sigur, „sie waren in der Nacht an der Furt doch nur zu dritt."

Der Händler wusste keine Antwort darauf. Für einen Augenblick schwiegen sie, während die Männer den Baum erreichten, an dem der vierte saß und schlief. Wulfila beobachtete während der ganzen Zeit die Lichtung und begann leise, den Jungen seinen Plan zu erklären. Nach einigen ängstlichen Fragen schlichen Bardo und Ansmar zögernd durch das Unterholz zu einer Seite des Waldrandes, während Sigur sich flach auf den Boden legte und in die entgegengesetzte Richtung davonrobbte.

Der Händler richtete sich etwas auf, nachdem die Jungen in der Dunkelheit verschwunden waren, und zog das Schwert unter sich hervor. Alles hing jetzt davon ab, wie lange Gran und seine Männer bei dem Vierten blieben, von dem Wulfila nicht wusste, was mit ihm war.

Er schob die Waffe in den breiten Ledergurt und drückte mit einer Hand das Gestrüpp zur Seite, während er, tief auf den Boden geduckt, auf den Stein zuschlich. Der Köhler stand jetzt mit den anderen vor dem Mann am Baum und wandte Wulfila den Rücken zu. Die Zeit schien stehen zu bleiben, als der Händler über die freie Fläche robbte und im grauen Schatten der verkohlten Eiche den Stein erreichte. Mit beiden Händen zog er sich am kalten Fels hoch und blickte in Vargas bleiches Gesicht. Er erkannte sofort, dass sie betäubt war und nur ganz flach atmete. Dann hob er sie vorsichtig an, während er Gran und die anderen beobachtete, die sich so sicher fühlten, dass sie noch immer nicht zu ihrem Opfer auf dem Stein hinüberblickten. Als Varga schwer auf seinen Armen lag, rannte er aufrecht, so schnell er konnte, auf den Waldrand zu.

Er hatte die Lichtung fast überquert, als er gegen eine Baumwurzel trat und mit einem überraschten, erstickten Schrei der Länge nach vornüber fiel. Augenblicklich fuhren der Köhler und seine zwei Begleiter herum.

Nach einem erstaunten, zornigen Ausruf stürzte Gran mit dem stoßbereiten Sax auf Wulfila zu, der ausgestreckt neben Varga auf

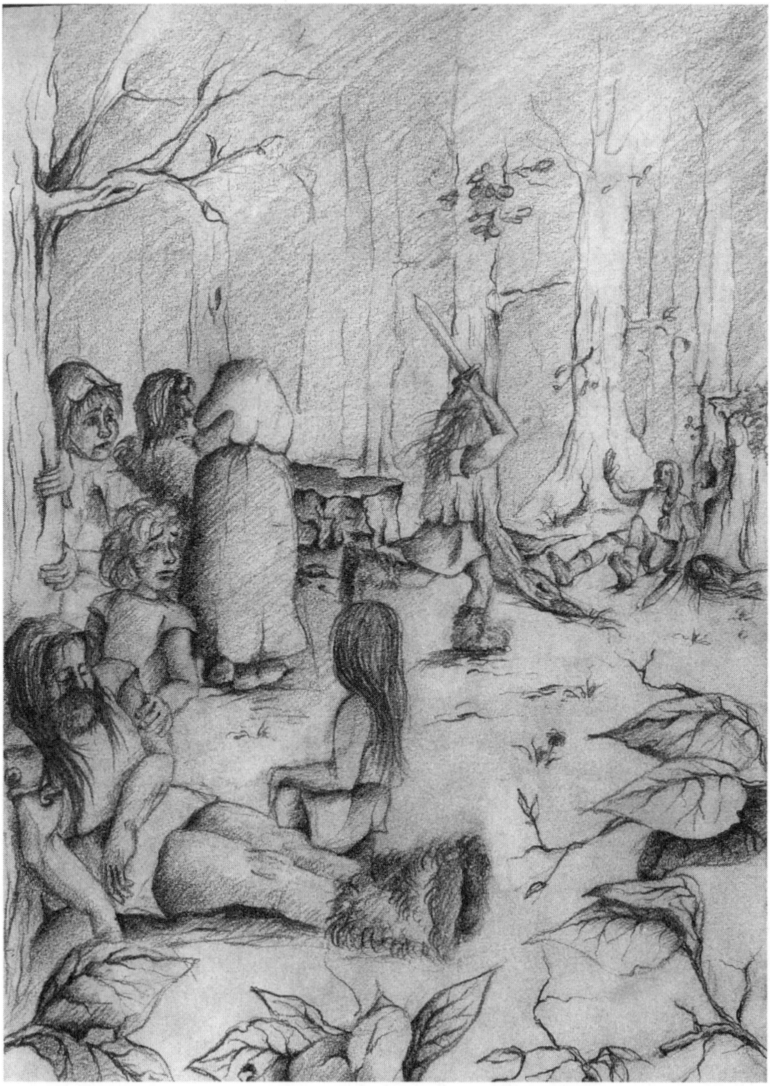

dem Boden lag und gerade noch Zeit fand, das Langschwert aus dem Gurt zu ziehen. Ein heftiger, plötzlicher Schmerz in der Hüfte durchfuhr ihn, als der Köhler bereits mit schnellen Schritten über ihm war und zum tödlichen Stich ausholte. „Stirb!", schrie Gran hasserfüllt. Dann fuhr das Schwert auf Wulfila nieder.

In diesem Moment ertönten vom Waldrand her laute Rufe. Der Köhler blickte für einen Augenblick irritiert in die Richtung, aus der die Schreie kamen, so dass sein Hieb den Händler nur an der Seite streifte. Obwohl der Schmerz ihn beinah lähmte, richtete Wulfila sich ruckartig auf und stieß sein Langschwert voller Wut in die Höhe. Die scharfe, spitze Klinge fuhr Gran in die Brust, durchdrang sie und trat neben dem Rückrat wieder heraus. Der Köhler sank mit einem röchelnden, dumpfen Laut auf die Knie.

Als er leise stöhnend und mit gebrochenen Augen zur Seite kippte, zog Wulfila ihm die Waffe mit einem Ruck aus der Wunde. Dann stützte er sich auf das blutige Langschwert, erhob sich ganz und blickte zu den Männern hinüber, die wie versteinert gegenüber am Baum standen und auf ihn und den getöteten Köhler starrten. Er sah jetzt auch die Schatten von Bardo und seinen Freunden, die aus dem Dunkel des Waldes herausgeschlichen waren. In diesem Augenblick erreichten sie die Männer und umklammerten mit lautem Geschrei von hinten ihre Beine, so dass die zwei hilflos nach vorne kippten.

Nach einem kurzen besorgten Blick auf Varga lief Wulfila mit dem Schwert in den Händen über die Lichtung. Der kurze heftige Schmerz ließ nach, als er den Baum erreichte, vor dem die Jungen die Begleiter des Köhlers niedergestreckt hatten.

„Zeigt mir eure hässlichen Gesichter!", rief er zornig und blickte wütend auf die Männer, die mit den Gesichtern nach unten auf dem Boden lagen, „ich will euch sehen, bevor ich euch in die Hel schicke!"

„Feige Mörder", brummte er voller Verachtung, als die zwei stumm blieben. Er nickte Bardo und seinen Freunden zu, die auf den Rücken der Männer knieten. „Ich werde mit ihnen fertig, denn ich glaube, ich kenne diese hinterhältigen Gesellen. Kümmert euch um den Vierten, damit er sich nicht noch heimlich davonmacht."

Zögernd standen die drei auf und gingen die wenigen Schritte zu der Gestalt hinüber, die noch immer schlafend und zusammengesunken am Baum saß. Als Erster trat Sigur an den Mann heran und wich erschrocken zurück, als er dessen Gesicht erkannte.

„Gero!", rief er ungläubig, „es ist Gero! Er ist der Verräter vom Hof!"

11

Die Heimkehr

Sie brauchten fast zwei Tagesmärsche, bis sie bei strahlender Mittagssonne die Furt durch die Ems unterhalb von Geros Hof erreichten. Als sie durch das Palisadentor ritten, war ihnen, als läge eine tödliche Stille über den Häusern. Gegenüber erkannten sie das abgebrannte Haupthaus, dessen verkohlte Seitenwände und die schwarzen, abgebrochenen Dachsparren wie anklagend in den blauen Himmel ragten.

Wulfila ritt voran und rief laut: „Ist hier niemand?" Sein Ruf war kaum verklungen, als eine große, breite Gestalt mit einem Schmiedehammer in der Hand aus einem der Ställe trat und neben dem Eingang stehen blieb.

„Wer bist du, und was willst du?", fragte der Mann, dessen breite Armreifen im Sonnenlicht blinkten.

„Ich bin Wulfila vom kalten Meer und bringe dir gute Nachrichten", antwortete der Händler, während er hinter sich blickte und den Reitern zuwinkte, die nach und nach neben ihm anhielten. Der Mann mit den Armreifen hielt sich die freie Hand über die Augen, weil die Sonne ihn blendete, und erkannte neben den Reitern zwei gefesselte Männer, die sich kaum noch auf den Beinen halten konnten.

„So, du bist Wulfila. Bist du wirklich der, den ich kenne?", fragte der Mann am Stall.

„Ja, Oro, ich bin der, den du kennst."

„Dann bist du ein Freund und willkommen", antwortete der Schmied und unterbrach sich erschrocken, als er erkannte, wer die Reiter neben dem Händler waren. Er sah Gero, der seltsam gekrümmt hinter dem Händler auf dem Pferd saß, und blickte eine Weile stumm in die Gesichter Vargas, Bardos und der übrigen, die sich jetzt von den Pferden schwangen und auf ihn zugingen. Der

Hammer glitt ihm aus der Hand, dann streckte er mit weit geöffneten Augen beide Hände abweisend gegen die Gestalten, die ihm entgegenkamen und rief mit angstvoller Stimme: „Zurück, ihr Geister ..., ihr seid bei Hel, ihr könnt es nicht sein!" So stand er wie erstarrt, bis Bardo und Varga ihn erreichten und umarmten. Als er die Körper der beiden spürte und ihre Stimmen hörte, liefen ihm dicke Tränen über die Wangen, und er presste sie an sich, bis ihnen fast die Luft ausblieb. Wie auf einen Ruf hin erschienen jetzt auch die anderen Hofbewohner, die sich in den Scheunen und Grubenhäusern versteckt hatten.

Schon bald versammelten sie sich mit lauten Freudesrufen und heftigen Umarmungen im kühlen Schatten einer der mächtigen Eichen am Haupthaus. Wulfila und Oro hatten die Spießgesellen Grans an die stehen gebliebenen Pfosten des Eingangs gefesselt und ihnen einen Topf mit Wasser vor die Füße gestellt, den die zwei nicht erreichen konnten. Die Qual in den Gesichtern der Männer ließ Varga nach einiger Zeit zu den beiden gehen, um ihnen die Krüge vor den Mund zu halten.

„Varga!", rief Oro zornig, „sie hätten dich getötet. Warum tust du das?"

„Weil sie Durst haben", antwortete Varga nur, während sie in den Schatten des Baumes zurückkehrte und sich zwischen den Händler und Gero auf den Boden setzte.

„Das Unheil ist vorbei", sagte Wulfila mit einem Blick in die Runde, „und das habt ihr Bardo, Ansmar und Sigur zu verdanken."

„Und dir!", rief Gero jetzt mit zitternder Stimme. Er fühlte sich nach dem anstrengenden Ritt immer noch schwach und hatte die ganze Zeit geschwiegen.

Der Händler schaute vor sich auf den Boden. „Ja, mag sein", sagte er leise, „aber dir hätten wir beinah Unrecht getan."

„Ihr konntet es nicht wissen", antwortete Gero, während er sich Varga zuwandte, „und jetzt erzähl allen, was du erfahren hast", sagte er und legte ihr einen Arm über die Schulter.

Varga blickte lange zu den beiden Männern an den Torpfosten hinüber, die kraftlos in ihren Fesseln hingen.

„In der Nacht, als das Feuer ausbrach", begann sie langsam und nachdenklich, „haben sie mich aus dem Haus geschleppt und zum heiligen Hain gebracht. Ich habe alles gehört, worüber sie gesprochen haben, und wusste bald, dass es nicht die Götter waren, die Geros Hof ins Unglück stürzen wollten. Die zwei, die da drüben an die Pfosten gefesselt sind, heißen Wigo und Ebur. Sie sind Händler wie Wulfila."

„Ja, ich kenne die beiden", unterbrach der Händler Varga, „sie haben mich vor vielen Sommern bestohlen, aber ich konnte sie nicht verfolgen, um sie zu bestrafen, weil sie mich mit einem Messer verletzt hatten."

Varga schaute Wulfila kurz an und fuhr fort: „Nach dem Überfall der Franken auf unseren Hof kamen Wigo und Ebur viele Sonnenuntergänge später zum heiligen Hain, der von Karls Kriegern zerstört worden war. Sie fanden Goron, den Seher, und den Schimmel Falgar tot unter der verkohlten Eiche, und das brachte sie auf einen schrecklichen Gedanken. Ihr werdet euch erinnern, dass sie kurze Zeit später auf unseren Hof kamen, um Felle und Salz zu tauschen. Sie erzählten uns, dass Goron den Überfall überlebt habe, weil er sich in einem alten hohlen Eichenstamm versteckt hatte und Falgar ebenfalls vor den Franken retten konnte."

Oro und die anderen nickten. Jeder wusste noch gut, was damals geschehen war.

„Wir haben ihnen geglaubt", sagte Varga jetzt, „und auch ich konnte mir nicht vorstellen, dass Goron von den Franken getötet worden war." Sie machte eine Pause, um dann mit leiser Stimme fortzufahren: „Bevor Wigo und Ebur jedoch von hier aus weiterzogen, überredeten sie einen Mann von unserem Hof, gegen gute Belohnung bei ihrem heimtückischen Plan mitzumachen. Auf diese Weise würden sie alles erfahren, was auf unserem Hof geschah. Danach zogen sie zu Gran, den sie seit vielen Sommern gut kannten. Von ihm wussten sie, dass er die Arbeit als Köhler hasste, weil sie ihm keinen Wohlstand bringen konnte. Sie erzählten ihm vom Tod des Sehers und schmiedeten gemeinsam mit Gran den hinterlistigen Plan, der uns so viel Unheil brachte. Sie wussten, dass die Opfergaben an den Seher mit seinem Tod ausbleiben würden.

Darum sollte Gran an Gorons Stelle treten. So wollten sie zu Macht und Reichtum kommen, denn kein Sachse würde Goron die wertvollen Gaben für die Götter verwehren."

„Wer ist der Verräter auf unserem Hof?", rief Oro jetzt aufgebracht.

„Er ist im Augenblick nicht hier", antwortete Varga, „aber er wird kommen – oder auch nicht, wenn er Wulfila, Gero und die anderen unerwartet hier sieht. Aber lass mich weitererzählen. Goron war also tot und lebte in der Gestalt Grans weiter. Der erste, den die drei umbrachten, weil er ihnen gefährlich werden konnte, war der Mönch Boddo, den Alkuin geschickt hatte und der nie hier ankam. Sigur hat den Mord an Boddo in der Nacht beobachtet, bevor er mit seinen Schweinen auf den Hof zurückgekehrt ist. Der zweite Mann, der sterben musste, war der Händler Arnulf aus dem Nordland, der durch Zufall vom Plan der drei erfahren hatte, weil er nachts in der Nähe von Grans Meilern lagerte und ein Gespräch zwischen den dreien mitbekommen hatte. Wigo und Ebur lockten ihn unter einem Vorwand zu unserem Hof, wo sie ihm eine fränkische Streitaxt in den Rücken schlugen und ein Losorakel in die Tasche steckten. So wollten sie den Verdacht für alles, was noch geschehen sollte, auf die Franken lenken."

„Aber warum haben sie ihm das Orakel in die Tasche gesteckt, wenn wir doch annehmen sollten, dass Goron lebt?", fragte Oro.

„Weil sie sich in der Zwischenzeit überlegt hatten, dass es noch viel besser für sie sein könnte, wenn wir glauben mussten, Goron sei umgebracht worden, und das auch noch auf unserem Hof. Keiner von uns kannte Goron. Sie wussten, dass er uns später umso mächtiger erscheinen musste, wenn er mit Hilfe der Götter aus der Hel zurückkehren konnte und leibhaftig wieder vor uns treten würde.

Als Nächstes tötete ihr Spion auf unserem Hof das Schwein mit einem alten Opfermesser, das er allerdings verlor und ihn beinah verraten hätte."

„Ich will jetzt wissen, wer der Verräter ist!", rief Oro ungeduldig und stand auf.

„Da kommt er", sagte Varga, während sie auf das Tor im Palisadenzaun zeigte. Alle blickten dem kleinen Mann mit den stechenden blauen Augen entgegen, der mit gelassenen, federnden Schritten auf den Hof trat und sie scheinbar nicht sah. Oro schrie wütend auf und stürzte sich auf ihn. Noch bevor Arno reagieren konnte, schlug der Schmied ihm seine mächtige Faust ins Gesicht und streckte ihn nieder. „Arno!!", schrie er, „dafür wirst du sterben!" Dann zog er ihn an seinem Wams unter den Baum, wo er den Bewusstlosen auf den Boden fallen ließ. „Erzähl weiter, bevor der Schurke hier wach wird und ich ihn mit dem Hammer erschlage", sagte er zu Varga, „wenn wir alles wissen, werden wir die zwei am Haupthaus und diesen Verräter zum *Thing* schleifen, wo sie ihre gerechte Strafe erhalten werden."

Nachdem sich die Hofbewohner beruhigt hatten, setzte Varga ihre Erzählung mit einem verächtlichen Blick auf Arno fort. „Wir sollten annehmen, das Schwein sei von fränkischen Kriegern geschlachtet worden", sagte sie, „und wir hätten es ja auch fast geglaubt, wenn das Messer nicht gewesen wäre.

Der Dunkle, den Bardo und Ansmar am Fluss gesehen haben, war Gran, der mit zwei zahmen Raben, die er in seiner Kate hielt, am Waldrand erschien. Wir sollten glauben, Odin sei unterwegs und alles Unglück käme von ihm. Wenn unser Verdacht nicht auf die Franken fallen würde, hätten wir durch Grans Erscheinung eben die Götter für alles Unheil verantwortlich gemacht. Der Köhler und seine Freunde haben wirklich an alles gedacht.

Den Sax hat Arno gestohlen und auch den Speer auf Widukind geschleudert, während Wigo und Ebur hinter dem Zaun im Wald lauerten. Dabei verlor Ebur seine Fibel, die Sigur etwas später fand. An dem Abend, als der Herzog kam, herrschte große Aufregung, und so fiel es keinem auf, dass Arno ein paar Mal verschwunden war. Er wäre auch so nicht in Verdacht geraten, weil er zum Hof gehörte und niemand darauf achtete, ob er ins Haupthaus ging oder am Palisadenzaun stand. Gleich nach dem Brand lockte Arno Gero mit einem Topf Met an das Tor im Palisadenzaun. Er hatte den Honigwein mit dem Saft von schwarzem *Bilsenkraut* versetzt, und innerhalb kurzer Zeit lag Gero leblos außerhalb des Zaunes. Wigo und Ebur hatten mich in der Zwi-

> *Thing:* Gerichtsversammlung, auf der alle Rechtsangelegenheiten eines Stammes verhandelt wurden. Die Thingstätte befand sich oft unter großen, alten Bäumen oder an anderen, besonders auffälligen Orten.
> *Bilsenkraut:* Der Sud des schwarzen Bilsenkrautes war Bestandteil von Salben und Liebestränken. In der richtigen Stärke angewendet, wirkt er schmerzstillend und krampflösend. Bei falscher Verwendung löst er jedoch Halluzinationen bis hin zu tödlichen Vergiftungen aus.

schenzeit ans andere Ufer der Ems geschleppt. Mit zwei Pferden, die sie am Waldrand abgestellt hatten, schafften sie den bewusstlosen Gero und mich zum heiligen Hain, wo sie uns fesselten und mich ebenfalls zwangen, den giftigen Saft zu trinken."

Varga atmete tief ein und blickte in die schweigende Runde. „Und jetzt berichte, was ihr erlebt habt", sagte sie zu Bardo, der nach kurzem Überlegen seine Erzählung begann.

Als er vom Tod Mimos und seiner Frau erzählte, unterbrach Varga ihn und sagte: „Der Siedler musste sterben, weil er ahnte, was Gran vorhatte, und wusste, dass der Köhler und die zwei Händler den Mönch umgebracht hatten."

„Wir dachten, sie gehörten alle einem Geheimbund an und Mimo hätte sie verraten wollen", sagte Bardo.

„Nein, es gibt keinen Geheimbund, es waren nur die drei."

„Und warum dann dieses merkwürdige Zeichen auf der Fibel und dem Messer?"

„Ebur hat sich beides für seine Frau anfertigen lassen, während er einmal in Hathibur war. Er hat es erzählt, als er nach der Fibel suchte, die er am Palisadenzaun verloren hatte."

Nach kurzem Schweigen berichtete Bardo weiter, bis er mit Wulfilas Kampf gegen Garn endete. Dann lehnte er sich müde an den Baum und fragte Varga: „Haben sie auch von den fränkischen Reitern erzählt? Was hat es mit denen auf sich?"

„Gran hat die Franken ebenso getäuscht wie uns", antwortete Varga, „ich habe gehört, wie Ebur und Wigo darüber sprachen. Die fränkischen Reiter sollten Gran und seine Gesellen für den Fall schützen, dass wir ihnen trotz allem auf die Schliche kommen. Sie haben sich dafür sogar im Namen des Christengottes taufen lassen und hätten die Reiter, wenn ihr Plan gelungen wäre, ins Moor gelockt, so wie ihr es in der Nacht von der Biberinsel aus getan habt."

„Gut so", brummte Oro, „die Götter sind auf unserer Seite, und das wird auch Arno zu spüren bekommen." Er wischte mit seiner schweren Hand über das Gesicht des langsam erwachenden Mannes. „Wenn er aufwacht, schicke ich ihn gleich wieder in die Finsternis des Vergessens", sagte er grimmig.

Am dunklen blauschwarzen Himmel über dem Hof schimmerten die ersten Sterne, als die Versammlung unter dem Baum sich langsam auflöste. Oro band den benommenen Arno an einen Pfosten des *Rutenberges*, auf dessen Heu er sein eigenes Lager aufgeschlagen hatte. Gero gesellte sich mit zwei Töpfen Met zu ihm und sagte mit einem Blick auf den verlockenden Honigwein: „Der ist nicht vergiftet, lass uns auf Wulfila und die Jungen trinken."

„Auf Wulfila und die Jungen!", rief Oro mit donnernder Stimme, „und auf Varga, meine tapfere Tochter!"

„Und auf Varga!"

Sie schlugen die Mettöpfe so fest aneinander, dass sie mit einem dumpfen Geräusch zerbrachen.

„O nein!", schrie Gero, „die Götter zürnen uns schon wieder!"

„Nicht die Götter waren es!", rief Wulfila, der lachend auf die beiden zuging, „eure Kräfte sind es, ihr habt die Töpfe zerschlagen und den köstlichen Met ins Heu fließen lassen."

„Hast Recht, Händler, bring uns neuen und für dich einen Topf mit!", polterte Oro, „wir wollen uns betrinken."

Später in der Nacht schliefen die Männer laut schnarchend unter dem Dach des Rutenberges auf dem weichen Heu, während Bardo mit seinen Freunden und Varga vor der Scheune neben dem Haupthaus saß. Wigo und Ebur hingen nebenan schlafend in ihren Fesseln. In der lauen Nacht hatten sich die Männer und Frauen mit ihren Kindern Plätze unter freiem Himmel gesucht, und rundherum wurde noch lange und aufgeregt gesprochen.

„Der Seher ist tot", sagte Varga irgendwann, während sie zum sternenübersäten Nachthimmel aufschaute, „und mit ihm vielleicht auch die Götter."

„Glaubst du nicht, sie sind da oben?", fragte Bardo, der einen

Arm um seine Schwester legte.

> *Rutenberge* sind Vorratseinrichtungen mit einem höhenverstellbaren Dach zum Lagern von Getreide, Holz, Heu und anderen Gütern. Rutenberge werden noch heute vereinzelt in den Niederlanden verwendet.

„Ich weiß es nicht", sagte Varga leise und sah, dass Sigur und Ansmar neben ihr eingeschlafen waren, „vielleicht sind sie überall, vielleicht sind wir aber auch ganz allein und sie sind nur in unseren Köpfen." Sie überlegte: „Ich glaube, jeder muss die Götter für sich selbst finden – du und ich und alle Sachsen."

„Ja", murmelte Bardo, während er an Mimo und Rada und all die anderen dachte, die durch die Hinterlist und Habgier dreier Männer sterben mussten, „und ich glaube, die Götter sitzen nur zu Hause und schauen uns zu." Dann sank ihm der Kopf langsam auf die Brust, und er schlief ein.

Anhang

Der Sachsenhof bei Greven

Einen Einblick in den Lebensalltag im Münsterland zur Zeit Karls d. Großen bietet ein Besuch des Sachsenhofes in der Nähe von Greven. Unter der wissenschaftlichen Leitung des Amtes für Bodendenkmalpflege – Museum für Archäologie – in Münster ist hier ein frühmittelalterlicher sächsischer Hofplatz aus dem 6.–8. Jahrhundert rekonstruiert und aufgebaut worden.

Nach den Originalbefunden einer Ausgrabung in Gittrup in unmittelbarer Nähe der Ems entstanden mehrere Gebäude einer 1 200 Jahre alten Hofanlage, die vom Heimatverein Greven betreut wird.

Im Mittelpunkt steht das Haupthaus als Wohn- oder Wohnstallhaus. Dieses etwa zwanzig Meter lange reetgedeckte Pfostenhaus mit seinen schiffsförmig gebogenen Längswänden, schrägen Außenpfosten und einem stützenfreien Innenraum ist charakteristisch für die Häuser der Sachsen in dieser Zeit. Die Wände sind aus Weiden geflochten und mit einem Lehmputz versehen.

Als Nebengebäude gehören ein Grubenhaus und eine Scheune zum Hofplatz. Ein Rutenberg, wie es ihn heute noch vereinzelt in den Niederlanden gibt, ist ebenfalls Teil des Hofes. Etwas abseits, in einer Ecke der Hofanlage, finden sich ein Rennofen, mit dem Eisen gewonnen wurde, und ein Töpferofen zum Brennen von Tongefäßen.

Zum Sachsenhof gehören auch Gartenbeete, in denen versucht wird, Ackerwildkräuter und Kulturpflanzen zu ziehen, die zu der genannten Zeit bekannt waren und die unter anderem zum Färben der Kleidung (z. B. Färberwaid) oder zur Behandlung von Erkrankungen (z. B. schwarzes Bilsenkraut) benutzt wurden.

Haupthaus

Haupthaus (Innenansicht)

Stallgebäude

Grubenhaus

Grubenhaus und Rutenberg

Haupthaus, Grubenhaus, Stallgebäude, Rutenberg

Rennofen zur Eisengewinnung

Töpfergrube zum Brennen von Ton

Quellen

Heinrich Winkelmann: *Beiträge zur Frühgeschichte Westfalens*
Aschendorff, Münster, 1990

Eckhard Freise: *Geschichte der Stadt Münster*
Aschendorff, Münster, 1993

Widukind von Corvey: *Die Sachsengeschichte / Res gestae Saxonicae*
Reclam, 1992

Tacitus: *Germania*
Reclam, 1995

Germanische Göttersagen
Reclam, 1997

Wilhelm Kohl: *Westfälische Geschichte* Band I
Schwann, Düsseldorf, 1982

Johannes Scherr: *Germania*
Verlag für ganzheitliche Forschung und Kultur, Struckum, 1987
(germanische Namen, auch nicht wissenschaftlich abgesicherter ethymologischer Ursprung von Wörtern. Vorstellungswelt und Bräuche der Germanen/Sachsen)

Experimentelle Archäologie in Deutschland
Staatliches Museum für Naturkunde und Vorgeschichte Oldenburg, 1990

Experimentelle Archäologie
Bilanz 1991
Isensee Verlag, Oldenburg, 1991

Albert Genrich
Die Altsachsen
Verlagsbuchhandlung Albert Lax, Hildesheim, 1981

N
W
O
S
stürmisches Meer
Schlei
Haithabu
Eider
WESTFALEN
ENGERN
Weser
Ems
Marklo
Aller
Hase
Osenbrugga
Porta Westfalica
Wittekindsburg
Siedlung des Mimo
Hessenweg
Geros Hof
Osning
Aa
Werse
Stevergau
Irminsul
Lippe
Dreingau
Padrabrun
Hellweg
Eresburg
Sigiburg